AF756586

www.ingramcontent.com/pod-product-compliance
Lightning Source LLC
LaVergne TN
LVHW010928051026
849532LV00003B/891
* 9 7 8 9 3 5 8 7 2 6 6 5 7 *

جیت کا غم

(افسانے)

الیاس ندوی رام پوری

Jeet ka Gham (Short Stories)
by: Ilyas Nadvi Rampuri
Edition: April '2024
Publisher :
Taemeer Publications LLC (Michigan, USA / Hyderabad, India)

ISBN 978-93-5872-665-7

کتاب	:	**جیت کا غم** (افسانے)
مصنف	:	**الیاس ندوی رام پوری**
پروف ریڈنگ / تدوین	:	اعجاز عبید
صنف	:	فکشن
ناشر	:	تعمیر پبلی کیشنز (حیدرآباد، انڈیا)
سالِ اشاعت	:	۲۰۲۴ء
صفحات	:	۲۰۴
سرورق ڈیزائن	:	تعمیر ویب ڈیزائن

فہرست

نیچے سروں کا احتجاج

ایک کشادہ کمرے میں آٹھ تخت ایک ایک بالشت کے فاصلے پر قرینے سے لگے ہوئے تھے، ان پر آٹھ دس لڑکے دو دو اور تین تین کے گروہ میں بیٹھے کھانا کھانے میں مصروف تھے، چھت کے وسط میں لوہے کے ہک سے لٹکا ہوا پنکھا اس طرح چل رہا تھا جیسے ماضی کے دنوں کی سرمستیوں کو یاد کر کے رقص کر رہا ہو۔ مدرسہ کی مسجد سے آتی ہوئی عشا کی اذان کی آواز کانوں میں رس گھول رہی تھی، نو عمر بنگالی مؤذن جب دو کلموں کے درمیان وقفہ کے لئے رکتا اور اپنی سانس درست کرتا تو پنکھے کی تیز گھومتی ہوئی پنکھڑیاں کمرے کی خاموش فضا میں سرسراہٹ پیدا کرنے لگتیں اور اس دوران لڑکے اپنے منہ کی باتوں کو جلدی جلدی اگلنے کی کوشش کرتے، ایسا کرنے کی غیر اختیاری کوشش میں کبھی کبھار سب ایک ساتھ ہی بول پڑتے، اتنے میں بنگالی مؤذن کی آواز میناروں کی بلندیوں سے پھر ابھرتی اور دفعتاً سب خاموش ہو جاتے۔

عقب کی دیوار میں دو بڑی بڑی کھڑکیاں تھیں جو سبزی کے کھیت کی طرف کھلتی تھیں۔ یہ کھیت کسی بد مزاج آدمی کا تھا، وہ اکثر سبزیاں ہی بویا کرتا تھا اور سبزیوں میں بھی زیادہ تر آلو۔ شہر کے گندے پانی کی ایک پتلی سی نالی کھیت کے درمیان سے گزرتی ہوئی قریب کے ایک چھوٹے سے گندے تالاب میں جا گرتی۔ بائیں ہاتھ کا کوئی کھلاڑی جب زور دار شارٹ لگاتا تو گیند کمرے کی چھت کو پھلانگتے ہوئے سیدھے کھیت میں جا گرتی

تھی۔ کھیت کے مالک کی موجودگی میں کوئی بھی گیند اٹھانے کی جرات نہ کر سکتا تھا۔ جب رات اپنی کالی چادر تان دیتی تو دو تین سائے چھوٹی سی دیوار کود کر کھیت میں رینگ جاتے، دس پندرہ منٹ کے بعد جب وہ سفیدے کے لمبے درخت سے لٹکے ہوئے بلب کی روشنی کے نیچے سے گزرتے تو ہم دیکھتے کہ ان کے ایک ہاتھ میں گیند ہے اور دوسرے کئی ہاتھوں میں تازہ نرم مٹی میں سنے ہوئے چھوٹے چھوٹے آلو۔ امتحان کے دنوں میں جب ہم ساری ساری رات پڑھا کرتے تو یہ آلو رُت جگے میں کافی مدد دیتے۔ جب رات تیسرے پہر میں داخل ہونے لگتی تو چپکے چپکے آلوؤں کی تہاری تیار کی جاتی اور اس خوف سے کہ کہیں دوسرے لڑکوں کو بھنک نہ لگ جائے گرم گرم نوالے بنا چبائے حلق سے اس طرح اتارے جاتے جیسے انگارے نگلے جا رہے ہوں۔ کھیت کا مالک کئی مرتبہ ہماری شکایت کر چکا تھا۔

اس کمرے میں دو دروازے تھے جو سامنے میدان میں کھلتے تھے، یہ میدان انگریزی حرف 'L' کی شکل میں بنے ہوئے ایک درجن کمروں کا برآمدہ تھا اور پچھم کی طرف سے مسجد کا کھلا ہوا حصہ۔ عید کے دنوں میں یہاں چونے کے ذریعہ صفوں کے نشان بنا دئے جاتے اور باقی کے دنوں میں یہ لڑکوں کے لیے کرکٹ کا میدان ہوا کرتا۔ مدرسہ کی طرف سے جب کوئی جلسہ ہوتا تب بھی یہی میدان کام آتا۔

کمرے میں فرش کی جگہ اینٹیں بچھی ہوئی تھیں، دروازوں کے بیچ میں دیوار سے لگی ہوئی لکڑی کی ایک بڑی سی الماری کھڑی تھی، جس میں لڑکوں کا سامان الٹا سیدھا بھرا رہتا، صندوق، بریف کیس، گتے کے ڈبے اور کھانے کے برتن، پیالیاں، پلیٹیں اور پلاسٹک کے مگ وغیرہ، بعض لڑکے اپنے بنا دھلے کپڑے بھی کونوں کھدروں میں ٹھونس دیا کرتے تھے۔ ہر روز صبح سات بجے سے دوپہر ایک بجے تک یہ کلاس روم ہوتا تھا اور اس

کے بعد اگلے دن صبح تک رہائشی کمرہ۔ ایک مسجد اور بارہ کمروں پر مشتمل یہ ایک مدرسہ تھا۔ یہاں ہر چیز کی دہری حیثیت تھی، مسجد نماز کے اوقات میں مسجد ہوتی اور کلاس کے وقت میں درس گاہ، کمرے تعلیم کے وقت میں کلاس روم ہوتے اور دوسرے وقت میں ہاسٹل۔ لڑکے طالب علم بھی ہوتے اور مدرسہ کے خدمت گار بھی، اساتذہ معلم بھی ہوتے، ممتحن اور ایڈ منسٹریٹرز بھی۔

دو ٹیوب لائٹس 1215x کے اس بڑے سے کمرے کو دودھیائی روشنی میں نہلا رہی تھیں۔ اور اس وقت آٹھ دس لڑکے شام کا کھانا کھانے میں اس طرح مصروف تھے جیسے ان کے سروں پر فرشتے بیٹھے ہوں اور وہ احتراماً سر جھکائے ہوئے ہوں۔

"لا الٰہ الا اللہ" بنگالی مؤذن آخری کلمہ ادا کر رہا تھا۔

"استاد!۔۔ کھانا کھالیا آپ نے۔۔۔ آپ کو دال میں مہک نہیں آ رہی۔۔۔؟"

درجۂ حفظ کے دو تین لڑکے کمرے میں داخل ہوتے ہی مجھ سے مخاطب ہوئے۔ عصر سے مغرب کے درمیانی وقفہ میں چند لڑکے مجھ سے کراٹے سیکھا کرتے تھے، اور اسی نسبت سے بعض لڑکے مجھے 'استاد' بھی کہا کرتے تھے اور ہر طرح کے ہنگامی حالات میں مجھ سے یہ توقع کی جاتی تھی کہ میں ان کی اگوائی کروں، بطور خاص ایسے معاملات میں جہاں پٹنے پٹانے کا خدشہ لگا ہو۔

"مہک۔۔ہاں۔۔۔ آ تو رہی ہے۔۔ مگر اب تو میں پیٹ بھر کے کھا چکا ہوں" میں نے لقمہ ناک کے پاس لے جا کر دو تین لمبے لمبے الٹے سانس کھینچے۔

"اور اس میں ہے ہی کیا سوائے پانی کے۔۔۔ دال تو اس میں کہیں سے کہیں تک نظر ہی نہیں آ رہی۔۔۔" دوسرا لڑکا آگے بڑھ کر بولا اور ہمارے سامنے سے پلیٹ اٹھا لی۔ کمرے کے دوسرے تمام لڑکے بھی ان کی طرف متوجہ ہو چکے تھے۔

"جب سے مہتمم صاحب باہر دورے پر گئے ہیں تب سے منشی جی نے روز روز یہی ناٹک کر رکھا ہے۔ چلئے۔۔۔۔۔ آج اسٹرائک کریں گے۔۔۔۔۔۔ نہیں چاہئے ہمیں ایسا کھانا۔۔۔ چلئے اٹھئے۔۔۔ دال واپس بھگونے میں ڈال دیتے ہیں۔۔"نو واردوں کے چہروں پر غصہ صاف دکھائی دے رہا تھا۔

"اور روٹی بھی کتنی کچی ہے" ہمارے کمرے کے ایک لڑکے نے لقمہ دیا۔

"ہاں۔۔! جب سے یہ نئی باورچن آئی ہے تب سے کھانا ڈھنگ کا مل ہی نہیں رہا ہے۔۔ میرا تو من ہی نہیں کرتا اس کے ہاتھ کی روٹی کھانے کو۔۔ڈھنگ سے ہاتھ بھی نہیں دھوتی۔۔اس سے تو وہ پہلے والی دادی اماں ہی ٹھیک تھیں۔۔۔"میرے ساتھ کھانے والے لڑکے نے ایسے منہ بنایا جیسے کوئی بدبو دار جگہ سے گزرتے ہوئے منہ بناتا ہے۔

"تم کہتے ہو تو ٹھیک ہے۔۔۔۔۔۔ میں تمہارے ساتھ ہوں۔ چلئے۔۔۔"

میں نے اپنے ہاتھ کا آخری نوالہ منہ میں رکھتے ہوئے کہا۔ حالانکہ میرا پیٹ بھر چکا تھا۔ میری پلیٹ میں تھوڑی سی دال باقی تھی اور شاید ڈیڑھ روٹی۔ میں ان کے ساتھ ہولیا اور باقی کے تمام کمروں میں گھوم کر دیگر لڑکوں کو بھی کھاتے سے اٹھا لیا۔۔۔۔۔۔ اور پھر دیکھتے ہی دیکھتے سب نے اپنی پلیٹوں میں بچی ہوئی دال واپس بھگونے میں ڈال دی۔ ذرا سی دیر میں بھگونہ آدھا بھر چکا تھا۔۔۔۔۔۔ ایک شریر لڑکا بھاگا بھاگا گیا اور ایک جگ پانی لے کر دال میں ڈال دیا۔ دال جو پہلے ہی سے پتلی تھی اب نینی تال کے تلّی تال کا منظر پیش کر رہی تھی۔

یہ جمعہ کی ایک کالی رات تھی، جو در و دیوار، میدان اور کمروں کے سامنے کھڑے سفیدے کے اونچے اونچے درختوں سے اسی طرح لپٹی ہوئی تھی جس طرح اجگر چندن کی

ڈالیوں سے لپٹے رہتے ہیں۔ اگلے دن چھٹی تھی، قرب و جوار کے بہت سارے طلبہ اور اساتذہ اپنے اپنے گھروں کو چلے گئے تھے، درجۂ حفظ کے لڑکوں کو سبق یاد کرنے کی فکر نہ تھی۔ اور اس لیے بھی ان کی رگِ شرارت تیزی کے ساتھ پھڑک رہی تھی۔

عید تو سال میں دو بار ہی آتی ہے مگر مہتمم صاحب جب جمعہ کے خطبہ میں فضائلِ جمعہ بیان کرتے تو یہ بھی بتاتے تھے کہ جمعہ ہفتہ کی عید ہے۔ اور لڑکوں کے لئے جمعہ عید ہی کا دن تھا، شاید اس لیے کہ یہ دن چھٹی کا دن جو ہوتا تھا۔ اس دن وہ شہادت کی انگلی کے برابر موٹی اور ایک ہاتھ لمبی شہتوت کی چھڑی کے خوف کا بھوت اپنے سروں سے اتار پھینکتے تھے۔ جمعرات کی دوپہر سے لے کر جمعہ کو مغرب کی اذان تک یہ بھوت ان سے اسی طرح بھاگتا تھا جس طرح کچی مسجد کے امام صاحب کے تعویذ سے بھاگا پھرتا ہے۔ لڑکوں کو تو یقین نہیں آتا تھا مگر کھانا بنانے والی چاچی کہتی تھیں کہ امام صاحب کے تعویذ سے بڑے سے بڑا بھوت بھی اس طرح بھاگتا ہے کہ پھر کبھی واپس نہیں لوٹتا۔ مگر جیسے ہی مغرب کی نماز ختم ہوتی یہ بھوت دوبارہ ان کے سروں پر سوار ہو جاتا اور انہیں لگتا کہ چاچی جھوٹ بولتی ہیں۔ ہم میں سے کسی نے بھی اپنی آنکھوں سے بھوت نہیں دیکھا تھا پھر بھی ایسا لگتا تھا کہ بھوت ہوتے ضرور ہوں گے۔

"عارف۔۔۔ اقبال۔۔۔ سہیل۔۔ چلو باہر نکلو کمروں سے۔۔"

نماز کے بعد جب نمازی اپنے گھروں کو لوٹ جاتے اور درجۂ حفظ کے طلبہ پڑھائی کے وقت سے چند منٹ چرا کر اپنے کمروں میں جا گھستے اور مٹر گشتی کرنے لگتے تو معاً بعد قاری صاحب کی گرجدار آواز اندھیرے اور ہوا کا سینہ چاک کرتی ہوئی لڑکوں کے اعصاب پر اس طرح گرتی کہ اگلے پانچ منٹ میں تمام لڑکے قرآن شریف کھول کر بیٹھ جاتے اور آگے پیچھے ہلتے ہوئے زور زور سے سبق یاد کرنے لگ جاتے۔ قاری صاحب

اکثر انہیں لڑکوں کا نام لے کر پکارا کرتے تھے۔

"کھوں۔۔۔کھوں۔۔کھوں۔۔حرام خورو! کچھ تو شرم لحاظ کرو۔۔۔کیوں گال پھول رہے ہیں تمہارے۔۔۔پکی پکائی مل رہی ہے نا۔۔اس لیے۔۔۔ارے شیطان کے بچو!۔۔کچھ تو خدا کا خوف کھاؤ۔۔۔۔۔۔۔"منشی جی کھانستے ہوئے کمرے سے نکلے اور چھوٹے لڑکوں پر برس پڑے۔ منشی جی مہتمم صاحب کی عدم موجودگی میں لڑکوں کی دیکھ بھال کرتے تھے، انہوں نے پہلے تو خود ہی اس مسئلہ کو سلجھانے کی کوشش کی مگر جب حالات حد سے زیادہ بگڑتے اور بے قابو ہوتے دیکھے تو فوراً قاری صاحب کو بلا بھیجا، جو آج جمعہ کی چھٹی کی وجہ سے اپنے گھر چلے گئے تھے۔ قاری صاحب پانچ چھ لڑکوں کے جلو میں دروازے سے ہی ہانک لگاتے ہوئے مدرسہ میں داخل ہوئے۔

"باہر نکلو سب لوگ۔۔۔۔ادھر آؤ میدان میں۔۔۔بتاؤ کیا بات ہے۔۔۔چلو نکلو باہر۔۔۔ارے سنا نہیں تم لوگوں نے۔۔۔۔نکلو باہر"

تھوڑی بہت نان نکر اور گھسر پسر کے بعد ایک ایک کر کے تمام لڑکے میدان میں جمع ہونے لگے، پہلے چھوٹے لڑکے باہر نکلے اور پھر بڑے لڑکے زبردستی اپنے پیروں کو گھسیٹتے ہوئے میدان میں جمع ہونے لگے۔

"کیوں بے نسیم! کھانا کھایا تو نے۔۔۔۔۔۔۔۔؟"

قاری صاحب کی مخصوص چھڑی جسے درجۂ حفظ کے لڑکے اچھی طرح پہچانتے تھے، ہوا میں لہرائی اور قطار کے ایک سرے پر سہمے سہمے کھڑے آٹھ سالہ نسیم کی آنکھوں کے درمیان سے گزرتی ہوئی اس کے سینے پر خاص دل کے مقام پر آکر ٹھہر گئی۔ ان کی آواز میں گرج تھی اور آنکھوں میں لال لال ڈورے، وہ سفید کرتہ پاجامہ پر کالی صدری پہنے ہوئے تھے، چہرے پر جلال تھا اور سینہ میں یہ عزم کہ وہ اس بغاوت کو چشم زدن میں فرو

کرلیں گے۔

نسیم کی ایک اچٹتی ہوئی نگاہ اس کے کاندھے کے اوپری حصہ کو چھوتی ہوئی ان لڑکوں کی آنکھوں کی پتلیوں پر جاکر چپک گئی جنہوں نے اسے کھانے سے روکا تھا اور پھر دوسری نگاہ اس کے سینے میں اترتی ہوئی چھڑی اور قاری صاحب کے ہاتھ پر پھسلتی ہوئی ان کی ناک کے دونوں طرف کے ڈھلان پر اتر کر رخساروں پر پھیل گئی۔ ایک لمحے کے لیے اس نے سوچا کہ اگر آج اس نے 'نہیں' کہا تو وہ قاری صاحب کی نظروں سے ہمیشہ کے لیے گر جائے گا اور ان کی محبت اور پیار کو کھودے گا۔ چار ماہ پہلے جب اس کے ابو اسے یہاں لے کر آئے تھے تو قاری صاحب نے کتنی محبت سے اس کے سر پر ہاتھ پھیرا تھا اور اس کے ہم عمر اپنے بیٹے کے پہلو میں بیٹھنے کو جگہ دی تھی۔ اور پھر محض ایک ہفتہ کے اندر دونوں ایک دوسرے کے جگری دوست بن چکے تھے۔ اس کے گاؤں کا لڑکا اشرف اسی لیے اس سے جلنے بھی لگا تھا کیونکہ وہ خود قاری صاحب کے لڑکے سے دوستی کرنا چاہتا تھا۔۔ یکبارگی اسے لگا کہ اس 'نہیں' کا اثر سیدھا اس کی دوستی پر بھی پڑ سکتا ہے۔ اور اشرف اس موقع کا فائدہ اٹھا سکتا ہے۔ اس نے خیالوں میں اشرف کو کھل کھلا کر ہنستے ہوئے دیکھا، پھر اس نے دیکھا کہ وہ قاری صاحب کے لڑکے کے گلے میں ہاتھ ڈالے اس طرح گھوم رہا ہے جیسے وہ خود ہی قاری صاحب کا لڑکا ہو۔ اس نے ایک لمبا سانس کھینچا۔۔۔۔۔۔ پوری قوت جمع کی اور ایک لفظ باہر ہوا میں اچھال دیا۔

"جی۔۔۔"

"جی کیا۔۔۔۔۔۔؟" قاری صاحب نے چھڑی کو ہلکا سا جھٹکا دیا۔۔۔۔ اور وہ پیچھے کو گرتے گرتے بچا۔

"جی۔۔۔۔۔ جی کھالیا" اس سے پہلے کہ چھڑی کو ایک اور جھٹکا لگتا اس نے جلدی

جلدی جگالی کی اور پورا جملہ اگل دیا۔

"پیٹ بھر گیا۔۔؟"

"جی۔۔۔ بھر گیا"

چشم زدن میں چھڑی اس کے سینے سے اٹھی، ہوا میں لہرائی اور تڑاخ تڑاخ دوبار اس کے کولہوں سے ٹکرائی۔

"تو چل یہاں سے۔۔۔ کمرے میں جا کر بیٹھ چپ چاپ"

نسیم کولہے کو سہلاتا ہوا کمرے کی طرف بھاگا اور کواڑ کی اوٹ لے کر کھڑا ہو گیا۔

چھڑی ایک سینے سے دوسرے سینے کی طرف منتقل ہوتی رہی اور چھوٹے بڑے جبڑے اسی ایک جملہ کی جگالی کرتے رہے جو نسیم نے ان کے سامنے اگلا تھا۔

"اور تو نے۔۔۔۔۔؟"

"جی۔۔۔ کھا لیا"

اور تو نے۔۔۔۔۔ حامد؟"

"جی۔۔ میں نے بھی کھا لیا"

جو لڑکے شعوری یا غیر شعوری طور پر یہ جملہ دہراتے گئے وہ دو دو قمچیاں انعام کے طور پر پاتے گئے۔ یہاں تک کہ اب ان لڑکوں کی باری آئی جو اس پورے معاملے میں لیڈر بنے ہوئے تھے۔

"کیوں بے ارشد۔۔۔ تو نے کھایا۔۔؟"

چھڑی کی نوک ایک چوڑے چکلے سینے پر جم گئی۔ قاری صاحب نے اپنے حوصلوں کو یکجا کیا، ایک دو بار پلکیں جھپکائیں اور اعصاب میں تناؤ پیدا کرتے ہوئے چھڑی کو جنبش دی۔ ایک لمحے کے لیے انہیں لگا کہ اصل معرکہ تو اب شروع ہوا ہے۔

"بول۔۔ ۔۔۔۔بولتا کیوں نہیں۔۔ایسے کیا دیکھ رہا ہے۔۔ ۔۔۔کھا جائے گا مجھے۔۔"اب وہ پہلے سے زیادہ تن کر بول رہے تھے۔

میں سب سے آخر میں تین چار لڑکوں کے بعد کھڑا تھا، میرا دماغ پھرکی کی مانند تیزی سے گھوم رہا تھا، میں سوچ رہا تھا کہ یہ لڑکے کچھ ہمت دکھائیں گے اور پانسہ پلٹ جائے گا۔ پھر سب کچھ ویسا ہی ہو گا جیسا ہم نے پلان کیا ہے۔ ہماری بات سنی جائے گی اور منشی جی اور کھانا بنانے والی چاچی کو ڈانٹ پلائی جائے گی۔ اور پھر ہمیں اس پانی کی طرح پتلی دال سے اور ادھ پکی روٹیوں سے چھٹکارا مل جائے گا۔ ہوا کا ایک جھونکا میری پیشانی کے بالوں کو چھوتا ہوا گزر گیا، اس نے میرے دماغ کی ہانڈی میں پکتے ہوئے اس خیال کو اس طرح بدل دیا جس طرح ریموٹ کنٹرول کا بٹن دبانے سے چینل بدل جاتا ہے۔ ابھی کچھ ہی دنوں پہلے کی بات ہے جب میں اکیلا کھڑا رہ گیا تھا۔ میرے جسم میں جھرجھری پیدا ہوئی۔۔۔۔۔۔۔۔۔کیا اس بار بھی۔۔۔۔میرے اعصاب میں کرنٹ دوڑنے لگا۔ ہم پانچ لڑکے تھے جو بلا اجازت باہر گھومنے چلے گئے تھے اور جب شام کو اندھیرے منہ مدرسہ میں داخل ہوئے تو اچانک مہتمم صاحب سے مڈبھیڑ ہوگئی۔ جیسے وہ ہمارے انتظار میں بیٹھے تھے۔ پوچھ تاچھ شروع ہوئی اور سب ایک دوسرے کے کاندھے پر بندوق رکھ کر چلانے لگے، سب نے جھوٹ بولا اور بہانے کیے۔۔کچھ چھوٹ بھی گئے اور کچھ کو سزا بھی ملی۔ حالانکہ مدرسہ میں داخل ہونے سے پہلے سب نے پلان بنایا تھا کہ سب ایک ہی بات کہیں گے۔ میں اس وقت بھی سچ بولا تھا اور اپنی بات پر قائم رہا تھا۔۔ اور اس کا نتیجہ یہ نکلا کہ سب سے زیادہ مار مجھ ہی کو لگی تھی۔

"جی۔۔۔کھالیا۔۔"

ارشد کے منہ سے بھی جب یہی جملہ نکلا اور میری سماعتوں سے ٹکرایا تو میں خیالات

کی وادی سے نکل کر لمحۂ موجود میں آ کھڑا ہوا۔ مجھے اس سے ایسی توقع نہ تھی۔ یہ وہی لڑکا تو تھا جس نے مجھے کھانا کھاتے سے اٹھایا تھا اور احتجاج میں شریک کیا تھا۔ مجھے لگا جیسے میرے پیروں تلے سے زمین آہستہ آہستہ کھسک رہی ہے اور یہ کالی رات مجھ پر اسی طرح آگرے گی جس طرح کالی چمگادڑیں اپنے شکار پر گرتی ہیں۔

"تڑاخ۔۔۔ تڑاخ۔۔۔" دو چھڑی ارشد کے داہنے بازو پر لگیں۔۔۔ اور وہ بے پروائی کے ساتھ قطار سے نکل کر دوسری طرف جا کھڑا ہوا۔ ارشد کے اس طرح پگھل جانے سے باقی لڑکوں کی بھی سٹی گم ہو گئی، ان کے سروں میں سمایا ہوا احتجاج کا بھوت بغلیں جھانکنے لگا۔ اور وہ بھی قاری صاحب کی آتش نگاہ سے اسی طرح پگھل گئے جس طرح جون کے مہینے میں گرم لو سے آئس کریم پگھل جاتی ہے۔

تاریخ اپنے آپ کو دہرا رہی تھی، آج بھی بالکل وہی منظر تھا۔ میں نے ارشد کو کھا جانے والی نظروں سے دیکھا، جی میں آیا کہ اس کی ناک توڑ دوں یا اس کی ریڑھ کی ہڈی پر اتنی زور سے لات ماروں کہ یہ پھر کبھی اٹھ نہ سکے۔۔۔ میں ابھی سوچ ہی رہا تھا کہ چھڑی کی نوک مجھے اپنے سینے میں اترتی ہوئی محسوس ہوئی۔۔۔

"اور۔۔ تو نے۔۔۔؟" قاری صاحب نے میرا نام لیے بغیر اور مجھ سے نظریں چار کیے بنا مجھے مخاطب کیا۔

دوسرے لڑکوں کے برعکس میں کھانا کھا چکا تھا۔۔۔ اس لیے میں اگر 'ہاں' کہتا تب بھی جھوٹ نہ ہوتا اور اگر "نہیں" کہتا تب بھی میرے پاس اس کا جواز تھا کہ دوسری صورت میں احتجاج کا فائدہ ہی کیا نکلتا۔۔۔ مگر اب تو میں تنہا ہی میدان میں کھڑا تھا باقی سب لڑکے دروازوں اور درختوں کی اوٹ لیے کھڑے تھے۔۔۔ اس لیے اب میری "ہاں" یا "نہیں" سے کچھ بھی ہونے والا نہ تھا۔ میری آنکھوں کے سامنے اندھیرا

چھانے لگا۔۔۔۔۔۔ میں دل ہی دل میں ان لڑکوں کو لعن طعن کر رہا تھا جنہوں نے مجھے اس احتجاج میں گھسیٹا تھا۔۔۔۔۔ اور اب مجھے اس طرح تنہا چھوڑ دیا تھا۔۔۔۔۔۔۔ میرا سر چکرانے لگا اور مجھے پہلی بار زمین گھومتی ہوئی معلوم ہوئی۔۔۔۔۔۔ میں نے اپنی چھوٹی سی زندگی میں پہلی بار ان لوگوں کو موٹی سی گالی دی جنہوں نے ایک سائنسداں کو صرف اس لیے سزا دی تھی کہ وہ زمین کی گردش کا قائل تھا۔۔۔۔۔ اتنی موٹی گالی میں نے آج تک کسی اور کو نہیں دی تھی۔۔۔۔۔ میں نے ایک لمبا سانس کھینچا۔۔اپنے بھاری جبڑوں تلے چند حروف چبائے اور ذہن میں ایک جملہ ترتیب دیا۔۔۔ مجھے اپنی آنکھوں کے سامنے چھڑی ناچتی ہوئی دکھائی دی۔۔۔۔ اور اس کے لمبے لمبے نوکیلے دانت بھی۔۔۔۔ ایسا لگ رہا تھا کہ یہ ابھی چشم زدن میں میرے جسم میں پیوست ہو جائیں گے۔۔۔۔ میں نے جملہ کی ترتیب مکمل کی اور اگلے لمحے قاری صاحب کے کانوں کی سیدھ میں اچھال دیا۔۔۔

"میں نے نہیں کھایا۔۔۔۔۔ دال میں کچے تیل کی مہک آرہی تھی۔۔۔ اور۔۔۔۔۔ اور روٹیاں بھی کچی تھیں۔۔۔۔" یہ کہتے کہتے میری آنکھیں خود بخود مند گئیں۔

فیصلہ ہو چکا تھا، احتجاج فرو کیا جا چکا تھا اور میرا کچھ بھی بولنا بے کار تھا۔۔۔ میں نے آنکھیں کھولیں۔۔۔۔ میری نظر قاری صاحب کی پیٹھ سے ٹکرائی۔۔۔۔ وہ دوسری طرف منہ کئے منشی جی کو تاکید کر رہے تھے کہ آئندہ کھانے میں احتیاط برتی جائے۔۔۔۔ اب میں حیرت کے سمندر میں غوطے کھا رہا تھا۔۔۔ دور کھڑے ہوئے لڑکے بھی تیز تیز پلکیں جھپکا رہے تھے۔۔۔ جیسے انہیں اپنی آنکھوں پر یقین نہ آرہا ہو۔۔۔۔۔ مجھے دو قمچیاں انعام میں کیوں نہ ملیں۔۔۔ جبکہ سب نے سچ بولا تھا اور میں نے جھوٹ۔۔۔ سب نے سرینڈر کیا تھا اور میں نے احتجاج جاری رکھا تھا۔۔۔۔۔۔۔ میں نے سوچا اور فتحمندی کے گرم احساس سے ایڑیاں اچکاتا ہوا اپنے کمرے کی طرف بڑھا اور

چادر سے منہ ڈھک کر لیٹ گیا۔ چند منٹ بعد ارشد اور اس کے ساتھی آئے اور معذرت کرنے لگے۔۔۔۔۔وہ پکار رہے تھے۔۔۔۔استاد۔۔۔۔۔۔۔استاد۔۔۔۔۔۔۔اور میں ایسے بودے لڑکوں کے ساتھ آئندہ کسی احتجاج میں شریک نہ ہونے کی قسم کھا رہا تھا۔

***

لجا

اُس کے دماغ میں ایک زور دار دھماکہ ہوا اور وہ سیدھا ہو کر بیٹھ گیا۔ ابھی اس کے کپ میں آدھی سے زیادہ چائے باقی تھی، اس نے ایک ہی چسکی میں کپ خالی کر دیا اور ٹی وی کی طرف متوجہ ہو گیا۔ شام کے ساڑھے نو بج رہے تھے، ٹی وی پر مقامی خبریں نشر کی جا رہی تھیں۔ فی الوقت جو خبر اس کے دماغ میں دھماکے کا سبب بنی تھی وہ کوئی نئی نہیں تھی۔ پچھلے پندرہ دنوں سے سوامی اسیمانند کے اقبالیہ بیان کو لے کر میڈیا میں کافی چرچا تھا۔ تقریباً تمام ہی نیوز چینلز خصوصیت کے ساتھ سوامی سے متعلق خبریں نشر کر رہے تھے۔ دراصل اس کے دماغ میں دھماکے کا سبب متعلقہ نیوز سے پیدا ہونے والا ایک خیال تھا۔ جو بجلی کی طرح اس کے دماغ کی شریانوں میں کوندا تھا اور دماغ کی دیواروں پر چنگم کی طرح چپک گیا تھا۔

وہ گزشتہ کئی دنوں سے اپنے طور پر یہ جاننے کی کوشش کر رہا تھا کہ اس کا دوست ان دنوں بجھا بجھا سا کیوں لگ رہا ہے، کئی بار اس کے دل میں آیا کہ اس سے دریافت کرے مگر ہر بار کچھ سوچ کر رہ جاتا۔ اس نے کئی طرح کے اسباب پر غور کیا اور کئی سارے خیالات اس کے دماغ میں آئے بھی مگر سب ایک ایک کرکے ادھر اُدھر رینگ گئے۔ ان میں سے کوئی بھی اس کے دماغ کہ تہہ میں کنڈلی مار کر نہ بیٹھ سکا۔

آنند کمار اس کے بچپن کا دوست تھا، اس کے اچھے برے دنوں کا ساتھی۔ ہنس مکھ اور زندہ دل۔ اس نے اپنی زندگی میں بہت سارے نشیب و فراز دیکھے تھے مگر اس طرح

سے تو وہ کبھی بھی نہیں ٹوٹا تھا۔ اگر کبھی جانے انجانے میں ٹوٹ بھی جاتا تھا تو اپنے دل کے سارے ٹکڑے ایک ایک کر کے اس کے سامنے ڈھیر کر دیتا تھا۔ وہ ان تمام ٹوٹے ہوئے ٹکڑوں کو یکجا کرتا، انہیں ایک دوسرے سے جوڑتا اور ایک نیا دل تیار کر دیتا۔۔۔ اور ایک بار پھر آنند کی زندہ دلی لوٹ آتی۔ مگر اس بار وہ ٹوٹا تو کچھ اس طرح ٹوٹا کہ اس کے وجود پر پراسرار خاموشی چھا گئی، جوں جوں دن گزرتے جا رہے تھے اس کی خاموشی میں پراسراریت کی مزید گرہیں لگتی جا رہی تھیں۔ کسی اور کے لیے یہ بات اتنی تکلیف دہ نہ رہی ہو تاہم اس کے لیے یہ بات بہت تکلیف دہ تھی۔ ایک بات اور بھی تھی جو اس سے بھی زیادہ تعجب خیز تھی۔ اس بار آنند نے اپنے دل کے ٹکڑے کسی کے آگے ڈھیر نہ کیئے۔۔۔ یہاں تک کہ خود اس کے آگے بھی نہیں۔۔

اب جب کہ ایک خیال اس کے دماغ میں بجلی کے موافق کوندا تھا اور رگ وپے میں اتر گیا تھا تو اس نے آنند کی سربستہ خاموشی کے تار کی گرہیں کھولنے کی سوچی۔ چائے کا خالی کپ میز پر رکھا، ٹی وی سوئچ آف کیا اور اہل خانہ کو بنا کچھ بتائے دروازے سے باہر نکل گیا۔

دروازہ کھلا تو ایک سرد ہوا کے جھوکے نے اس کا استقبال کیا، یخ بستہ ہوا کی ایک سرد لہر اس کے پورے وجود میں اوپر سے نیچے تک اترتی چلی گئی۔ وہ ہوا کی مخالف سمت میں لمبے لمبے قدم رکھتا ہوا چلتا رہا، کوئی دس منٹ کی مسافت کے بعد ایک جانے پہچانے دروازے پر دستک دی۔ اس سے پہلے اس نے کبھی دستک نہیں دی تھی کیونکہ اس کی ضرورت ہی نہیں پڑی تھی، وہ جب بھی اس گھر میں آیا کرتا تو جیسے گھر خود آگے بڑھ کر اس کا استقبال کرتا۔ مگر اس بار ایسا نہیں ہوا اور اس کو دستک دینی پڑی۔

"کون؟۔۔" ایک معصوم نسوانی آواز اس کے کانوں سے ٹکرائی۔

"میں ہوں۔۔۔ کلیم"

"اوہ۔۔انکل، آپ۔۔اندر آیئے نا۔۔" یہ آنند کمار کی بیٹی تھی۔ شاید وہ دوسرے کمرے میں تھی اور دروازے پر دستک سن کر تیزی سے دوڑتی ہوئی آئی تھی، اسی لیے اس کے سانسیں بے ترتیب ہو رہی تھیں۔

" اندر آیئے نا، انکل۔۔ آپ بھی کیا اجنبیوں کی طرح دروازے پر کھڑے ہوئے ہیں"

"ابو کہاں ہیں بیٹا؟۔"

"ابو۔۔ وہ تو باہر گیے ہیں۔۔اور کچھ بتا کر بھی نہیں گئے۔۔بس آتے ہی ہوں گے۔جب تک آپ بیٹھیے۔ میں آپ کے لیے چائے بنا کر لاتی ہوں۔"

اس نے کچھ جواب نہ دیا اور الٹے پاؤں واپس ہولیا۔ پریتی اس کا منہ تکتی رہ گئی۔ اس نے انکل کا یہ رویہ اور بجھا بجھا چہرہ اس سے پہلے کبھی نہ دیکھا تھا۔

"ابو، ابھی آپ کہاں گئے تھے؟"

"کہیں نہیں بیٹ　　ا، بس یونہی چہل قدمی کرنے گیا تھا"

گیارہ سالہ نعیم اپنے ابو کے اس جواب سے مطمئن نہیں ہوا۔

"مگر اس طرح چپکے سے نکل گئے، امی پریشان ہو رہی تھیں"

وہ خاموش رہا اور اپنے سونے کے کمرے کی طرف چلا گیا۔

بستر پر نیم دراز ہو کر رضائی کو سر تک کھینچا اور خیالوں میں گم ہو گیا۔

وقت الٹے پاؤں تیزی سے دوڑنے لگا اور وہ چند لمحوں میں تیس سال پیچھے چلا گیا، یہ ایک چاندنی رات کا پہلا پہر تھا، ابھی رات نے داؤد نگر کے سینے پر اپنے پر پھیلانے شروع کیے تھے، سڑک کے کنارے کھڑے ہوئے دورویہ درختوں پر، در و دیوار پر، چھت اور

بالکنی پر اور باہر میدان میں دور دور تک چاندنی چھٹکی ہوئی تھی، داؤد نگر کا چھوٹا سا محلہ حمیر پور بقعۂ نور بنا ہوا تھا۔ باہر گلی میں بچے دھما چوکڑی مچا رہے تھے، ان میں روحی بھی تھی اور روحینی بھی، رحیم بھی تھا اور رامو بھی، لالہ موہن داس کا اکلوتا بیٹا بھی تھا اور پان والے شفیق بھائی کا پوتا بھی، آنند بھی تھا اور کلیم بھی۔ یہ سب ایک دوسرے کے ناموں سے واقف تھے مگر ان کے معانی سے ناواقف تھے۔ سب بچے دو ٹولیوں میں بٹے ہوئے تھے، ایک ٹولی تاریک جگہوں میں چھپتی پھر رہی تھی اور دوسری ٹولی اس کے تعاقب میں دیواروں اور درختوں کے پیچھے تاک جھانک کر رہی تھی۔ کھیل اسی طرح چلتا رہا، یہ عجیب کھیل تھا اس میں نہ ہار کا غم تھا اور نہ جیتنے کی خوشی۔ نہ کوئی تعریف کرنے والا ہوتا اور نہ کوئی غلطیاں نکالنے والا، یہ سب بچے خود ہی کھیلتے اور خود ہی دیکھتے تھے۔ کبھی روحی چھپتی پھرتی اور روحینی اس کا پیچھا کرتی اور کبھی روحینی چھپتی پھرتی اور روحی اس کے تعاقب میں دوڑتے دوڑتے ہانپنے لگتی۔ یہ محض اتفاق نہ تھا کہ کلیم اور آنند ہمیشہ ایک ہی طرف رہتے تھے، آج رات بھی وہ دونوں ایک طرف ہی تھے، البتہ یہ اتفاق ضرور تھا کہ اس بار بھی انہیں کی ٹولی فتح یاب ہوئی تھی۔

اس نے سڑک کنارے سے پتھر اٹھایا اور سامنے کھڑے چھوٹے گھنے درخت کی طرف اچھال دیا۔ چڑیوں کا ایک غول چیں چیں کرتا ہوا آسمان کی طرف اڑا اور چھوٹا سا ایک چکر کاٹ کر چیں چیں کرتا ہوا واپس درخت کی ننھی ننھی ٹہنیوں میں سما گیا۔

"یہ کیا کیا تم نے۔۔۔ یہ چڑیوں کے آرام کا وقت ہے، ایسا کرنے سے انہیں تکلیف ہوتی ہے اور کسی بھی جیو کو تکلیف دینا پاپ ہے"

آنند نے کلیم کے گلے میں باہیں ڈالتے ہوئے کہا۔

اور دونوں دوسرے بچوں سے دور اسکول کی سیڑھیوں پر جا بیٹھے، لمحات کی چین

دھیرے دھیرے پیچھے کی طرف سرکتی رہی اور چاندنی آہستہ آہستہ اپنے جوبن کی طرف بڑھتی رہی۔۔۔

فجر کی اذان کی آواز سے اس کی آنکھ کھل گئی اور وہ چشم زدن میں ماضی کی سیڑھیاں عبور کرتا ہوا حال میں آ کھڑا ہوا۔

کل جب دیر رات آنند گھر لوٹا تو پریتی اس کی آنکھوں میں جھانک کر دیکھنے لگی۔

"ایسے کیا دیکھ رہی ہو؟"

اور اس نے نظریں بچالیں

"کچھ نہیں۔۔۔ وہ انکل آئے تھے اور آپ کو پوچھ رہے تھے۔"

"تو تم نے کیا کہہ دیا ان سے"

"میں کیا کہتی۔۔ میں نے بیٹھنے کو کہا، چائے کو پوچھا۔۔ مگر وہ دروازے ہی سے واپس چلے گیے۔ وہ کچھ پریشان لگ رہے تھے۔۔ پتہ نہیں کیا بات ہے؟ آپ کو تو پتہ ہوگا نا ابو"

اس نے کچھ جواب نہ دیا اور صبح ہونے کا انتظار کرنے لگا۔

دوپہر کے دو بج رہے تھے، باہر ملگجی دھوپ پھیلی ہوئی تھی، کل کے مقابلے آج کا موسم قدرے بہتر تھا مگر ابھی ہوا میں تیزی تھی۔ کالج سے واپسی پر اس نے سیدھے کلیم کے گھر کا رخ کیا۔

"آ گئے تم۔۔۔؟"

آج خارق عادت تیکھی نظروں نے اس کا استقبال کیا۔

"ہاں! آ گیا، بولو کیا بات ہے۔۔ رات گھر گئے اور دروازے ہی سے لوٹ آئے۔ تھوڑا انتظار کر لیتے تو بوڑھے نہیں ہو جاتے"

"کیا بات ہے۔ آج کل بڑے اکھڑے اکھڑے لگ رہے ہو۔۔؟"

کلیم نے آنند کی آنکھوں کی پتلیوں میں جھانک کر دیکھا۔

"کیا بات ہے، میں تمہیں بہت فکر مند دیکھ رہا ہوں"

کلیم نے اس کے مضرابِ نفس کو چھیڑا۔ مگر ادھر سے کوئی جواب نہ ملا۔ کچھ دیر ماحول پر سکوت چھایا رہا۔ گھر کی بوجھل بوجھل فضا میں دم گھٹنے کا احساس دونوں کو ستانے لگا۔

نوخیز نیوز ریڈر کی کھنکھناتی ہوئی آواز ساکت فضا میں ارتعاش پیدا کر رہی تھی۔

آج بیس دن بعد بھی ٹی وی پر اسیمانند سے متعلق خبریں تسلسل کے ساتھ دکھائی جا رہی تھیں، کئی ٹی وی چینلز خصوصی رپورٹیں پیش کر رہے تھے، چار آنکھیں اسکرین پر جمی ہوئی تھیں اور دو سر زانوں پر رکھے ہوئے تھے۔

"اسے بند کر دو" اس نے ٹی وی کی طر اشارہ کرتے ہوئے کہا۔ آنند کے لہجے میں جھنجلاہٹ تھی۔

"لیکن کیوں۔۔۔۔۔؟"

"نہیں سنا جاتا مجھ سے یہ سب۔۔۔ تنگ آ گیا ہوں میں یہ سب دیکھتے دیکھتے۔۔۔ دیکھو مجھے کیا حالت ہو گئی ہے میری، کاٹو تو بدن میں خون نہیں۔"

اب اس کا خیال یقین میں بدل چکا تھا، اس نے آنند کے دونوں ہاتھ اپنے لرزتے ہاتھوں میں تھام لیے۔۔۔

"آنند! ہوش کے ناخن لو۔۔! سنبھالو اپنے آپ کو۔۔۔، کل جب اے ٹی ایس اندھی بہری ہو کر میرے پیچھے بھاگ رہی تھی، تب میری بھی یہی حالت تھی، بلکہ اس سے بھی زیادہ بری، میں اپنی پوری طاقت سے دوڑ رہا تھا اور تحقیقاتی ایجنسیاں، پولس اور میڈیا میرا تعاقب کر رہی تھیں۔۔۔ میں اور کتنی دیر بھاگ سکتا تھا۔۔ انہوں نے ایک آخری جست لگائی اور مجھے پیچھے سے پکڑ لیا، میری قمیص کے چاک ادھڑ گئے اور میں نیم

برہنہ ہو گیا، پھر مجھے میڈیا کے سامنے پیش کیا گیا اور ساری دنیا کے سامنے عریاں کر دیا۔ دنیا میرے آنکھوں کے سامنے اندھیری ہو گئی۔ غیر مجھ پر تھوکنے لگے اور میرے اپنے مجھ سے بھاگنے لگے۔۔ایک بار تو میں نے خود ہی اپنے ضمیر کی عدالت میں خود کو مجرم قرار دے لیا۔۔۔اس وقت تم بھی میرا درد نہ سمجھ سکے۔۔میں نے تم سے فریاد نہ کی اور تم نے پوچھنے کی ضرورت نہ سمجھی۔ میں نے اپنے لب سی لیے اور تم نے اپنے لب سی لیے۔۔۔ آنند! تمہیں کیسے بتاؤں۔ بے بسی اور تشنج کی ایک کیفیت تھی جو گھر سے بازار تک، بازار سے کالج تک اور کالج سے پارلیمنٹ تک مستقل میرا پیچھا کر رہی تھی۔۔۔ مگر میں پھر بھی تم سے اسی طرح ملتا رہا جس طرح پہلے ملا کرتا تھا۔۔۔ بچپن میں اور جوانی کے دنوں میں۔۔۔میں جب جب بھی تم سے ملتا تھا، اپنے چہرے پر مصنوعی غلاف چڑھا لیا کرتا تھا۔ تاکہ میرا اضطراب تمہاری خوشیوں کو میلا نہ کر دے۔۔۔میں ایسے چہرے کے ساتھ تم سے ملتا رہا جس سے تم آشنا تھے۔۔۔وہی جسے تم نے چاندنی رات میں کالج کی سیڑھیوں پر دیکھا تھا، چاند کی مخالف سمت میں، چاند کو منہ چڑھاتا ہوا۔۔۔

اور آج جب کیمرے کا رخ تمہاری طرف ہے تو تم ٹوٹ کر بکھر گئے ہو۔ دنیا سے چھپنے کی کوشش کر رہے ہو اور مجھ سے بھی نظر چرا رہے ہو۔ آنند! میں تمہاری تکلیف سمجھ سکتا ہوں۔۔۔کیوں کہ میں اس آگ کے دریا سے گزر چکا ہوں۔۔

خدا کرے تمہارے بارے میں بھی یہ سب کچھ جھوٹ ثابت ہو جائے۔۔۔ جس طرح میرے بارے میں سب کچھ جھوٹ ثابت ہو گیا۔۔۔"

آنند کا سر جھکا ہوا تھا اور اس کی آنکھوں سے ڈھلکتے شبنمی قطرے کلیم کے دل کی گہرائیوں میں ٹپ ٹپ گر رہے تھے۔

***

فیس بک کی اپسرا

وہ فیس بک کی ایک اپسرا تھی۔ سرخ پھول پر بیٹھی ہوئی پیلے پروں والی تتلی کی طرح۔۔۔۔۔۔ گنگناتی ہوئی اور اٹکھیلیاں کرتی ہوئی۔۔۔۔۔ وہ خود کو جنت ارضی سے بتاتی تھی۔۔۔۔ مگر اپنے ممتاز نقوش اور بے حد پرکشش خدوخال سے کسی پرستان کی پری جیسی لگتی تھی۔ پڑھی لکھی اور سمجھدار قسم کی۔۔۔ دراصل وہ اکاؤنٹینٹ تھی اور ادبی چیزیں محض اپنے شوق کی وجہ سے پڑھتی تھی۔ یہ شوق اسے اس وقت لگا تھا جب وہ اپنے اندر بے چینیاں محسوس کرنے لگی تھی۔ کسی تکلیف کے بغیر اور پیٹ بھرا ہوا ہونے کے باوجود۔ کبھی اسے محسوس ہوتا کہ دل کے آس پاس کے کسی حصے میں ایک آگ سی لگی ہوئی ہے۔ پھر وہ شاور کے نیچے بیٹھ جاتی مگر یہ وہ پانی نہیں تھا جو اس آگ کو بجھا سکتا تھا۔ اس کی ماں کہتی تھی کہ بیٹا اس عمر میں ایسا ہوتا ہے۔۔۔۔۔۔۔ کیوں ہوتا ہے یہ بتا پانا مشکل ہے۔۔۔۔ پر ہوتا ہے سب کے ساتھ ہوتا ہے۔۔۔۔ میرے ساتھ بھی ہوتا تھا۔ میں نے تو اس آگ میں جل کر مزا لینے کی عادت بنالی تھی۔۔۔۔۔

اس نے اپنے طور پر اس بے چینی کا علاج ادب اور شاعری میں تلاش کیا اور اسے لگا کہ یہاں اس کے لئے کافی سامان ہے۔

یہ بات اس نے مختلف مواقع پر بتائی تھی۔

پہلے اس نے میری ایک کہانی کو پسند کیا اور پھر خاص دوستوں کی فہرست میں مجھے بھی شامل کر لیا۔ کافی دنوں تک وہ میری کہانیوں، افسانوں اور کہانی نما تحریروں کو پڑھتی

اور پسند کرتی رہی۔ جواب میں میں بھی اس کے کمینٹس کی دل کھول کر داد دیتا رہا۔۔

میں تم سے اتفاق کرتا ہوں۔ کمینٹس کے لیے شکریہ۔ تمہارے اندر ادب کو سمجھنے اور تجزیہ کرنے کی اچھی سمجھ ہے۔۔۔ گرچہ تم ادب کی طالبہ نہیں ہو۔۔۔۔۔ پھر بھی تم جس طرح کی سوجھ بوجھ کے ساتھ تبصرہ کرتی ہو اس کے لیے مجھے تمہیں داد دینی ہی ہو گی۔ شکریہ رینو۔۔ ۔۔۔۔۔۔ تمہارے اس خوبصورت تبصرے کے لئے۔۔۔ اور اس بات کے لیے بھی کہ تم میری تخلیقات کو دقتِ نظر سے پڑھتی ہو۔

اور پھر یوں ہوا کہ ہم دونوں چیٹنگ کرنے لگے۔۔۔۔۔

میں نے اپنے بارے میں زیادہ جانکاری اپلوڈ نہیں کی تھی۔۔۔ اور اس نے بھی اپنے بارے میں کچھ زیادہ معلومات فراہم نہیں کی تھیں۔۔۔ تاہم میرے ذہن میں اس کا ایک مبہم خاکہ ضرور تھا۔۔۔ وہ میرے اپنے ہی ملک کی تھی، اکاؤنٹینٹ تھی، جاب کرتی تھی، مسلمان تھی اور ادبی چیزیں اپنے شوق سے پڑھتی تھی، اس کے گھر میں اس کے علاوہ اور کوئی اردو نہیں جانتا تھا۔۔۔۔ اور اس نے فیس بک پر فرضی نام سے آئی ڈی بنا رکھی تھی۔ اس نے اپنا اصلی نام نیلوفر بتایا تھا۔ وہ خوبصورت تھی، اس کی تصویر بہت کچھ بولتی تھی۔۔۔ اور یہی میرے لیے بہت کافی تھا۔ میں نے کبھی یہ جاننے کی بھی کوشش نہیں کی کہ یہ اس کی اپنی تصویر ہے یا آئی ڈی کی طرح یہ بھی فرضی ہے۔۔۔ سچ میں۔۔۔! اِس طرف کبھی خیال ہی نہیں گیا۔ تصویر سے خیال ہٹا پاتا تو کہیں جاتا بھی۔۔۔ میں بچپن ہی سے فریب خوردہ انسان رہا ہوں۔

ایک بار اس نے استفسار کیا کہ میں اور کیا کرتا ہوں تو میں نے بس اتنا ہی لکھا کہ بس کہانیاں لکھتا ہوں۔۔۔۔۔۔۔ مگر اس نے مزید زور دے کر پوچھا۔۔۔ اور کیا کرتے

ہیں۔۔۔۔۔۔۔تو مجھے جھلاہٹ سی ہوئی اور میں نے جواب دیا کہ کہانیاں لکھنا اور پڑھنا بھی تو ایک کام ہی ہے۔۔۔۔۔۔۔اور لکھنے پڑھنے کی عادت اتنا وقت مانگتی ہے کہ کسی اور کام کے لیے وقت ہی نہیں رہ جاتا۔۔۔۔۔در اصل شروع کے ان دنوں میں میں نہیں چاہتا تھا کہ وہ مجھے ہلکے میں لے اور چیٹنگ جیسے واہیات فعل میں وقت گنوانے والے دوسرے لوگوں کی صف میں مجھے بھی کھڑا کرے۔۔۔۔۔میں ذرا مختلف قسم کا آدمی رہا ہوں اور میں اپنی انفرادیت کو ہر قیمت پر باقی رکھنا چاہتا ہوں۔

پاسپورٹ سائز کی تصویر میں وہ بڑی دلکش لگتی تھی۔اس نے پیلے رنگ کا ٹی شرٹ پہنا ہوا تھا۔اور ٹھیک سینے کے ابھار پر "آئی ہیٹ یو" انگریزی الفاظ میں لکھا ہوا تھا۔اس کے بال کھلے ہوئے تھے جن کے سامنے والے حصے پر سنہرے رنگ کی پالش کی گئی تھی۔اس کے چہرے پر عجیب طرح کی معصومیت تھی، اس کے ایک پوسٹ کارڈ سائز کے فوٹو پر تقریباً دو ہزار لوگوں نے کمینٹس لکھے۔ان میں سے تقریباً ایک چوتھائی نے ایک مختصر سا لفظ "کیوٹ" ہی لکھنا پسند کیا تھا۔شاید یہ لفظ اس کے نقوش کی بہتر ترجمانی کرتا تھا۔اتنے سارے لوگ غلط نہیں ہو سکتے۔۔۔۔۔وہ حقیقت میں کیوٹ تھی۔

پھر ایک دن میں نے خدا جانے کس طرح کے احساسات کے تحت چیٹنگ باکس میں لکھ دیا "ویسے لکھنے پڑھنے والے لوگ کوئی دوسرا کام کر بھی نہیں سکتے۔"

"کیوں۔۔۔۔۔۔؟؟؟؟؟؟؟"

اس نے بس "کیوں" لکھا اور اس کے سامنے ڈھیر سارے سوالیہ نشان لگا دیئے۔

"اس لیے کہ وہ اپنا اِیگو بہت زیادہ بڑھا لیتے ہیں۔انہیں، لکھنے پڑھنے، کانفرنسیں کرنے اور محفلیں سجانے کے علاوہ باقی سارے کام ہیچ نظر آتے ہیں۔اور وہ ان میں اپنی توہین محسوس کرتے ہیں۔یا پھر شاید اس لیے کہ وہ باقی کسی بھی کام کے لیے ناکارہ ہو جاتے

ہیں۔ کیونکہ وہ لکھنے پڑھنے کی وجہ سے آرام طلب ہو جاتے ہیں اور اپنی صلاحیتیں کھو دیتے ہیں۔"

"مگر میں ایسا نہیں مانتی۔۔۔۔۔۔۔۔"

اس کے ٹائپ کئے ہوئے الفاظ میں اس کے لہجے کی تندی صاف محسوس کی جا سکتی تھی۔

"کوئی بات نہیں۔۔۔۔۔ تمہیں اپنی رائے رکھنے کا پورا اختیار ہے۔ آخر اب تم بچی تو نہیں رہیں۔۔۔ اگر آج ہی تمہاری شادی کر دی جائے تو تم کل ہی ماں بن جاؤ گی۔" میں نے اس کی ناگواری کو بھانپتے ہوئے اسے مزاح کا رخ دینے کی کوشش کی۔

وہ ابھی نو عمر تھی۔۔۔ زندگی کی لذتوں سے ناآشنا اور زندگی کی مشکلات سے بے پروا۔۔۔ اس نے ابھی زندگی کا پھل بھی نہیں چکھا تھا۔۔۔۔۔ جب وہ آن لائن ہوتی تو میرے دل و دماغ میں جیسے سوئیاں سی چبھتی ہوئی محسوس ہوتیں، یا ایسا لگتا کہ الفاظ معانی سے بھر گئے ہیں یا پنگھٹ پر شام اتر آئی ہے اور پانی بھرنے والی دوشیزائیں اور مائیں اپنے اپنے گھروں کو لوٹ رہی ہیں۔۔۔ اپنے کولھوں اور سروں پر پانی سے بھرے گھڑے اٹھائے ہوئے اور چھوٹے بچوں کو اپنے آگے دوڑاتے ہوئے۔ اس وقت مجھے محسوس ہوتا کہ میں ایک ہی جست میں کئی سال پیچھے چلا گیا ہوں، میری کھلنڈری عمر کے دن عود کر آئے ہیں اور کھڑکی کے باہر ہوا میں جھولتے ہوئے سرخ گلاب کی نازک پنکھڑیوں پر اوس گر رہی ہے۔ میرے ہونٹ کسی اندرونی قوت کے ذریعہ خود بخود سکڑ جاتے اور تیز سیٹی جیسی آواز کمرے میں گونجنے لگتی۔

"ہوا اور پانی، قدرت کے دو فنکار ہاتھ ہیں، قدرت ان کی مدد سے روئے زمین پر بوقلمونی کرتی رہتی ہے۔۔۔"

رینو اسی طرح کی اوٹ پٹانگ باتیں سوچتی اور فیس بک پر اپ لوڈ کرتی رہتی۔ اس نے اپنی اس بات کی دلیل کے طور پر جنتِ ارضی کا ایک خوبصورت سا سین بھی دیا تھا۔ جس میں سامنے کی طرف لہریں لیتا ہوا دریا بہہ رہا تھا اور عقب میں ہری بھری بلند و بالا چوٹیاں نظر آ رہی تھیں۔ سب سے آخر میں نظر آنے والی چوٹیوں پر برف کی موٹی تہہ جمی ہوئی تھی۔ دور کسی درخت کی ٹہنی پر جنگلی کبوتروں کا جوڑا جوانی کی سرمستیوں میں ڈوبا ہوا، خوف کے سایوں سے بے پروا، محبتوں کی جنتیں تعمیر کرنے میں مصروف تھا۔

تصویر بہت دلکش تھی۔۔۔۔ نظروں کو خیرہ کر دینے والی۔۔۔۔۔۔۔ مگر پتہ نہیں کس طرح میرا ذہن وادی کے ان لوگوں کی طرف چلا گیا جن کی زندگیاں گن پوائنٹ پر رکھی ہوئی ہیں۔ جنہیں اس جنت نما وادی میں رہنے کی اجازت تو ہے مگر محبتوں کی جنتیں تعمیر کرنے کی اجازت نہیں۔ جنت نشاں وادی۔۔۔۔۔۔۔۔۔ جہاں گزشتہ ایک صدی میں کوئی نئی چیز تعمیر نہیں کی گئی سوائے ان گمنام قبروں کے جن کے بارے میں وادی سے باہر کے لوگ زیادہ نہیں جانتے۔۔ ۔۔۔۔۔۔ اور میں اندر سے دکھی ہو گیا۔ ۔۔۔۔۔۔ مگر میرے لیے یہ کوئی نیا تجربہ نہیں تھا جب مجھے ایک خوش کرنے والی چیز نے رنجیدہ کر دیا تھا۔۔۔۔۔۔۔۔۔۔ میرے ساتھ اس سے پہلے بھی بارہا ایسا ہو چکا ہے جب میں شادی کی محفل سے نمناک اٹھا ہوں اور جنازے سے لوٹتے ہوئے ہنستا مسکراتا گھر میں داخل ہوا ہوں۔

"رینو کی تصویر پر ڈھائی ہزار کمینٹس میں؛ اور جنتِ ارضی کے بطن میں ڈھائی ہزار بے نشان قبروں کی موجودگی میں؛ آخر کیا مناسبت ہو سکتی ہے۔۔۔۔۔۔۔ ؟۔"

رنجیدگی کے نامراد احساسات سے دکھتے ہوئے بعض ذہنی خلیوں سے میں نے سوچا۔

"ہاہا۔۔۔ہاہا۔۔ ۔۔۔۔ آج آپ خاصے مُوڈ میں لگ رہے ہیں۔۔ ۔۔۔لگتا ہے نائیلہ باجی آج کل آپ کا کچھ زیادہ ہی خیال رکھ رہی ہیں۔"

پہلے تو مجھے لگا تھا کہ شادی کے دوسرے روز ماں بن جانے والی بات اس کو غصہ بھی دلا سکتی ہے۔ مگر میں نے ہمت کر کے لکھ دیا اور جب اگلے لمحے اس کا جواب آیا تو رنجید گی کے نامراد احساسات سے دکھتے ہوئے میرے تمام ذہنی خلئے عجیب طرح کی خوشگواری سے سرشار ہو گئے۔۔۔۔۔ اس وقت مجھے اپنی سوجھ بوجھ پر اور بے خطر اقدام کرنے کی ہمتِ مردانہ پر یک گونہ فخر محسوس ہوا۔

"یہ تم بات بات پر نائیلہ کو درمیان میں کیوں گھسیٹ لاتی ہو۔۔۔؟" مگر میں نے قدرے ناگواری سے جواب دیا۔

اور پھر میں اپنے تمام تر ننگِ وجود کے ساتھ ایسی حسین وادی میں اتر گیا جو جنتِ ارضی سے زیادہ خوبصورت تھی۔

اس کے دوستوں کی تعداد سینکڑوں میں تھی۔ دنیا بھر کے لوگ اس کی اپلوڈ کی ہوئی چیزوں کو بے حد رغبت سے دیکھتے تھے اور جی جان سے کمینٹس کرتے تھے۔۔ ۔۔۔ کبھی کبھی مجھے غصہ بھی آنے لگتا کہ اس کے چاہنے والے کتنے زیادہ ہیں۔ اگر وہ اوٹ پٹانگ سی کوئی چیز بھی اپلوڈ کر دیتی ہے تو اس کو لائک کرنے والوں اور اس پر کمینٹس لکھنے والوں کی جیسے لائن لگ جاتی ہے۔۔۔ جیسے چیونٹیاں شکر کے دانے چننے کے لیے لائن لگا دیتی ہیں۔۔۔ بوڑھے، بچے، لڑکے، لڑکیاں، عورتیں، ادیب اور غیر ادیب، مولوی اور غیر مولوی سب کے سب جیسے اپنے اپنے جامہ سے باہر آ گئے ہوں۔۔۔۔ جبکہ میری اپلوڈ کی ہوئی چیزوں کو میرے بچپن کے دو چار دوست ہی لائک کرتے یا ہلکا پھلکا اور بے جان سا کمینٹ کرتے جس کے بین السطور سے جھوٹی تعریف منہ چڑھاتی ہوئی صاف

محسوس کی جا سکتی تھی۔۔۔ان کم بختوں کو جھوٹ بولنا بھی نہیں آتا۔۔۔کم از کم جھوٹ کو اس طرح تو بولنا چاہیے کہ وہ پہلی نظر میں سچ جیسا نظر آئے۔۔۔۔میں جھلاہٹ کے عالم میں فیس بک سے لاگ آؤٹ ہو جانے کی سوچتا۔

مگر کچھ ہی پلوں میں جانے ایسا کیا ہو جاتا کہ احساس کہتری کے دوران کہیں سے میرا خیال سر نکالتا اور ایک ہی جست میں اس کے سینے کے ابھار پر جلی حروف میں لکھی ہوئی عبارت پر جا چپکتا۔

"آئی ہیٹ یو۔۔۔" پتہ نہیں مجھے ایسا کیوں لگتا تھا کہ یہ مجھے چڑھا رہی ہے۔بظاہر نفرت کرنے کی کوئی وجہ سمجھ نہ آتی تھی۔اس کی تصویر سے،اس کے لفظوں سے اور اس کی پسند و ناپسند سے تو جیسے خوشبو اٹھتی ہوئی محسوس ہوتی ہے۔پھر اس نے یہ کیوں لکھ رکھا ہے۔

مگر "آئی ہیٹ یو کا مطلب "آئی لو یو" بھی تو ہوتا ہے۔اس سوچ کے آتے ہی میرا وجود ایک خاص قسم کی ترنگ سے بھر جاتا۔

میرا خیال تھا کہ میں فیس بک کے استعمال سے تیزی سے بدلتے ہوئے وقت کا تعاقب کر سکوں گا اور برق رفتاری کے ساتھ تغیر پذیر حالات کا سارا حساب رکھ سکنے میں کامیاب ہو سکوں گا۔مگر میرا خیال غلط تھا۔میں وقت کا تعاقب کرنے کے بجائے ایک اپسرا کے تعاقب میں لگ گیا تھا، جبکہ مجھے اچھی طرح معلوم تھا کہ تتلیاں ہر کس و ناکس کے ہاتھ نہیں آتیں اور تتلیاں پکڑنے کی کوشش ہزار بکھیڑوں کو جنم دیتی ہے۔اس کے ساتھ ہی مجھے بچپن کا وہ واقعہ یاد آ گیا جب میں نے پیلے پروں والی تتلی پکڑنے کی کوشش کی تھی، مگر اچانک میں اوندھے منہ گرا اور سینے پر خاص دل کے مقام پر چوٹ کھائی۔۔۔۔اور نتیجے میں باجی کو امی کے ہاتھوں مار کھانی پڑی۔۔۔۔کیونکہ انہوں نے میری

نگہداشت سے غفلت برتی تھی۔

"اچھا۔۔۔۔۔! کہانیاں لکھنے کے ذاتی تجربے کے بارے میں کچھ بتائیں؟"

میں ابھی ہیٹ اور لوُ کے چکر میں الجھا ہوا تھا کہ اس نے اگلا سوال جڑ دیا۔

"کئی بار کئی کہانیاں اتنی آسانی سے لکھ لیتا ہوں جتنی آسانی سے سوئی میں دھاگہ ڈالا جاتا ہے اور کئی بار اتنی مشکل سے ایک کہانی لکھ پاتا ہوں جتنی مشکل سے کوئی عورت ایک بچے کو جنم دیتی ہے۔ کہانیاں لکھنے کا فن بھی عجیب ہے۔۔۔ بالکل عجیب۔ شاید تم یقین نہ کرو۔۔ مگر یہ عجیب ہے، دنیا کے ساتوں عجوبوں سے بھی زیادہ عجیب۔۔۔۔۔ مگر آج کے دور میں کہانیاں لکھنے کا معاملہ ایسا ہی ہے جیسے کوئی حسن کے بازار میں متاع ہنر بیچتا پھرے۔ بازارِ حسن کی نزاکتوں سے بے خبر اور کہانیوں کے انجام سے بے پروا۔"

"ایک اور سوال پوچھوں۔۔۔؟"

"ہاں۔۔۔ بالکل، ایک ہی کیوں دس پوچھو۔"

"کہیں میں آپ کو ڈسٹرب تو نہیں کر رہی۔۔۔۔"

"ارے۔۔۔ ارے۔۔۔ نہیں نہیں۔۔۔ بالکل نہیں۔۔۔ یہ تم کیسی باتیں کر رہی ہو۔۔ تم اور ڈسٹرب۔۔۔!!"

"آپ زندگی کے بارے میں کیا سوچتے ہیں۔۔۔۔؟"

"مطلب۔۔۔۔۔۔۔؟"

"مطلب یہ کہ زندگی حقیقت ہے یا سراب، پانی کا ایک بلبلہ ہے یا ٹھوس پتھر۔۔ ۔۔۔۔۔ زندگی سر تاپا عشق و مستی ہے یا سراسر زخم اور درد۔ زندگی موت کی حریف ہے یا موت کی حلیف۔ اور۔۔۔۔۔۔۔ سب سے بڑھ کر یہ کہ زندگی اور موت کی کشمکش کو آپ کیا نام دینا چاہیں گے۔ یا اس کو بیان کرنے جائیں گے تو آپ کے الفاظ کیا ہوں گے۔"

"۔۔۔زندگی موت کے خلاف اعلان جنگ ہے۔۔۔جب تک ہم زندگی کے قیدی ہیں تب تک موت کے خلاف بر سر پیکار ہیں۔ مگر ایک دن۔۔۔۔۔۔۔۔۔۔ موت ہمیں زندگی کی قید سے نکال کر اپنا قیدی بنا لے گی۔ ہمیں معلوم ہے کہ ہم یہ جنگ ہار جائیں گے پھر بھی ہمیں لڑنا ہے اور تا عمر لڑنا ہے۔۔۔اس وقت تک جب تک ہم ہار نہیں جاتے۔۔۔یہ اس دنیا کی شاید سب سے زیادہ انوکھی جنگ ہے جو ہارنے کے لیے لڑی جاتی ہے۔۔۔زندگی کے لیے لڑنا ایک ایسی جنگ لڑنا ہے جس کا نتیجہ ہمیں پہلے ہی سے معلوم ہے۔ مگر پھر بھی ہم لڑتے ہیں کہ اس کے بنا کوئی چارہ نہیں۔ ہم ایک نہ ایک دن موت کے قیدی ضرور بنیں گے مگر اتنی آسانی سے نہیں۔۔۔موت ہمیں ڈرا نہیں سکتی۔ کسی بھی قیمت پر نہیں۔۔۔۔۔۔۔۔۔۔نہیں بالکل نہیں۔۔۔۔ہم آدم کی اولاد ضرور ہیں مگر آدم نہیں ہیں جنھوں نے موت سے ڈر کر گندم کھالیا تھا۔۔۔۔۔مگر نتیجہ کیا نکلا۔ یہی نا کہ وہ موت سے نہ بچ سکے۔ ہمیں پتہ ہے کہ ہم بھی موت سے نہیں بھاگ سکتے۔۔۔۔مگر ہم ان میں سے نہیں جو آسانی سے شکار بن جاتے ہیں اور بہکاوے میں آجاتے ہیں۔ کم از کم اماں حوّا کی طرح تو بالکل نہیں۔"

"اچھا۔۔۔۔۔!!!!"

چیٹنگ باکس میں ایک لفظ ابھرا۔۔۔جس کی پرچھائیوں میں حیرت نمایاں تھی۔

"آؤ۔۔چائے پیتے ہیں" دور ڈائنگ ٹیبل پر رکھے ڈنر کے ٹھنڈا ہونے کی پروا کئے بغیر میں اس سے یونہی چائے کا پوچھتا۔

"ابو جلدی آیئے پلیز۔۔۔۔۔۔ ہمیں بہت تیز کی بھوک لگی ہے۔"

بچے ڈائننگ ٹیبل کے گرد بیٹھے شور مچاتے رہتے اور میں اس کے ساتھ چیٹنگ کو

کوئی خوشگوار موڑ دینے کے بارے میں سوچ رہا ہوتا۔

"شکریہ!! میرے حصے کی بھی آپ ہی پی لیجئے۔۔۔۔۔" اور پھر واقعی مجھے چائے کی طلب ستانے لگتی۔

"آج تم نے کیا کھایا۔۔۔۔۔۔۔ میرا مطلب ہے ڈنر میں کیا لیا۔۔۔"

"ابھی تو کچھ نہیں لیا۔۔۔۔۔۔۔ شام میں آفس سے لوٹتے ہوئے میموز کھا لئے تھے۔ اس لیے ابھی زیادہ بھوک نہیں۔۔۔ اور میں تو ویسے بھی لیٹ فیٹ ہی کھاتی ہوں۔"

"اور آپ نے۔۔۔۔۔۔؟"

"میں نے۔۔۔۔۔۔؟؟"

"ہاں، میں آپ ہی سے پوچھ رہی ہوں جناب۔ کہاں کھوئے ہوئے ہیں۔۔۔ کسی اور کے ساتھ بھی چیٹنگ چل رہی ہے کیا۔؟"

"نہیں تو۔۔۔۔۔ میں تمہارے علاوہ کسی اور سے بات نہیں کرتا۔ یہ تمہیں بھی پتہ ہے۔"

"تو پھر اتنی دیر سے جواب کیوں دے رہے ہیں۔۔۔؟"

"وہ دبئی سے ایک گدھا ہے۔۔۔۔۔ میرے کالج کا دوست، وہ پریشان کرتا رہتا ہے۔"

"گدھا ہے۔۔۔۔۔۔۔۔ یا گدھی۔۔۔۔؟"

"نہیں۔۔۔! گدھا ہی ہے۔۔۔۔"

"میں نے کوئی گدھی نہیں پالی۔ سوائے ایک کے۔۔۔۔"

"اچھا۔۔۔! کون ہے وہ۔۔۔؟"

"سوچیۓ۔۔۔!! کون ہو سکتی ہے۔۔؟"

"ویسے لوگ خود کو پہچاننے میں ہمیشہ غلطی کرتے ہیں۔" اور مصنوعی ہنسی ہنسنے کے چکر میں اپنا زیریں ہونٹ کاٹ کھایا۔

"ہاہا۔۔ہاہا۔۔۔" اس نے 'ہا' کو اتنی بار لکھا کہ چیٹنگ باکس انہیں دو حرفوں سے بھر گیا۔

"اچھا فیس بک کے بارے میں آپ کی کیا رائے ہے۔۔۔۔۔۔۔میرے انکل کہتے ہیں کہ فیس بک کی لت اچھی نہیں۔۔۔خاص کر لڑکیوں کے لیے۔ پتہ نہیں ہم کب تک لڑکے اور لڑکیوں میں فرق کرتے رہیں گے۔"

"فیس بک ایک ایسی کھڑکی ہے جہاں سے ہم ظاہر اور پوشیدہ، تمام دنیا کا مشاہدہ کر سکتے ہیں۔اگر ہمیں یہ دیکھنا ہو کہ ہمارے اپنے۔۔ ۔۔۔۔بچے۔۔۔جوان اور بوڑھے۔۔۔۔کیا کیا گل کھلاتے پھر رہے ہیں۔۔۔۔۔۔۔۔۔تو اس کے لیے جو سب سے مختصر اور آسان راستہ ہے، وہ ہے فیس بک میں انٹری کا راستہ۔ پچھلے وقتوں کے شہنشاہوں کا ضمیر جام جہاں نما رہا ہو یا نہ رہا ہو پر موجودہ وقت میں فیس بک جام جہاں نما ضرور ہے۔ جمشید کو اپنے پیالے میں دنیا نظر آتی ہو یا نہ آتی ہو پر فیس بک پر لاگ اِن کرنے والے کو دنیا ضرور نظر آتی ہے۔۔۔۔۔۔آتی ہے اور پوری طرح آتی ہے۔۔۔۔۔۔۔ ۔۔۔اچھی بھی اور بری بھی۔۔۔۔۔۔۔۔علمی بھی اور چھچھوری بھی۔۔۔۔۔ساتر بھی اور برہنہ بھی۔۔۔۔۔ دنیا کے ساتوں عجوبے، قوس و قزح کے ساتوں رنگ اور زمین و آسمان کے چودہ طبق روشن نظر آتے ہیں اور پوری طرح آتے ہیں۔"

" فنٹاسٹک۔۔۔۔۔۔۔۔۔۔ آخر آپ ادیب ہیں نا۔۔۔۔اسی لئے باتیں بنا لیتے ہیں۔"

"تم کہتی ہو تو چلو یونہی صحیح۔۔۔۔۔۔۔۔۔" ویسے مجھے نہیں لگتا کہ مجھے ادیبوں کے پاس بھی پھٹکنا چاہیئے۔ میں نے دل میں سوچا اور ہفتوں اور مہینوں تک اس کے لفظوں کی مہک سے محظوظ ہوتا رہا۔ دراصل حقیقی تعریف وہی ہے جو کسی کو صنف مخالف سے ملے۔ کوئی عورت کسی مرد کی تعریف کرے یا کوئی مرد کسی عورت کے لئے قصیدہ لکھے۔ مجھے معلوم ہے کی فن کی تعریف کے مقابلے میں شخصیت کی تعریف میں زیادہ رس ہے۔۔۔ مگر وہ شخص جو اپنی شخصیت کی سحر آفرینی کھو چکا ہو اس کے لیے فن کی تعریف ہی بہت ہوتی ہے۔ اور میرے ساتھ بھی یہی کیفیت تھی۔

"کیا ادب کے ذریعے دنیا فتح کی جا سکتی ہے۔۔۔؟"

"دنیا کو تو ایک سوکھے پتے کے ذریعے بھی فتح کیا جا سکتا ہے۔۔۔۔۔ ادب تو بڑی چیز ہے۔" میں کبھی کبھی اس کے سوالوں کا یونہی اوٹ پٹانگ سا جواب دیتا۔

"باتیں خوب بنا لیتے ہیں۔"

"عمر گزری ہے اسی دشت کی سیاحی میں۔"

"واہ۔۔۔ واہ۔۔ واہ۔۔۔۔ آپ کی باتیں بہت دلچسپ ہوتی ہیں آپ سے دوستی کر کے اچھا لگا۔ اور ہاں آپ کی تحریر بھی بہت دلکش ہوتی ہے۔۔۔۔ دل میں طوفان سا اٹھنے لگتا ہے اور فکر و خیال کی وادیوں میں جیسے بھونچال آ جاتا ہے۔ آپ کو پڑھتے ہوئے عجیب سی لذت اور سر مستی کا احساس ہوتا ہے۔"

"اس میں تمہاری کوئی غلطی نہیں۔۔۔ دراصل یہ تمہاری عمر کا قصور ہے۔۔۔ تمہاری ماں صحیح کہتی ہیں کہ اس عمر میں ایسا ہوتا ہے۔"

"ہوتا ہے۔۔۔۔ میں مانتی ہوں مگر اس کی کوئی توجیہ بھی تو ہو گی۔"

"یہاں آدمی کو بہت کچھ ملا ہوا ہے مگر وہ اپنی طمع پسند طبیعت کے باعث ہمہ وقت

محرومیوں کے احساسات کے ساتھ جیتا ہے، پھر یہی احساسات اس کی زبان اور قلم کی نوک پر آتے ہیں اور لفظوں کا پیکر تراش لیتے ہیں۔۔۔۔۔۔۔اور جب ہم ادب پڑھتے ہیں تو ہمارے اندرون میں پہلے سے پل رہے محرومیوں کے ہزارہا قسم کے مردہ اور نیم مردہ احساسات جاگ اٹھتے ہیں۔۔۔۔اور پھر ہم اُنہی کو گھونٹ گھونٹ پیتے ہیں۔۔۔یا یوں کہیں کہ ان کی جگالی کرتے ہیں اور ہمیں لذتوں کا احساس ہوتا ہے۔ادب پڑھنے سے خوابیدہ رسیلے خواب متحرک ہو جاتے ہیں۔اور اس لیے بھی ہمیں لذتوں کا احساس ہوتا ہے۔یہ لذتیں فی نفسہ ادب میں نہیں ہوتیں۔ایک فارسی کہاوت ہے کہ ایک کتا ریتی کو کھانے کی چیز سمجھ کر اس پر زبان رگڑنے لگا۔۔۔بار بار کی رگڑ سے اس کی زبان سے خون رسنا شروع ہو گیا اور وہ اپنے ہی خون کو گھونٹ گھونٹ پینے لگا۔۔۔اور سمجھتا رہا کہ یہ لذت آمیز چیز اس ریتی سے نکل رہی ہے۔۔۔۔۔۔۔یہی کچھ حال ادب کے قاری کا بھی ہے کہ وہ ادب کی قراءت کے دوران اپنا ہی درد گھونٹ گھونٹ پیتا ہے۔۔۔اور اپنے اندر پائے جانے والے رس کی جگالی کرتا ہے۔۔۔۔وہ کاغذ کی کشتی، وہ بارش کا پانی۔۔۔۔۔یہ عجیب طرح کا احساس ہے۔۔۔کاغذ کی کشتی اور بارش کے پانی کے بدلے ہمیں جنتیں مل گئی ہیں جن کی ایک اینٹ سونے کی اور ایک زمرد کی ہے۔۔۔۔مگر ہم کاغذ کی کشتی اور بارش کے پانی کے لیے روتے ہیں۔۔۔یہ رونا دراصل کھوئی ہوئی چیزوں کے لیے رونا ہے۔۔چاہے موجودہ وقت میں ان کی کوئی قیمت ہو یا نہ ہو۔۔بس اتنا ہی کافی ہے کہ وہ کھوئی ہوئی چیز ہے اور ماضی میں اس سے ہمارا کوئی رشتہ رہا ہے۔۔میری تمام سرگزشت کھوئے ہوئے کی جستجو۔۔۔مجھے تو خوف آتا ہے کہ آدمی کہیں جنت میں بھی اپنی اِسی میلی کچیلی دنیاوی زندگی کو یاد کر کے روتا نہ پھرے۔"

"شاید۔۔۔۔۔۔!!!۔پر میں کچھ سمجھ نہیں پائی۔"

"اور اس میں بھی تمہاری کچھ غلطی نہیں۔۔۔ادب کی ایک خاصیت یہ بھی ہے کہ وہ سمجھ میں نہیں آتا۔۔۔۔ادب صرف ذہنی تعیش ہی نہیں ادب ذہنی ورزش بھی ہے۔"

"ہاں۔۔۔۔۔وہ تو ہے۔"

وقت اسی طرح اپنی رنگینیوں کے ساتھ آہستہ آہستہ گزرتا رہا۔۔۔اور اس پورے عرصے میں مجھے یہ خوش گمانی رہی کہ دنیا بنانے والے نے دنیا کو بہت لگن اور محنت کے ساتھ بنایا ہے۔

پھر اچانک یوں ہوا کہ وہ فیس بک سے غائب ہو گئی۔۔۔۔

مجھے وحشت سی ہونے لگی۔۔۔۔۔۔سب کچھ اتنی جلدی کیسے بدل گیا اور وہ بھی یوں ایک دم اچانک سے۔۔۔۔وہ اچانک سے آئی تھی اور یوں اچانک سے چلی گئی۔۔۔۔جب چیزیں اچانک سے واقع ہوتی ہیں یا جلدی جلدی واقع ہوتی ہیں تو میں عجیب سی وحشت کا شکار ہو جاتا ہوں۔اور میں سوچنے لگتا ہوں کہ دنیا بنانے والے نے دنیا کو اس طرح کیوں بنایا۔مجھے لوگوں کے مرنے کا اتنا غم نہیں کیونکہ لوگ پیدا ہی ہوتے ہیں مرنے کے لیے۔۔۔۔۔پر مجھے یہ چیز بہت ستاتی ہے کہ موت اتنی جلدی جلدی زمین پر کیوں اترتی ہے۔اور بار بار شکلیں بدل بدل کر کیوں آتی ہے۔ کبھی زلزلے، کبھی سنامی، کبھی فساد، کبھی انکاؤنٹر، کبھی بم دھماکے اور کبھی ڈرونز۔۔۔۔۔۔۔اور کبھی میزائیلوں کی بارش۔۔۔ایک بار آتی ہے اور ہزاروں کو لے جاتی مگر پھر بھی اس کا پیٹ نہیں بھرتا کہ اگلے روز پھر کسی دوسری شکل میں اتر آتی ہے اور وہ بھی بنا کسی پیشگی اطلاع کے۔آخر یہ بھی کوئی جینے میں جینا ہے کہ جیتے ہیں۔۔۔۔۔۔مگر مرنے کے لئے اور وہ بھی مر مر کر۔

میں اپنی طبیعت میں گرانی محسوس کرنے لگا۔

"کیا بات ہے ؟ طبیعت ٹھیک نہیں ہے کیا؟۔" نائلہ نے میری پیشانی پر ہاتھ رکھا۔ وہ چھوٹے چھوٹے دو بچوں کی ماں ضرور تھی مگر اس کی ہتھیلی میں ابھی تک وہی گرمی اور رعنائی تھی جو میں نے شب عروسی کی دھیمی دھیمی روشنی میں اس کی حنائی ہتھیلی کو بوسہ دیتے وقت محسوس کی تھی۔۔۔ جب میں نے ہمیشہ کے لیے اس کا ساتھ دینے عہد کیا تھا۔

میں نے اس کی آنکھوں میں جھانک کر دیکھا۔۔۔۔۔ ان میں ابھی تک میری وہی تصویر موجود تھی جو پہلی شب کے پہلے پہر میں اس نے اپنی آنکھوں میں اس وقت محفوظ کی تھی جب میں اس کی آنکھوں کے ساگر میں ڈوبا ہوا تھا۔۔۔ میں جیسے شرمسار ہو گیا۔۔۔ مجھے لگا جیسے میں نے اپنا عہد توڑ دیا ہے اور میں جانے انجانے میں اس کے ساتھ دغا کر بیٹھا ہوں۔۔۔۔۔ مجھے ایسا نہیں کرنا چاہئے تھا۔۔۔ میں نے اس کا ہاتھ اپنے سینے پر کھینچ لیا۔۔۔ اور اپنے من میں اس کے ساتھ کئے گئے عہدِ وفا کو از سر نو استوار کیا۔

سب کچھ ٹھیک ٹھاک ہی تھا مگر ادھر کئی روز سے راحت آن لائن نہیں رہتا تھا۔ میں نے اس طرف بالکل بھی دھیان نہیں دیا کہ رینو کے ایک دم غائب ہونے کے ساتھ راحت کے آن لائن نہ ہونے میں بھی کوئی تال میل ہو سکتا ہے۔

اگلے دن جب سورج سوا نیزے پر آ گیا تھا، میں اپنا لیپ ٹاپ لئے باہر لان میں جا بیٹھا تاکہ دھوپ بھی سینکتا رہوں اور زیر طباعت افسانوی مجموعے پر کچھ کام بھی کر سکوں۔۔۔ سورج کی حرارت سے جسم میں ذرا ذرا گرمی آئی تو میں نہ جانے کیوں نائیلہ سے کیے گئے رات کے وعدے کو بھول گیا اور ایک پلک جھپکنے کے برابر وقفے میں رینو کا رنگین تصور میرے فکر و خیال کو رعنائیوں سے بھر گیا۔ میں نے کانپتے ہاتھوں سے لیپ ٹاپ کھولا اور رینو کو تلاش کرنے لگا۔۔۔۔۔۔ مگر وہ بدستور غائب تھی۔

"رینو۔۔۔! کہاں مر گئیں تم۔۔۔کچھ تو بولو، کچھ تو بتاؤ اپنے بارے میں۔۔ تمہاری شکل سے اور تمہاری باتوں سے بالکل بھی نہیں لگتا تھا کہ تم اس طرح سے دغا دے جاؤ گی۔ تم اچانک سے میری زندگی میں آئیں۔۔۔زندگی کے پرسکون سمندر کو سنامیوں سے بھر دیا۔۔۔اور پھر اچانک غائب ہو گئیں۔۔۔اور بے تاب سمندر کا شور خاموش تاریکیوں میں ڈوب گیا۔۔۔ تمہیں اگر جانا ہی تھا تو آئی ہی کیوں تھیں۔۔۔اور اگر جانا ضروری ہی تھا تو اتنی جلدی کیا تھی۔۔۔ اور پھر یہ اچانک غائب ہونے کی کیا تک بنتی ہے۔۔۔۔۔۔"

شدت الم سے میری آنکھیں خود بخود مند گئیں۔۔۔بند پلکوں کے شامیانے تلے رسیلے خواب تھرکنے لگے۔۔۔رینو پریوں کی طرح، سفید گھنے بادلوں سے نمودار ہوئی اور بڑے بڑے نیلے پردوں والے شامیانے میں اتر آئی۔۔۔ جب وہ رقص کرتے کرتے چکرا کر گر پڑی تو میں اس کو اپنے ہاتھوں میں اٹھا کر خواب گاہ میں لے آیا اور سو جان سے اس پر نچھاور ہونے لگا۔۔۔۔پھر اچانک کہیں سے نائیلہ ٹپک پڑی۔۔۔۔۔اس نے رینو کو میری خواب گاہ میں اس طرح آرام کی نیند لیتے ہوئے دیکھا تو وہ اپنا آپ کھو بیٹھی اور میری موجودگی کی پرواکئے بغیر اس پر پل پڑی۔۔۔۔اور آخر کار اس کو دھکے مار مار کر گھر سے باہر نکال دیا۔۔۔

دفعتاً میری آنکھ کھل گئی۔۔۔۔۔۔۔گرم چائے کی پیالی میرے سامنے رکھی تھی جس میں سے ابھی تک بھاپ اٹھ رہی تھی۔۔۔مجھے پتہ ہی نہ چلا کہ نائیلہ کب آئی اور کب چائے رکھ کر چلی گئی۔

"چلو اچھا ہی ہوا۔۔۔ دوسرے اگر وعدے نہ نبھائیں تو اس کا ایک مطلب یہ بھی ہے کہ وہ ہمیں ایک اور موقع دینا چاہتے ہیں تاکہ ہم کسی سے کئے ہوئے اپنے وعدے نبھا

لیں۔"میں نے گرم چائے کی ایک چسکی لی اور اس بار میرے خیال کی رعنائیاں رینو کی بجائے نائیلہ کے تصور سے مہک اٹھیں۔

"السلام علیکم۔۔۔۔۔۔۔۔۔۔"

میں نے پیچھے مڑ کر دیکھا۔۔۔۔۔۔راحت چمکتی ہوئی آنکھوں کے ساتھ مسکرا رہا تھا۔۔

"تم۔۔۔۔؟"

"ہاں میں۔۔۔! دبئی والا گدھا۔۔۔ تمہارے کالج کا دوست!۔۔۔۔۔ نہیں!۔۔ رینو۔۔۔ تمہاری گدھی۔"

"ر۔۔ر۔۔۔ی۔۔۔۔رینو۔۔۔۔۔۔؟؟"میرا دل زور زور سے دھڑکنے لگا۔

"ہاں۔۔۔۔۔۔واہ۔۔! پروفیسر صاحب۔۔۔! آپ تو بڑے پہونچے ہوئے آدمی نکلے۔۔۔"اور اس نے میرے کاندھے کو ہلکے سے تھپتھپایا۔

مجھے اپنے دل کے کسی مقام پر اسی طرح کی تکلیف کا احساس ہوا جس طرح کی تکلیف کا احسااس وقت ہوا تھا جب میں بچہ تھا اور پیلی تتلی پکڑنے کی کوشش میں منہ کے بل گر پڑا تھا۔ مگر اس بار باجی کو مار نہیں کھانی پڑی کیونکہ اب میں بچہ نہیں رہا تھا۔

***

نامرد

آج اسکول کے لیے خوامخواہ تاخیر ہو گئی حالانکہ گھر پر کوئی ایسا اہم کام نہ تھا جو تاخیر کی جائز وجوہات میں شامل ہو سکتا تھا۔ جب کبھی خوامخواہ تاخیر ہو جاتی ہے تو مجھے سخت جھنجھلاہٹ محسوس ہوتی ہے۔ میں گاڑی سے اتر کر تیزی سے استقبالیہ کی طرف بڑھی، استقبالیہ میں کئی عورتیں جو اپنے بچوں کی اسکول فیس جمع کروا رہی تھیں اس طرح محو گفتگو تھیں اور جلدی جلدی اپنے منہ کی باتیں پوری کر رہی تھیں، گویا اگر یہ موقع گزر گیا تو جیسے سب کچھ گذر جائے گا اور جو کچھ باقی بچے گا وہ بجز کچھ نہیں کے اور کچھ نہ ہو گا۔۔۔۔۔۔ موضوع گفتگو شاید مردوں کی ذات تھی۔

میری آہٹ پا کر سب خاموش ہو گئیں اور رسپشنسٹ قلم ہاتھ میں لیے لئے صنوبر کی طرح سیدھی کھڑی ہو گئی۔ میں نے استقبالیہ کاؤنٹر کے عقب میں کھڑی نادیہ کے نصف بالائی حصہ پر اور دوسری جانب صوفے پر بیٹھی ہوئی عورتوں کے چہروں پر ایک طائرانہ نظر ڈالی اور تیز تیز قدموں سے اپنے کمرے میں چلی گئی۔ کچھ تو دیر ہو جانے کے باعث اور کچھ اس باعث کہ میری آمد کی آہٹ کے احساس نے استقبالیہ پر خاموشی طاری کر دی تھی، میں ٹھیک سے نہ کچھ سن پائی اور نہ کچھ دیکھ سکی، اتنی عجلت میں جو کچھ سننے اور دیکھنے کو مل سکا وہ بس کھی کھی۔۔۔ کھی کھی کی دم توڑتی ہوئی ہلکی آوازیں اور زیر لب مسکراہٹیں تھیں۔ بعد میں نادیہ نے میرے استفسار پر ساری تفصیل بتائی۔

"مردوں کو تو بس ایک ہی کام آتا ہے"

نادیہ کی زبان سے یہ اور اس جیسے جملے سن کر میری آنکھیں حیرت سے پھٹی کی پھٹی رہ گئیں۔ جب وہ ماحصل بیان کر رہی تھی تو خود اس کے ہونٹوں پر بھی کسی نقرئی خواب جیسی شرمیلی اور دبی دبی مسکراہٹ پھیلی ہوئی تھی حالانکہ وہ ابھی نو عمر تھی اور زندگی اور زندگی کو جنم دینے والے بیشتر تجربات سے نہیں گزری تھی۔

مجھے یہ موضوع کبھی بھی پسند نہیں رہا، نہ پڑھائی کے زمانے میں جب اکثر لڑکیاں زیادہ تر مردوں کی باتیں کرتی تھیں، کھٹی میٹھی اور کڑوی کسیلی اور نہ ہی اِس وقت مجھے اس سے کچھ خاص رغبت ہے جب میں دو بچوں کی ماں ہوں اور شہر کے پاش علاقے میں اردو میڈیم اسکول کی پرنسپل بھی۔ مجھے تو تمام مرد اپنے شوہر کی طرح لگتے ہیں سیدھے سادے اور کام سے کام رکھنے والے۔ جو پکا دیا وہ کھا لیا اور جو کہہ دیا وہ کر لیا۔ فارغ اوقات کے لئے کرکٹ اور فلمیں بہت کافی ہیں کہ وہ ان سے دل بہلائیں اور بلاوجہ کی بیزاری اور تنہائیوں کی مار سے بچے رہیں۔

"آج پکانے کے لیے کچھ بھی نہیں ہے کیا پکاؤں، کوئی سبزی وبزی ہی لا دیتے۔۔۔ اور ہاں کریلے تو لانا مت۔۔۔۔۔ اور ٹنڈے بھی مت لانا۔۔۔ آپ تو جانتے ہی ہیں کہ میں۔۔۔۔۔۔" میرے منہ کی بات ابھی پوری بھی نہیں ہو پاتی ہے اور وہ ہیں کہ یہ جا اور وہ جا۔

"ارے۔۔۔۔۔۔ تیل کو کہنا تو بھول ہی گئی۔۔۔۔۔۔ تیل۔۔۔۔۔ اور ہاں۔۔۔۔ گھی بھی تو بالکل ختم ہو گیا۔۔۔ جب آپ چلے گئے تو یاد آیا۔۔۔۔۔ میں بھی کتنی بھلکڑ ہوں۔۔۔" جب وہ بازار سے ہانپتے کانپتے لوٹتے ہیں تو میں ان کے سامنے دوسرا سوال رکھتی ہوں اور وہ ذرا دیر میں نظروں سے غائب۔ اور سکینڈ کی سوئی ابھی پورا ایک چکر بھی نہیں لگا پاتی اور تیل اور گھی حاضر۔

مجھے تو ایسے ہی مرد اچھے لگتے ہیں۔ اور میں انہیں 'روبو مرد' کہتی ہوں۔ کیونکہ وہ روبوٹ کی طرح کام کرتے ہیں اور انہیں کنٹرول کرنا زیادہ سہل ہے۔

شوہر کا خیال آیا تو ان کے ساتھ بتائے ہوئے تمام سہانے پل بھی ایک ایک کر کے یاد آنے لگے۔ اور میں ان میں جیسے کھونے لگی۔۔۔۔۔۔۔ مگر یہ کام کا وقت تھا اور مجھے یہ گوارہ نہیں کہ کوئی میرے کام میں رخنہ اندازی کرے چاہے وہ میرے سر تاج ہی کیوں نہ ہوں۔۔۔۔ یا پھر ان سے جڑی ہوئی تمام کھٹی میٹھی اور خوشگوار یادیں۔۔۔۔۔۔ ۔۔۔۔میں نے سر کو ہلکی سی جنبش دی، سر تاج اور ان سے جڑی ہوئی کھٹی میٹھی یادیں ذہن کے دریچہ سے دور چوبارے پر جا پڑیں اور میں ہفتہ بھر سے رُکا ہوا کام نمٹانے میں جٹ گئی۔

***

"مردوں کو تو بس ایک ہی کام آتا ہے" جب سے مجھے یہ تبصرہ سننے کو ملا ہے تب سے تمام مرد بیچارے سے دکھائی دینے لگے ہیں۔۔۔۔۔۔ اس کے بعد سے جب بھی میں بازار جاتی ہوں، کسی تقریب میں شرکت کرتی ہوں یا شرارتی بچوں کے باپ ان کی شکایتیں لے کر اسکول آتے ہیں تو ان کے چہروں کو غور سے دیکھتی ہوں۔ چلتے پھرتے، اٹھتے بیٹھتے اور نہاتے دھوتے تمام مردوں کے چہروں پر بیچارگی کی ایک موٹی تہہ نظر آتی ہے۔ میں اپنی نظر اور دماغ کی پلکوں پر اس موٹی تہہ کو اٹھائے گھر واپس لوٹتی ہوں۔ تکان اور نقاہت کے احساس سے خود کو بوجھل محسوس کرنے لگتی ہوں۔ جیسے برسوں کی بیماری سے اٹھی ہوں اور آج ہی غسل صحت کیا ہے۔

"مگر کسی ایک کام کا آنا تو اچھی بات ہے بہ نسبت اس کے کہ کسی کو کوئی ایک کام بھی

نہ آتا ہو۔"رات کے پچھلے پہر جب میں نے ان مردوں کے بارے میں سوچا جو بیچارے اس ایک کام کے بھی اہل نہیں، تو میری روح کے مسامات سے پسینہ چھوٹنے لگا، مجھے ان کی بیچارگی در بیچارگی پر بڑا ترس آیا۔ مجھے لگا جیسے میرے سر تاج ان بے مصرف لوگوں کی بھیڑ میں اکیلے ہیں، اپنے سر پر مردانگی کی چھتری تانے ہوئے اور دل کے دامن پر مصروفیتوں کی جنتیں سجائے ہوئے۔

"مگر بیچارہ عشق"۔۔۔۔۔۔۔۔میری فکر بیچارگی کے پاتال میں اترنے لگی، جیسے لال چیونٹیاں اپنے بلوں کی تاریک گہرائیوں میں اترتی ہیں، دھیمے دھیمے اور قطار اندر قطار۔ بیچارہ عشق!!

پچھلے دنوں جب میں نے اپنے شہر کے ایک حکیم سے پوچھا تھا کہ عشق بیچارہ کیوں ہے؟ تو اس نے بتایا تھا کہ عشق بیچارہ اس لیے ہے کہ وہ بھیس نہیں بدلتا۔ نہ وہ یہ کرنا چاہتا ہے اور نہ کرسکنے کی سکت رکھتا ہے، کیونکہ نہ تو وہ ملا ہے، نہ زاہد اور نہ حکیم۔ تب سے مجھے عشق بڑا بیچارہ بیچارہ سا دکھائی دینے لگا تھا۔ اور اُس وقت پہلی بار مجھے اپنی ذات کے تعلق سے یہ خوشگوار احساس ہوا تھا کہ یہ کتنی اچھی بات ہے کہ میں نے اپنی ٹانگ عشق کے غلیظ پھندوں میں نہیں پھنسائی۔ یا میرے اوپر یہ افتاد ہی نہ پڑی۔ 'بیشک اللہ جو کرتا ہے بہتر ہی کرتا ہے'۔

بیچارگی کے پاتال میں اترتی ہوئی میری فکر جب گارے جیسی لسلسی مٹی کی گداز تہہ پر جاکر اس طرح بیٹھ گئی جس طرح بڑے بڑے پنکھ اور لمبی دم والی زہریلی اسٹنگریز پانی کی گہرائیوں میں بیٹھا کرتی ہیں تو مجھے ایسے تمام مرد بڑی شدت کے ساتھ یاد آئے اور ان بیچاروں کی بیچارگی پر رونا آیا جن بیچاروں کو "وہ ایک کام" بھی نہیں آتا اور اوپر سے عشق کے غلیظ پھندوں میں اپنے چاروں ہاتھ پاؤں پھنسا لیتے ہیں۔

"ان کے لیے سب سے بہتر تعبیر کون سی ہو سکتی ہے ؟" میں نے شہر کے حکیم سے پوچھا حالانکہ میں اس کے پاس نہ جانے کا فیصلہ لے چکی تھی۔ مگر یہ بات ہی کچھ ایسی تھی کہ مجھے اپنا فیصلہ بدلنا پڑا۔

"سب سے بہتر تعبیر؟۔۔۔۔۔۔۔۔ہوں۔۔۔" اس نے شہادت کی مخروطی انگلی اپنے سیاہی مائل ہونٹوں پر رکھی۔

"بیچارے نامرد عاشق"

"یقیناً۔۔۔" مجھے عجیب سی خوشی کا احساس ستانے لگا۔ شاید اس لیے کہ اس نے میرے دل کی بات کہہ دی تھی۔

میں وہاں سے اٹھ آئی اور پھر کبھی اس کے پاس نہ جانے کا عہد اپنے من میں از سر نو استوار کیا۔ کیونکہ اب مجھے عشق، عاشق، معشوق اور عشق کی تشریح کرنے والوں سے بیزاری ہونے لگی تھی۔

"بیچارے نامرد عاشق۔۔۔۔۔۔۔۔یہ محض عشق کر سکتے ہیں مگر عشق کے حقوق ادا نہیں کر سکتے۔"

میری فکر ایک بار پھر نامرد عاشقوں کے نامراد کرب سے جوجھنے لگی۔

ایک بار میری ایک دوست نے مجھے بیچاری کہہ دیا۔ اب مجھے یاد نہیں رہا کہ وہ کیا پس منظر تھا۔ یقین مانئے مجھے بہت غصہ آیا اور میں اپنے آپ کو بھی اس عاشقِ نامراد کی جگہ محسوس کرنے لگی جسے عورتوں کی نظر میں بس "ایک ہی کام" آتا ہے۔

عبد اللہ مجھے اسی لئے بیچارہ سا لگنے لگا تھا کہ اس کے بارے میں عورتوں میں یہ بات مشہور ہو گئی تھی کہ اسے "وہ ایک کام بھی" نہیں آتا۔ اول اول یہ راز کی بات صرف ان عورتوں کی گھسر پسر میں سنی گئی جو وقت اور حالات کی مار جھیلتے جھیلتے اوّل نمبر اینٹ کی

طرح پک چکی تھیں اور زندگی کے ہر تجربے سے گزرنے کی وجہ سے ان کی حیا سر برہنہ ہو گئی تھی۔ جب یہ راز کی بات پکی ہوئی عورتوں کی کاناپھوسی سے نکلی تو نوعمر اور کھلنڈری لڑکیوں کے کانوں تک جا پہونچی، انہوں نے آؤ دیکھا نہ تاؤ، جھٹ آس پاس کے گھروں کی اونچی نیچی دیواریں پھلانگ گئیں اور نوبیاہتا دلہنوں کے کان بھر دئے۔

**

"ایک بات بتاؤں۔۔۔۔۔۔وہ۔۔۔ آپ۔۔۔" رخسار نے اپنے خاوند کو کچھ اس طرح مخاطب کیا کہ اس کے من کی ساری کلیاں دم کے دم میں کھل کر گلاب ہو گئیں۔

"ہاں۔۔۔ہاں۔۔۔۔۔۔بتاؤ۔" اس نے اشتیاق بھرے لہجے میں کہا۔

اس وقت رخسار کے گال وفور شوق سے تمتما رہے تھے۔ ویسے وہ تھی بھی کچھ سیب کی طرح کی رنگت والی، موسم سرماں کی روپہلی دوپہروں میں جب وہ نہا دھو کر اپنے آنگن میں دھوپ سینکنے بیٹھا کرتی ہے تو اس کے خدوخال سے اسی طرح شعلے بھڑکتے ہوئے محسوس ہوتے ہیں جس طرح پت جھڑ کے موسموں میں چنار کے دیو ہیکل درختوں کے کیسری پتے شعلوں کی مانند بھڑکتے ہوئے محسوس ہوتے ہیں۔ میرا بس چلے تو میں اسے دہکتے ہوئے سرخ انگارے سے یا لپکتے ہوئے شعلے سے تشبیہ دوں، مگر مجھے ڈر ہے کہ ایسا کرنے سے آگ کے پجاری برہم ہو جائیں گے، کہ نار سے ناری کو کیا نسبت؟۔

مگر عبداللہ کے دماغ میں کچھ اور ہی چل رہا تھا، اس نے سوچا کہ اس بار رخسار کو "کچھ" ہے۔۔۔؟ اس خوشخبری کو سننے کے لیے وہ گزشتہ ڈیڑھ سال سے دن ہی نہیں بلکہ لمحے گن رہا تھا۔ اس کا داہنا ہاتھ بے اختیار رخسار کے پیٹ پر چلا گیا۔ اور رخسار اپنی دیگر چھوٹی بہنوں کی موجودگی میں اس قدر شرمائی کہ اس کے لیے وہاں ٹھہرنا بھی مشکل ہو گیا۔

اس کے چہرے پر کئی سارے رنگ یکے بعد دیگرے چڑھے اور اتر گئے اور اپنے پیچھے ایک انجانے خوف کا کالا سایہ چھوڑ گئے۔

"کیا میں کبھی باپ نہیں بن پاؤں گا" اسے جھرجھری آگئی۔

شکیل اپنے بھاری بھرکم ڈیل اور لال پیلی آنکھوں کے ساتھ اس کے سامنے آکھڑا ہوا جیسے اس کے من میں کسی انتقام کا سودا سمایا ہوا ہو۔

جب دو سال تک شکیل کے یہاں کوئی اولاد نہیں ہوئی تو اسے اپنے سیانے دوستوں کی تیکھی نظروں، تعلق والی سجیلی عورتوں اور کھلنڈری لڑکیوں کی خنجر جیسی زبان کا سامنا ہونے لگا۔ جب وہ منہ پھیرتا یا پشت گھماتا تو اس کی سماعتوں سے بعض نسوانی اور مردانی آوازیں ٹکراتیں، اس کے معاً بعد دوپٹہ منہ پر رکھ کر نکالی جانے والی۔۔۔ کھی کھی۔۔۔ کھی کھی۔۔۔۔ کی آوازیں سنائی دیتیں، وہ ٹھیک سے کچھ بھی نہ سمجھ پاتا پر اسے ایک قسم کی دل آزاری کا خیال گزرتا۔

ایک بار تو حد ہی ہوگئی، جب اس پر بھری محفل میں آوازے کسے گئے۔

"نامرد۔۔۔۔"

یہ عبداللہ تھا جو محفل کے ایک نسبتاً تاریک گوشے سے چلایا اور کتّا بنے بنے پیچھے سے کھسک لیا۔ وہ تو اچھا ہوا کہ اس کی بناوٹی آواز پہچانی نہ جا سکی، نہیں تو شکیل کے ایک ہی مکے میں اس کے سارے دانت باہر ہوتے۔

اب وہ تین بچوں کا باپ بن چکا تھا اور راستے اور گلیوں میں سینہ چوڑا کر کے چلتا تھا۔ اب عقبی راستوں اور چور دروازوں سے آنے جانے کی وجوہات ختم ہو چکی تھیں۔ اب اس کی پشت کی جانب سے سجیلی عورتوں اور کھلنڈری لڑکیوں کی کانا پھوسی پر مبنی مبہم آوازیں بھوتوں کی طرح غائب ہو چکی تھیں۔ جو صرف ڈراؤنے خوابوں میں نظر

آتے ہیں یا پھر وہم و گمان کی دنیا میں۔

عبد اللہ کی آنکھوں میں چار سال پہلے والی اُس بھیگی بھیگی شام کا منظر ایسے ابھرنے لگا جیسے یہ آج کل ہی کی بات ہو۔ اس کے کانوں میں سنسناہٹ دوڑنے لگی۔۔۔ اسے خیال گزرا کہ وہ بھری بزم میں مرکزی مقام پر بیٹھا ہے۔۔۔ اور ہال کے نیم تاریک گوشوں سے۔۔۔ نامرد۔۔۔ نامرد۔۔۔ نامرد۔۔۔ کی بے شمار آوازیں اس کے کان کے پردوں کو پھاڑے دے رہی ہیں۔ اور بہت سارے لوگ کتّے بنے بنے عقبی دروازوں اور چور راستوں سے کھسک رہے ہیں۔

"ارے۔۔۔ رے۔۔ رکو تو سہی۔۔۔ کہاں بھاگی جا رہی ہو۔۔۔ وہ بات تو۔۔ ۔۔۔۔۔۔۔"

عبد اللہ ہکلا تا رہ گیا اور رخسار ننگے پاؤں کچن کی طرف بھاگ گئی۔

**

"کیا بات ہے پچھلے کچھ دنوں سے کچھ خاموش سی لگ رہی ہو۔۔ ۔۔۔۔۔۔ سب ٹھیک تو ہے نا۔۔ ؟؟" آج اسکول سے واپسی پر جب میں گھر پہونچی تو سرتاج نے میرے اندر تبدیلیوں کو محسوس کرتے ہوئے پوچھا۔ پہلے تو میں نے ٹالنا چاہا مگر پھر سرتاج کی ضد کے آگے ہتھیار ڈال دیئے۔ اور پھر انہیں ان عورتوں کی ساری گفتگو جو مجھے نادیہ نے بتائی تھی من و عن سنا دی۔

"۔۔۔۔ ہاہاہا۔۔۔۔۔ ہاہاہا۔۔۔۔۔ تو ہماری موہنی کو اتنی سی بات نے غمزدہ کر دیا ہے" وہ عجیب سی ہنسی ہنسے۔ اس سے پہلے میں نے انہیں اس طرح ہنستے ہوئے کبھی نہیں دیکھا تھا۔

"تم کیا جانو کہ کونسی بات اتنی سی ہے اور کونسی اتنی سی نہیں ہے۔ تم موٹی کھال کے

آدمی جو ٹھہرے۔" میں من ہی من میں دیر تک جانے کیا کیا بُدبُداتی رہی۔ میں نے ان کی طرف کنکھیوں سے دیکھا وہ بدستور ہنسے جا رہے تھے۔

"اور میرے بارے میں تمہاری کیا رائے ہے۔۔۔" اس سے پہلے کہ وہ مستی کے موڈ میں آتے میں سالن جلنے کا بہانہ کر کے ان کے پہلو سے اٹھ گئی اور کچن میں جا گھسی۔

"سرتاج بے چارے کیسے ہو سکتے ہیں۔۔۔ میں ان کے بارے اتنا کچھ جانتی ہوں جتنا وہ خود بھی اپنے بارے میں نہیں جانتے۔ وہ تو ہر کام میں ماہر ہیں۔۔۔۔۔ ہر فن مولا۔۔۔۔۔ ادھر کام بتایا اور ادھر کام پورا۔ تھنک دی ڈیول اینڈ ڈیول از ہئیر۔ اور مرد اتنے پھرتیلے کہاں ہوتے ہیں۔ وہ موٹی کھال کے ضرور ہیں مگر بیچارے ہرگز نہیں ہیں۔" میرے دماغ کی سوئیاں ایک بار پھر تیزی سے گھومنے لگیں۔ پتہ نہیں ان میں ایسی کیا بات ہے کہ میں جب بھی ان کے بارے میں سوچتی ہوں تو سوچ کا عمل برق رفتار ہو جاتا ہے۔

**

اس سے پہلے میں نے کسی بھی آدمی کو بیچارہ محسوس نہیں کیا تھا یہاں تک کہ عبد اللہ کو بھی نہیں۔ حالانکہ وہ ایک مسکین باپ کی اولاد تھا اور خود اس کی صورت سے بھی مسکینیت ایک بار ٹپکنے کے بعد تا دیر اسی طرح ٹپکتی رہتی تھی جس طرح برسات کے دنوں میں اولتی دیر تک ٹپکتی رہتی ہے۔

اس نے کبھی کوئی کام ڈھنگ سے نہ کیا، اسے باتیں بنانا بھی نہیں آتا تھا، شاطر اور چالاک ذہن کے لوگ کمائی کے راستے ڈھونڈ لیتے ہیں مگر وہ تھا کہ خرچ کرنے کے بہتر طریقے بھی نہیں ڈھونڈ پاتا تھا۔ اکثر الٹی سیدھی چیزیں خرید لیتا۔ اسے زیادہ ضروری اور کم ضروری چیزوں کے درمیان ترجیح دینے کا فن بھی نہیں آتا تھا۔ اور تو اور اسے تو یہ بھی

نہیں معلوم تھا کہ بڑے لوگوں سے کس طرح بات کی جاتی ہے، وہ مجھ سے بھی الٹے سیدھے لہجے میں بات کرتا تھا۔ مجھے کبھی کبھی اس کی بے تکی باتوں اور الٹی سیدھی حرکتوں پر غصہ بھی آجاتا تھا۔۔۔۔ میری ہمیشہ یہ کوشش ہوتی تھی کہ وہ بزرگوں کی مجلسوں میں آتا جاتا رہے اور ادبی نشستوں میں اٹھتا بیٹھتا رہے۔۔۔۔۔۔ خاص کر اپنے شہر کے حکیم کے پاس ضرور آیا جایا کرے۔۔۔۔۔۔ میں نے اس کو اردو زبان و ادب کی کئی ساری ابتدائی کتابیں بھی لاکر دیں تاکہ ان کے مطالعہ سے اس کی فکر میں نکھار پیدا ہو اور اس کی زبان میں شفافیت آئے اور شیرینی پیدا ہو۔۔۔۔۔ مگر وہ تو جیسے کورے گھڑے کی مانند تھا، اس نے بڑی مشکل سے دو چار خوبصورت الفاظ سیکھے جیسے خوش آمدید، تشریف رکھئے، نوش کیجئے، ملاحظہ فرمایئے اور شب بخیر وغیرہ۔۔۔ میرے غریب خانے پر جب بھی کبھی آسمانِ ادب کی بزرگ ہستیاں قدم رنجا فرماتیں اور اس کی زبان سے اس طرح کے خوبصورت الفاظ سنتیں تو خوشی کا اظہار کرتیں۔۔۔ مگر میں اسے زیادہ دیر ان کے پاس ٹھہرنے نہ دیتی اور کام کے بہانے ادھر ادھر بھیج دیتی۔۔۔ اس کے اندر اور بھی بہت ساری ایسی کمیاں تھیں جو اسے کمزور شہری بناتی تھیں، پر اس کے باوجود میں نے اس کو اس طرح نہیں دیکھا تھا اور اس کے چہرے پر بیچارگی کی کوئی موٹی یا پتلی تہہ مجھے کبھی نظر نہیں آئی تھی۔ حالانکہ مجھے معلوم تھا کہ اس کی شادی کو قریب تین سال ہونے کو آتے ہیں اور ابھی تک رخسار کی گودھری نہیں ہوئی۔

مگر آج شام جب وہ میرے گھر آیا تو میں نے اس کی نظریں بچا کر اس کو غور سے دیکھا۔ مجھے وہ بیچاروں کا بیچارہ نظر آیا۔ یہاں تک کہ میں خود بھی سوچ میں پڑگئی کہ یہ کہیں میرا وہم نہ ہو۔ میں نے دوبارہ اس کے سراپا پر نظر کی، اس کی کنپٹیوں کی لو کو دیکھا جو دھوپ کی تمازت سے سرخ ہو رہی تھیں اور اس کی نظروں کو پڑھنے کی کوشش کی جن

میں ابھی تک جوانی کی چمک تھی، میں نے محسوس کیا کہ بیچارگی کی ایک موٹی تہہ اس کے سارے وجود سے لپٹی ہوئی ہے۔

عبد اللہ، سائرہ بانوں کا اکلوتا بیٹا تھا، ہم دونوں بچپن کے دوست تھے، ایک ہی محلے میں پلے بڑھے اور ایک ہی اسکول میں پڑھنا لکھنا سیکھا۔ سائرہ بانوں اپنے شوہر کے ساتھ کافی خوش تھی، لیکن جب اس نے عبد اللہ جیسے خوبصورت لڑکے کو جنم دیا تو اس کی خوشیوں کو مانو پر لگ گئے۔ دن گزرتے گئے اور وہ دونوں زندگی کی پر پیچ پگڈنڈی پر ہشاش بشاش آگے بڑھتے رہے۔ پھر ایک دن جب خوشیاں دوسری بار اس کے آنگن میں رقص کرنے کو بے تاب تھیں، اس نے ایک زور دار چیخ ماری اور پھر ہمیشہ کے لیے خاموش ہو گئی۔ ڈاکٹر نہ زچہ کو بچا سکے اور نہ بچے کو۔ عبد الحمید کی دنیا اندھیری ہو گئی، وہ کچھ دنوں زندگی کی پر پیچ پگڈنڈی پر ٹامک ٹوئیاں مار تا رہا اور بالآخر ایک دن جب سورج اپنی بھرپور جوانی کا جوبن بکھیر رہا تھا عبد الحمید ہائی وے پر ایسی حالت میں پایا گیا کہ اس کے جسم کے اکثر حصوں کو تار کول کی کالی سڑک سے کھرچ کر جمع کیا گیا۔

اب اس بھری پری دنیا میں میرے سوا عبد اللہ کا اور کوئی نہ تھا۔ میں نے اپنی بساط کی حد تک اسے پڑھانے کی کوشش کی مگر جب مجھے معلوم ہوا کہ اس کو پڑھائی میں ذرہ برابر بھی دلچسپی نہیں ہے تو میں نے سرتاج سے کہہ کر دہرادون میں ان کے ایک بہت قریبی دوست کی فیکٹری میں چھوٹے موٹے کام پر لگوا دیا۔ جب وہ ذرا ہوشیار ہو گیا اور اس نے اپنی معمولی تنخواہ سے تھوڑا بہت پس انداز کر لیا تو میں نے اس کی بچپن کی دوست رخسار کے ساتھ باندھ دیا۔ اور اس طرح ایک اجڑا ہوا گھر ایک بار پھر بسنے کی شاہراہ پر چل نکلا تھا، ایسا میں سمجھ رہی تھی۔۔۔۔۔۔۔ مگر عبد اللہ کو جس کے سر سے کئی قیامتیں پہلے ہی گزر چکی تھیں مزید اور کئی قیامتوں کو گزرنا تھا، ایسا قدرت کا فیصلہ تھا۔

پھر کئی سارے دن یکے بعد دیگرے اس طرح گزرتے چلے گئے جس طرح لمحے گزرا کرتے ہیں۔ عبد اللہ اپنے کام پر دہرادون چلا گیا اور میں رات دن بیچارگی کی فکر سے جوجھتی رہی۔ اسکول سے گھر اور گھر سے اسکول آتے جاتے جتنے بھی مرد نظر آتے میں ان کے چہروں کو اس وقت تک تکتی رہتی جب تک مجھے یہ خبر رہتی کہ یہ ابھی میرے دیکھنے سے بے خبر ہیں۔ مجھے ان کے چہروں پر بیچارگی کی موٹی تہہ نظر آتی، یہاں تک کہ میں اپنی اس عادت سے اکتا گئی اور میں نے ان کے چہروں کو دیکھنا ہی چھوڑ دیا، جب کسی مرد سے بات کرنا ناگزیر ہوتا تو زیادہ تر اپنے اور اس کے پیروں کو دیکھتی رہتی۔ اور اس طرح بیچارگی کی فکر سے بچنے کی کوشش کرتی۔ مگر اب یہ ساری کوشش بے کار تھی کیونکہ اب بیچارگی ان کے سارے وجود میں سما چکی تھی۔ اب میری حالت اس شخص کی سی ہو گئی جس کے لیے اس دنیا میں کوئی جائے پناہ نہ رہ گئی ہو۔ اب میں جس طرف بھی نظر کرتی مجھے بیچارگی کے علاوہ اور کچھ نظر نہ آتا، یہاں تک کہ میں اپنے لقموں اور پانی کے گھونٹوں میں بھی بیچارگی کو اپنے اندر بھرنے لگی۔ اس وقت مجھے احساس ہوا کہ مجھے اپنی دوست کی بات کا برا نہیں ماننا چاہئے تھا۔ میں بیچاری نہ سہی ۔۔۔۔ پر بیچارگی کی زندہ تصویر تو بن ہی چکی ہوں۔

اسکول اور بازار سے لوٹتی تو ٹی وی کھول کر بیٹھ جاتی مگر بیچارگی تھی کہ وہ یہاں بھی پیچھا چھوڑنے کو تیار نہ تھی۔ ٹی وی اسکرین پر ڈوبتے ابھرتے تمام مردانہ خاکے اور تصویریں بیچارگی کے باعث بے رونق معلوم ہوتی تھیں، جبکہ زنانہ تصویریں اور خاکے ہرے بھرے معلوم ہوتے تھے۔ جیسے بہاریں مانگ بھر آئی ہیں اور باغ میں کوئل کوک رہی ہے۔

ادھر ایک ماہ سے تمام نیوز چینل پر ملک کے کئی بڑے شہروں میں سیریل بم بلاسٹ

کی خبریں زیادہ جگہ پا رہی تھیں۔ گھروں میں رکھے ہوئے رنگین ٹی وی سیٹس اپنے ہی مکینوں پر آگ برسا رہے تھے۔ مختلف شہروں سے کئی ملزموں کو پکڑا گیا تھا ان سب کے نام جانے پہچانے لگتے تھے۔ ان کے منہ کالے کپڑے سے ڈھکے ہوئے تھے اور ان کے ہاتھ پیچھے کی طرف باندھ دئے گئے تھے، نہ وہ بول سکتے تھے اور نہ کوئی اشارہ کر سکتے تھے۔ اور ٹی وی اینکر ان میں سے ایک کی طرف اشارہ کر کے بار بار چیخ چیخ رہا تھا" سیریل بم دھماکوں کے ماسٹر مائنڈ کو پکڑ لیا گیا ہے اور یہ پولس کے لیے ایک بہت بڑی کامیابی ہے۔۔۔ یہ جو درمیانے قد کا لڑکا ہے۔۔۔۔۔ یہی ہے وہ دہشت گر اور سیریل بم دھماکوں کا ماسٹر مائنڈ۔۔۔۔۔ اس کا نام عیدو ہے۔۔ پولس نے اسے پونے سے گرفتار کیا ہے۔۔ معتمد ذرائع سے معلوم ہوا ہے کہ یہ عید کے دن پیدا ہوا تھا اور اسی مناسبت سے اس کا نام عیدو پڑ گیا۔۔۔۔۔۔۔ یہ وہ ہے اور یہ وہ ہے۔۔۔"

نیوز چینل رات دن زہر اگل رہے تھے۔۔۔۔۔ اور یہ زہر ٹی وی سیٹ سے نکل کر بھاپ اگلتی ہوئی میری گرم کھوپڑی میں قطرہ قطرہ ٹپک رہا تھا۔۔۔۔۔

میں اس طرح کی خبریں اس وقت سے سن رہی تھی جب میں ابھی یونیورسٹی میں ہی تھی۔ اور مجھے ایسی خبروں سے شروع ہی سے نفرت تھی۔

آج ایک ماہ گزر جانے کے بعد بھی جب سبھی نیوز چینلوں پر اسی طرح کی نیوز سنیں تو میں نے جھنجلاہٹ کے عالم میں ٹی وی بند کر دیا اور پلٹ کر سرتاج کو دیکھا اب وہ بھی پہلے جیسے دکھائی نہ پڑتے تھے۔ مجھے لگا کہ ان کے اندر کسی چیز کی کمی بڑھ رہی ہے۔۔۔۔۔ شاید مردانگی کی۔۔۔۔۔۔ مگر نہیں۔۔۔۔۔۔ ان کی تو ساری میڈیکل رپورٹیں اوکے ہیں۔ ان میں ایسی کوئی کمی نہیں۔

پھر ایک دن جب میں اپنے گھر میں گلاب کے پودوں کو پانی دے رہی تھی مجھے

اطلاع ملی کہ عبداللہ باپ بن گیا ہے۔ یقین جانئے مجھے یہ سن کر دہری خوشی ہوئی ایک تو بچے کی پیدائش کی اور دوسرے اس بات کی بھی کہ اب وہ سجیلی عورتوں اور نئی نویلی دلہنوں کی کھسر پسر اور کانا پھوسی کا موضوع نہیں بنے گا۔ اور اب کبھی بھی اس کے عقب سے پہلے کی طرح مردانی اور نسوانی آوازیں نہیں آئیں گی جو اس کے لیے دلآزاری کا باعث بنتی تھیں۔ اور وہ دن بھر سویا سویا سا اور کھویا کھویا سا رہتا تھا۔

عبداللہ کا ادھر ایک ماہ سے کوئی اتہ پتہ نہ تھا، اس کا موبائل فون بند تھا اور فیکٹری کے مالک نے بتایا تھا کہ وہ تو یہاں سے ایک ماہ کی چھٹی پر گیا ہوا ہے۔

میں دل ہی دل میں اس کے لئے خیر وعافیت کی دعا مانگنے لگی۔ رخسار کا تو عجب حال تھا ایک طرف اس کے گھر میں چاندنی جگمگا رہی تھی اور دوسری طرف اس کے من کی دنیا میں تاریکی آہستہ آہستہ پیر پسار رہی تھی۔ اگر وہ اس وقت زچ خانے میں نہ ہوتی تو اس کے نام سے سینکڑوں نفل پڑھ ڈالتی، ختم خواجگان کا اہتمام کرتی اور اپنے محلے کی مولوَن سے فال کھلواتی۔

ہر گزرتے لمحے کے ساتھ میرا اضطراب بڑھتا جا رہا تھا۔ میرا خیال نہ جانے کیوں اس درمیانے قد کے لڑکے کی طرف بار بار جا رہا تھا جس کے منہ پر کالا کپڑا لپٹا ہوا تھا اور اس کے ہاتھ پیچھے کی طرف بندھے ہوئے تھے۔ کاش اس کا منہ کھلا ہوا ہوتا اور وہ بتا پاتا کہ شہلا آنٹی اور رخسار جانُوں 'میں آپ کا عبداللہ نہیں ہوں'۔ پھر اس خیال کو میں اپنی حماقت سمجھ کر جھٹک دیتی۔ کچھ دیر ذہن ادھر ادھر کے کاموں میں مصروف رہتا اور اتنی دیر تک دل کو ذرا سکون رہتا اور پھر یکایک خیال کی سوئیاں کالے کپڑے پر ٹھیک ناک کے دائیں بائیں دو چھوٹے چھوٹے سوراخوں پر جم جاتیں، مجھے لگتا کہ یہ آنکھیں مجھ سے مدد کی بھیک مانگ رہی ہیں۔

پھر ایک دن جب سورج بادلوں کی اوٹ میں منہ چھپائے ہوئے تھا عبد اللہ آگیا۔۔ ۔۔۔اس کو دیکھ کر میری چیخ نکل گئی۔ یہ وہ عبد اللہ نہیں تھا۔۔۔۔۔۔۔۔اس کے کپڑے گندے تھے اور وہ سالوں کا بیمار لگ رہا تھا جیسے برسوں سے کومہ میں پڑا ہوا آدمی اچانک چلنے لگے۔

عبد اللہ آگیا تھا میرے لیے یہ بھی بہت تھا، رخسار زچخانہ کی تکلیف بھول گئی اور اس سے لپٹ کر بے تحاشہ رونے لگی۔

عبد اللہ آگیا تھا۔۔۔۔۔۔۔۔۔۔ مگر آدھا ادھورا۔۔۔۔۔۔۔۔وہ نو ماہ قبل جس طرح دہرادون گیا تھا اس طرح واپس نہیں آیا تھا۔۔۔۔۔۔ پچھلے ایک ماہ میں اس نے جتنے عذاب جھیلے تھے اتنے عذاب تو کسی کو سات جنموں میں بھی نہیں جھیلنے پڑتے۔۔۔۔اسے شام کے جھٹپٹے میں راہ چلتے سے اٹھایا گیا۔۔۔۔۔اس پر دنیا بھر کے الزام لگائے گئے۔۔۔۔ذہین، شاطر، چالاک یہاں تک کہ سیریل بم دھماکوں کا ماسٹر مائنڈ بھی بتایا گیا۔۔۔۔۔ جھوٹے کاغذات پر دستخط کرانے کے لیے دردناک اذیتیں دی گئیں۔ اور جب وہ ادھ مرا ہو گیا، اور پولس کو لگا کہ یہ اب گھنٹے دو گھنٹوں کا مہمان ہے۔۔ ۔۔۔تو پولس کسٹڈی میں ملزم کی موت کے خوف سے اسے سنسان جگہ پر چھوڑ دیا۔

مجھے رخسار نے بتایا کہ وہ پورے طور پر واپس نہیں آئے۔۔۔۔اور اس نے نظریں جھکا لیں۔۔۔۔۔پھر جانے کیا ہوا اس پر غشی طاری ہو گئی۔۔۔۔۔میں نے لپک کر اس کے بچے کو پکڑا۔۔۔۔۔ڈاکٹروں نے تو صرف اتنا ہی بتایا تھا کہ اس کے جسم پر گم چوٹیں آئی ہیں۔ اور جسم کے ہر حصہ پر وقفہ وقفہ سے اس طرح ضربیں لگائی گئی ہیں کہ اندر ہی اندر ساری نسیں ناکارہ ہو گئی ہیں۔ خاص کر جسم کے خفیہ حصوں کی نسیں۔۔

۔۔۔۔۔۔

رخسار کے اوسان بحال ہوئے تو پھر سے بتانے لگی۔۔۔۔۔۔۔وہ سوچ سوچ کر بول رہی تھی۔۔۔۔۔" اب وہ دوسرے بچے کے باپ نہیں بن پائیں گے۔" اور وہ رونے لگی۔۔۔۔۔۔۔اسے لگا جیسے وہ بیوہ ہے۔ دنیا کی انوکھی بیوہ۔۔۔۔۔۔۔۔۔۔ جس کا شوہر زندہ ہے۔۔۔۔۔ مگر اس طرح کہ وہ اسے صرف دیکھ سکتی ہے اور سونگھ سکتی ہے۔۔۔۔۔اب وہ دوبارہ کبھی ماں نہیں بن سکتی۔۔۔۔۔۔اور اس نے اپنے اکلوتے بچے کو سینہ سے اس طرح چمٹالیا جیسے کوئی اسے چھین لے گا۔

عبد اللہ آ گیا تھا، عبد اللہ باپ بھی بن گیا تھا، پیٹھ پیچھے سے آنے والی بیزار کن آوازیں بھی بند ہو چکی تھیں۔۔۔۔ شکیل کے ذریعہ نامرد کہہ کر چڑھانے کا خوف بھی اس کے دل سے نکل چکا تھا۔۔۔۔۔ مگر عبد اللہ۔۔۔۔۔۔۔۔۔۔عبد اللہ ہمیشہ کے لیے باپ بننے کی صلاحیت سے محروم ہو چکا تھا۔۔۔۔۔۔۔عبد اللہ حقیقت میں بیچارہ بن چکا تھا۔ اور عورتوں میں اس کے بارے میں غلط طریقے سے مشہور ہو جانے والی بات سچ ہو گئی تھی۔۔۔۔۔۔ کہ عبد اللہ " اس ایک کام "کا بھی اہل نہیں۔ عبد اللہ کو میں نے پہلی بار سائرہ بانو اور عبد الحمید کو یاد کر کے روتے ہوئے دیکھا۔

٭٭٭

موت کی تمنا

عین اُس وقت جب وہ لذتیں کشید کر رہا تھا۔۔۔۔۔۔۔۔۔۔۔۔ایک رال اس کے بھدے کالے نچلے ہونٹ سے ٹپکی اور برہنہ جلد پر گر پڑی۔۔۔۔۔۔۔۔۔ اُس وقت اس نے تمنا کی 'کاش لذتوں کا اختتام نہ ہوتا'۔۔۔۔۔۔۔۔۔۔اس نے سوچا موت لذتوں کی قاتل ہے۔۔۔۔۔۔۔۔۔۔۔اس نے نگاہ اٹھائی اور آسمان کو دیکھنا چاہا مگر نگاہ چھت سے ٹکرا گئی۔۔۔۔۔۔۔۔۔۔۔پر باطن کی نگاہ کانکریٹ کی موٹی چھت سے جس پر نیل ملے چونے کی دبیز تہہ جمی ہوئی تھی اس طرح پار نکل گئی جس طرح دھوپ شیشے کے پار نکل جاتی ہے۔۔۔۔۔۔۔۔۔۔۔اب وہ دل کی نگاہوں سے آسمان دیکھ رہا تھا اور آسمان کی بلندیوں میں کہیں چھپا ہوا موت کا خالق اسے نظر آنے لگا تھا۔۔۔۔۔۔۔۔۔۔۔اس نے تمنا کی اور پھر تمنا دعا بن کر اس کے موٹے بھدے لبوں کے درمیان سے ابھری۔۔۔۔۔۔۔۔۔۔۔دعا جس میں خواہش کی آگ میں جلتے ہوئے ہر موئے بدن کی سسکاریاں شامل تھیں، گہرے اندھیرے اور سناٹے میں تن تنہا ساتویں آسمان کی بلندیوں کی طرف پرواز کر گئی۔

"اے موت کے خالق !تو نے موت کو کیوں پیدا کیا۔۔۔۔۔۔۔۔۔۔زندگی کی پیدائش کے بعد موت کی تخلیق کی کیا تک بنتی ہے۔۔۔۔۔۔۔۔۔۔آخر کیا جواز بنتا ہے کہ موت زندگی کی رنگینیوں کے درمیان بنا کسی طے شدہ پروگرام اور پیشگی اطلاع کے آئینہ کی دکان میں آوارہ بیل کی طرح در آئے اور پھر سب کچھ یک لخت ختم ہو

جائے۔ یہاں تک کہ شیشہ کا ایک ٹکڑا بھی نہ بچے جس میں آدھا ادھورا چہرہ دیکھا جا سکے اور ایک آدھا ادھورا بانس بھی باقی نہ رہے جس سے ٹوٹی پھوٹی بانسری بنائی جا سکے۔ اور دل و نگاہ کے تاروں میں ارتعاش پیدا کیا جا سکے۔۔۔۔۔۔۔۔۔۔۔ اے موت کے خالق! مجھے موت نہ دینا کہ مبادا لذتوں کا تار ٹوٹ جائے۔۔۔۔۔۔۔۔۔۔۔ اے زندگی اور موت کے خالق! جب تو نے لذتوں کے تار میں ارتعاش پیدا کیا ہے تو اسے مزید مرتعش کر اور آدمی کے سر سے موت کا کھٹکا ہٹا دے۔۔۔۔۔۔۔۔۔۔۔ تا کہ وہ بے کراں وسعتوں میں بنا کسی خوف کے اُڑے اور ہمیشہ اُڑتا رہے اور موت کے ڈر سے اس کا رنگ کبھی بھی زرد نہ ہو۔۔۔۔۔۔۔۔۔۔۔ اے زندگی اور موت کے خالق!۔۔ ۔۔۔۔۔۔۔۔۔" وہ زیر لب بدبداتا رہا۔۔۔۔۔۔۔۔۔۔۔ اس کی نگاہ کا تل ابھی تک نیل ملے چونے کی دبیز تہہ پر جما ہوا تھا۔

پھر دل کی نگاہ کا چراغ بجھ گیا اور موت کا خالق بصیرتوں سے اوجھل ہو گیا۔ اب اس کی نگاہ کی حد پر بارہ فٹ اونچی کانکریٹ کی چھت تھی، جس کے بالکل درمیان میں بجلی کا پنکھا دھیمی رفتار سے چل رہا تھا۔ اس کا کشادہ بیڈ روم جدید زمانے کے تمام ضروری ساز و سامان سے آراستہ تھا۔ اور آج کی رات اس کی زندگی کی سب سے حسین رات تھی۔ وہ گزشتہ بیس سالوں سے اسی رات کی جستجو میں سرگرداں تھا۔ اسے لگا کہ اس کی زندگی اَن گنت لمحات کی چین ہے اور اس کا ہر لمحہ اِس چین کو دھیرے دھیرے سرکاتا ہے یہاں تک کہ وہ لمحہ اچانک آدمی کی ٹانگوں کے درمیان آ کھڑا ہوتا ہے جس کا اسے بے صبری سے انتظار ہوتا ہے۔ آج اسے اپنی زندگی کے تمام لمحات میں رس بھرا ہوا محسوس ہو رہا تھا۔ ان میں بھی جو اسے اس وقت کڑوے کسیلے لگے تھے جب ان میں سے ہر ایک لمحۂ موجود تھا اور ماضی کی گرد میں گم نہیں ہوا تھا۔

پھر ایک ساتھ کئی ساری جوشیلی بوندیں گریں اور لذتوں کا تار ٹوٹ گیا۔ اسے لگا جیسے کسی نے جلتے توے پر پانی ڈال دیا اور وہ ایک طرح کی اضطرابی کیفیت کے بعد ٹھنڈا پڑ گیا۔ جیسے طاق پر رکھا ہوا چراغ آخری سانس لینے سے پہلے بھڑکتا ہے اور اپنے پیچھے دھوئیں کی مضطرب اور سیمابی لکیر چھوڑ جاتا ہے۔

پھر وہ اٹھ بیٹھا اور اوندھے منہ لیٹ گیا۔ ابھی اس کی بے ترتیب سانسیں اپنے معمول پر بھی نہیں آئی تھیں کہ اس کے دماغ میں غم روزگار کی فکروں کے درمیان مہابھارت چھڑ گئی۔۔۔۔۔۔۔۔۔۔۔۔۔

"اس سے تو یہی بہتر ہے کہ آدمی ساری زندگی لذتیں کشید کرتا رہے" اس نے سلگتے ہوئے دماغ سے سوچا اور نیند کی راہوں میں چراغاں کرنے کی کوششوں میں جٹ گیا۔ مگر نیند کسی کی خواہشوں کا احترام کہاں کرتی ہے اور کسی کے چراغاں کرنے کی کچھ پرواہ کب کرتی ہے۔ اسے تو اپنے وقتوں اور اپنے راستوں کی فکر ہے۔۔ ۔۔۔۔ ۔۔۔۔۔۔پھر وہ سوچ کی آگ میں جلنے لگا۔۔۔۔۔۔۔۔۔۔۔۔

"مگر موت فکرِ غمِ روزگار کی بھی تو قاتل ہے۔" اس نے دل میں سوچا۔ اور اس بار اسے لگا کہ موت اپنے اندر کچھ نہ کچھ ٹک تو ضرور رکھتی ہے۔ موت ناقابل برداشت درد کے واسطے پین کلر ٹیبلیٹ کی طرح ہے۔

ہوائیں اپنی رفتار سے چلتی رہیں، موسم اپنے انداز اور حساب سے تبدیل ہوتے رہے، آفتاب اور چاند آنکھ مچولی کھیلتے رہے۔ آفتاب نکلتا تو چاند کہیں دور کسی اوٹ کے پیچھے چھپ جاتا اور جب چاند نکلتا تو آفتاب دور کہیں نظر نہ آنے والی جگہ پر جا چھپتا۔ آفتاب اور چاند کی آنکھ مچولی کے درمیان سے وقت دھیرے دھیرے سرکتا رہا جس طرح چاندنی رات دھیرے دھیرے سرکتی ہے۔ در و دیوار سے، چھتوں سے اور پھر

کھیت کھلیانوں سے۔ یہاں تک کہ آفتاب کی سنہری کرنیں زمین کے ایک حصہ کو منور کرنے لگتی ہیں اور لذتیں کشید کرنے والے خمار آلود آنکھیں مسلتے ہوئے اور انگڑائیاں لیتے ہوئے خواب گاہوں سے نکلتے ہیں۔ اور پھر معمول کے مطابق اپنے اپنے کاموں میں کولھو کے بیل کی طرح جٹ جاتے ہیں تاکہ لذتوں کی کشود میں مئے انگبیں کی لاگ کا احساس پیدا ہو اور اگلی رات کو پچھلی رات سے زیادہ حسین اور لذت انگیز بنایا جاسکے۔

پھر وہ دھیرے دھیرے غیر محسوس طریقہ سے بڑھاپے کی طرف بڑھنے لگا جیسے سایہ غیر محسوس طریقہ سے در و دیوار پر چڑھتا اور اترتا ہے۔ اسے لگا جیسے اس کی مٹھی سے ریت کھسک رہی ہے۔ اور اس کے بدن سے کوئی چیز آہستہ آہستہ نکل رہی ہے۔ جیسے کوئی شمع کے بدن سے ڈور نکال لے اور شمع کو پتہ ہی نہ چلے کہ اس کی متاع گم ہو گئی ہے۔۔ ۔۔۔۔۔۔۔۔۔اور پھر اس کی جگہ خلا رہ جائے، باریک اور لمبا۔ پھر اسے لگا جیسے اس کے اندر خلا وسیع ہو رہا ہے اور بھوک بڑھ رہی ہے۔ اس کے خالی خولی جسم میں آوارہ ہوائیں دندناتی پھر رہی ہیں اور اس کی ہوس کو دو آتشہ بنا رہی ہیں۔۔ ۔۔۔۔ ۔۔۔۔۔بینائی روز بروز بوڑھی ہو رہی ہے اور شوقِ نظارہ دن بہ دن جوان ہو رہا ہے۔ اس کی آنکھوں کے آگے اندھیر چھانے لگا اور اس کے ہاتھ پیر کپکپانے لگے۔

اس عجیب طرح کی کیفیت سے وہ اس سے پہلے کبھی نہیں گزرا تھا۔۔۔۔۔۔ ۔۔۔۔۔جب وہ جوان تھا تو طاقت اور بھوک ایک ساتھ بڑھتی تھیں مگر اب ایسا نہیں تھا۔ اب جسم رکھنے والی چیزیں روز بروز کمزور ہوتی جا رہی تھیں اور جسم نہ رکھنے والی چیزیں زور پکڑتی جاتی تھیں۔ بدن گھل رہا تھا اور روح طاقت پکڑ رہی تھی، اعضا سست پڑ رہے تھے اور خواہشیں فربہ ہو رہی تھیں۔ اس کے من میں موت کی تمنا جاگ اٹھی اور وہ اپنی اس خواہش کی آگ میں جلنے لگا۔۔۔۔۔۔۔۔۔۔بالکل اسی طرح جس طرح وہ اس

سے قبل زندگی اور زندگی کی پنڈلیوں سے لذتیں کشید کرنے کی خواہشوں کی آگ میں جل رہا تھا۔۔۔۔۔۔۔۔۔۔۔ مگر موت کی خواہش کی آگ میں جلنا اس کے لئے موت کی تمہید نہ بن سکا۔

ایسا پہلی بار ہوا تھا کہ اسے کسی چیز کے واقع ہونے سے پہلے ہی اس کا ادراک کر لیا۔ اس نے وقت سے پہلے۔۔۔۔۔۔۔۔۔۔۔ بہت پہلے آنے والی المیہ زندگی کے بھاری قدموں کی دھمک محسوس کر لی تھی۔ اس نے دل پر ہاتھ رکھ لیا اور لمبی لمبی سانسیں کھینچنے لگا۔

" یار! تم تو نرے وہی ہو۔۔ ۔۔۔۔۔ ۔۔۔۔۔۔وہ کیا کہتے ہیں۔۔ ۔۔۔۔۔ ۔۔۔۔۔؟؟"

"بدھو۔۔۔۔۔۔۔۔۔۔۔۔"

"ہاں! بدھو" اس کے ایک چاپلوس مزاج دوست نے لقمہ دیا تو اسے یاد آیا۔

اس وقت جب اس نے اپنے جگری دوست سے محض رواروی میں یہ جملہ کہا تھا تب اسے اندازہ نہیں تھا کہ یہ جملہ اس قدر منحوس ہے کہ اس کا دوست اسے ہمیشہ کے لیے اکیلا چھوڑ کر پردیس چلا جائے گیا۔ مگر اس نے اپنے جانے کی وجہ نہیں بتائی تھی۔ شروع شروع میں اس کے خط اور فون آتے رہے۔ پھر یہ سلسلہ بھی منقطع ہو گیا اور اسے لگا جیسے وہ اکیلا ہوتا جا رہا ہے۔ پھر اس نے اپنے اسی طرح کے منحوس جملوں اور رویوں کا جائزہ لیا تو اسے سمجھ آئی کہ اسی باعث اس کے اہلِ خانہ اور اس کے اپنے درمیان دوریوں کے پودے پنپ رہے ہیں۔ یہ جان کر اسے اور بھی اکیلے پن کا احساس ہوا۔۔ ۔۔۔۔۔ ۔۔۔۔۔

ماں جس کے پہلو سے اس نے جنم لیا تھا، بیوی جس کے پہلو میں وہ سویا کرتا تھا، بیٹی

جسے دیکھ کر وہ جیتا تھا اور بیٹا جسے اس نے بڑھاپے کا آخری اور واحد سہارا سمجھ کر اللہ سے مانگا تھا وہ سب اس سے شاکی رہنے لگے اور اس سے کھنچے کھنچے رہتے تھے جیسے وہ زمین پر نہ چل کر ان کے سینوں پر چل رہا ہو۔ بجلی کے پنکھے کی رفتار کم کرنے کے لئے اسے ہزار بار سوچنا پڑتا۔ ٹی وی کا چینل بدلنے کے لیے اسے گھنٹوں انتظار کرنا پڑتا پھر جب سب اپنے اپنے کام سے چلے جاتے تو وہ دیر تک سوچتا رہتا اور پھر اپنی ساری قوت جمع کر کے اٹھتا، وہ سوچتا کہ یہ سب میری ہی ملکیت ہے، یہ میری اپنی کمائی ہے، وہ اپنی ہتھیلی کی پشت پر ابھری ہوئی کالی نسوں کے جال کو چھوتا اور پھر کانپتے ہاتھوں سے بٹن دباتا، اسکرین پر اس کا من پسند چینل چلنے لگتا، پنکھے کی رفتار دھیمی کرتا اور اسے ذرا ذرا راحت کا احساس ہوتا۔ ان میں سے کسی کی موجودگی میں وہ ایسا نہیں کر سکتا تھا۔ اسے تنہائیاں اچھی لگنے لگتیں۔۔۔۔۔۔۔۔۔۔۔۔ مگر جب یہ زیادہ دیر ٹھہر جاتیں، گھر کے سارے افراد دعوتوں میں چلے جاتے تو یہ تنہائیاں اسے بے سہارا جان کر پاگل کتوں کی طرح لپٹ جاتیں اور اس کے سارے بدن کو لہولہان کر دیتیں۔ اس کے لیے گھر کے معنیٰ یکسر بدل جاتے اور اسے لگتا کہ الفاظ اپنے مدلولات پر دلالت نہیں کرتے۔ تب اسے احساس ہوتا کہ قیس نے گھر کیوں نہیں بنایا اور رشی گپھاؤں میں رہنا کیوں پسند کرتے تھے۔ اسے اپنے ہی گھر میں قید ہونے کا احساس ہوتا۔۔۔۔۔۔۔۔۔۔۔۔ کبھی کبھی وہ سوچتا کہ شاید یہ گھر اس کا اپنا نہ ہو۔۔۔۔۔۔۔۔۔۔۔۔ وہ چوری چھپے الماری سے کاغذات نکالتا اور بے تابی سے دیکھنے لگتا۔۔۔۔۔۔۔۔۔۔۔۔ ان پر آج بھی اس کا نام اسی طرح لکھا ہوا تھا۔ وہ کانپتے ہاتھوں کے ساتھ اپنے نام کے ایک ایک حرف کو چھوتا جیسے وہ اپنے شیر خوار بیٹے اور بیٹی کو انگلیوں کے پوروں سے چھوتا تھا۔۔۔۔۔۔۔۔۔۔۔۔ پھر وہ کاغذات کو اپنے سینہ سے چمٹا لیتا۔۔۔۔۔۔۔۔۔۔۔۔ یہ ساری جائداد میری ہے اور یہ گھر آج بھی میری

ملکیت ہے۔ نمکین پانی کے کئی قطرے یکے بعد دیگرے اس کی آنکھوں کے تٹ سے اتر کر سوکھے اور پوپلے رخساروں کی گہری کھائی جیسی جھریوں میں جذب ہو جاتے۔

پھر ایک دن اس نے اپنے سراپا پر غور کیا اسے لگا کہ ایک ایک کر کے ساری چیزیں اس سے دور بھاگی جا رہی ہیں۔ جیسے دھواں شمع سے دور بھاگتا ہے اور جس طرح بوئے گل چمن سے چوری چھپے نکلتی ہے۔ اسے لگا کہ بینائی آنکھوں کا ساتھ چھوڑ رہی ہے، دماغ یادداشت کو پکڑے رکھنے کی پوزیشن میں نہیں رہا، زبان قوت گویائی کھو رہی ہے، قوت سماعت کان کے پردوں کی گرفت سے آزادی چاہتی ہے۔ ہڈیوں نے گوشت چھوڑ دیا اور دانت گوشت پوست کی سرخ زمین چھوڑ کر مٹی اور پتھروں والی زمین میں کہیں دفن ہو کر پودوں کی تازہ غذا کا حصہ بن چکے ہیں۔ دماغ کو شکایت ہے کہ اب کوئی اس کی نہیں سنتا۔ وہ دس بار حکم دیتا ہے تو ہاتھ ایک بار ہی ہلتے ہیں۔ سو بار چلاتا ہے تو پیر ایک آدھ بار آہستہ سے آگے بڑھتے ہیں۔ اسے لگا جیسے اب کوئی چیز اس کے قابو میں نہیں، سوائے ایک روح کے اور سوائے ایک سانس کے جو جسم میں روح کی موجودگی کی واحد علامت ہے۔ مولوی صاحب تو کہتے ہیں کہ ایسا قیامت میں ہوگا جہاں تمام اعضا آدمی کا ساتھ چھوڑ دیں گے۔ بلکہ اس کے خلاف گواہی بھی دیں گے۔ مگر ابھی تو قیامت نہیں آئی۔ پھر میرے ساتھ یہ سب کیوں ہو رہا ہے۔ وہ سوچتا رہا یہاں تک کہ اس کے دماغ کی نسیں دھواں دینے لگیں۔

اب وہ زندگی سے عاری آچکا تھا اور موت کی تمنا کرتا تھا۔----------

اسے کیا معلوم تھا کہ لذتوں کے نشہ میں کی جانے والی دعا قبول کی جاچکی ہے اور اب اسے موت نہیں مل سکتی۔---------- یا اتنی جلدی اور آسانی سے نہیں مل سکتی۔-

---------- یہ اس کا اپنا انتخاب ہے۔ اب وہ رات دن اس بد گھڑی پر روتا تھا۔-

۔۔۔۔۔۔۔۔۔پھر اسے ہر اس چیز سے نفرت ہونے لگی جو اس بد گھڑی کے وارد ہونے کا سبب بنی تھی۔۔۔۔۔۔۔۔۔۔۔۔بے موسم اور بے سبب بارش۔۔۔۔۔۔۔۔۔۔نشیب کی طرف بہتا ہوا اور پہاڑوں کی چوٹیوں سے گرتا ہوا پانی۔۔۔۔۔۔۔۔۔۔دھان کی ادھ پکی ہوئی بالیوں کے سروں پر سرکتی ہوئی ہوائیں۔۔۔۔۔۔۔۔۔۔بے لگام خواہشوں کے دراز تر سلسلے۔۔۔۔۔۔۔۔۔۔۔ربر اور ریشم جیسے ملائم اور گداز جسم، ان کے نشیب و فراز۔۔۔۔۔۔۔۔۔۔۔سفید دانت اور مسکراتے ہونٹ۔۔۔۔۔۔۔۔۔۔کالے لمبے بال، بالوں میں گندھی ہوئی لٹیں اور لٹوں میں الجھائے گئے بیلے کے سفید ننھے پھولوں کے گچھے۔۔۔۔۔۔۔۔۔۔ململ کے کپڑے، ان کے گوٹے دار کنارے۔۔ ۔۔۔۔۔ ۔۔۔۔۔۔ کامدار ساڑھیاں۔۔ ۔۔۔۔۔ ۔۔۔۔۔۔ سفید دوپٹے اور کالے برقعے۔۔ ۔۔۔۔۔ ۔۔۔۔۔۔ مرغ مسلم اور گرم مسالے۔۔ ۔۔۔۔۔ ۔۔۔۔ تازہ پھل اور خشک میوہ جات۔۔ ۔۔۔۔۔۔۔شباب آور گولیاں، گرم اور میٹھے دودھ کے ساتھ کھائے جانے والے گیروے اور پیلے رنگ کے کیپسول، خالص شہد سے تیار کی گئی معجونیں۔۔۔۔۔۔۔ڈاکٹر اور حکیموں کے نسخے اور ماہرین نفسیات کے شہوت آمیز اور لطف انگیز مشورے۔۔۔۔۔۔۔۔بغل اور گردن کے مسامات سے پھوٹتا ہوا بدبو دار پسینہ اور جوشیلی بوندیں۔۔۔۔۔۔۔۔خواہش کی آگ میں جلتے ہوئے نرخرے اور نرخروں میں پھنس کر چلتی ہوئی سانسیں۔

پر اب نفرت سے کیا ہو سکتا تھا بد گھڑی تو آچکی تھی۔۔۔۔۔۔۔۔۔۔

کاش وہ لازوال زندگی کی تمنا کرنے سے پہلے ہی مر چکا ہوتا۔

بڑے بوڑھے کہتے تھے اسے راجا گدھ کی عمر لگ گئی ہے اب یہ ڈھائی سو برس تک زندہ رہے گا، یا اس سے بھی زیادہ یا پھر ہو سکتا ہے کہ اسے موت ہی نہ آئے، جیسا کہ خضر

علیہ السلام کو موت نہیں۔۔۔۔۔۔۔۔۔۔۔ کچھوے کی رفتار سے آتا ہوا بڑھاپا اس کی زندگی کو دن بدن صبر آزما بنا رہا تھا۔ دور دراز کے شہروں اور ملکوں تک اس کے بارے میں عجیب و غریب خبریں پھیل گئی تھیں۔ ہر دوسرے تیسرے روز بڑی بڑی کاریں اور بسیں اس کی حویلی نما مکان کے دروازے پر آ کر رکتیں۔۔۔۔۔۔۔۔۔۔۔۔ کچھ لوگ جو پردیس سے آتے تھے وہ اس کی طویل عمر کا راز جاننا چاہتے تھے۔۔۔۔۔۔۔۔۔۔۔ کئی بار ان کے ساتھ ان تحقیقاتی ٹیموں کے سربراہ بھی ہوتے تھے جو کچھوؤں اور گِدھوں پر کام کر رہے تھے اور وقتاً فوقتاً اخبارات میں ان کی پیشین گوئیاں شائع ہوتی تھیں کہ انہوں نے طویل عمر کا راز جان لیا ہے اور آنے والی چند صدیوں تک انسان اس لائق ہو جائے گا کہ وہ خود کو امر بنا سکے گا۔ موت اور زندگی اختیاری چیزیں بن جائیں گی۔ جو بازار میں آٹے اور دال کے بھاؤ بیچی اور خریدی جا سکیں گی۔

ایک بار اس نے اِس طرح کی خبر پڑھی تو گھبرا گیا۔۔۔۔۔۔۔۔۔۔۔۔ صبر آزما زندگی کی مشکلات سے جوجھتا ہوا یہ شخص بدحواسی کے عالم میں آرام کرسی سے اٹھ بیٹھا۔۔۔۔۔۔۔۔۔۔۔۔

"پھر تو بہت برا ہو گا، ہر شخص بذات خود ایک جہنم بن جائے گا۔۔۔۔۔۔۔۔۔۔۔ دنیا کو پیدا کرنے والے کا کام ختم ہو جائے گا یا بہت کم ہو جائے گا۔ جب لوگ مریں گے نہیں تو پیدا بھی نہیں ہوں گے۔ تخلیق ٹھٹر کر رہ جائے گی۔ اور صدائے 'کن' ہمالیہ کے دراز تر سلسلوں کی گہرائی اور اونچائیوں کے درمیان صدائے بازگشت کی طرح بھٹکتی پھرے گی۔ جس کے باعث یہ دنیا مزید ہولناک اور ڈراؤنی ہو جائے گی۔ لوگوں کے دل دہشت سے پھٹ جائیں گے اور مائیں ایسے بچوں کو جنم دیں گی جن کے دلوں میں سوراخ ہوں گے اور دماغوں میں انجان وحشتوں کا بسیرا ہو گا۔

زندگی اور موت سرکار کی سرپرستی میں چلی جائے گی۔ ہر سال پارلیمنٹ میں ایک بل پاس کرایا جائے گا کہ اس سال اتنے لوگوں کو موت دینا ہے اور اتنے نئے لوگوں کو پیدا کرنا ہے۔ پھر تو انسان بولر مرغی کے بچوں کی طرح ہو جائے گا۔ کھپت زیادہ ہوئی تو زیادہ بچے پیدا کر لئے، کھپت کم ہوئی تو کم پیدا کر لئے۔۔۔۔۔۔۔۔۔۔۔۔یا باقی رہ جانے والوں کا گلا روند دیا۔۔۔۔۔۔۔۔۔۔پھر اگر کسی سال لوگ زیادہ پیدا کر لئے تو حقوق انسانی کے لئے کام کرنے والی تنظیموں کو تشویش ہو گی۔ سروے کرایا جائے گا اور پھر رپورٹ تیار کی جائے گی۔ گذشتہ برس ایک کروڑ افراد کی تیاری پر دس ارب روپئے کی لاگت آئی تھی اور ان کو ایک ہزار سال تک زندہ رکھنے کے لئے لاکھوں ارب ڈالر درکار ہوں گے۔ جبکہ ہم اتنے سارے لوگوں کو نوکریاں بھی نہیں دے سکتے۔ پتہ نہیں یہ بل کس طرح پاس کر لیا گیا۔۔۔۔۔۔۔۔۔۔۔گذشتہ سرکار کی یہ بہت بڑی غلطی تھی۔ اور نئی سرکار کے سامنے یہ بہت بڑی چنوتی ہے۔۔۔۔۔۔۔۔۔۔۔۔اس کا بس ایک ہی علاج ہے کہ ان تمام افراد کو مشین میں ڈال کر ان کا گلا روند دیا جائے، ان سے حاصل ہونے والے خون کو بلڈ بینک بھیج دیا جائے، گوشت قصائی کو اور ہڈیاں کھاد بنانے والی فیکٹریوں کو بیچ دی جائیں۔ اس طرح ہمیں نہ صرف یہ کہ لاگت واپس مل جائے گی بلکہ مزید اربوں ڈالر کا منافع بھی ہو گا اور ہاں۔۔۔۔۔۔۔۔۔۔۔ان کے اعضائے رئیسہ جیسے آنکھیں، گردے اور دل وغیرہ سے بھی اچھا منافع کمایا جا سکتا ہے۔

اور پھر آناً فاناً رپورٹ تیار کر لی جائے گی۔ میڈیا سے لے کر پارلیمنٹ تک بحث کا ایک سلسلہ شروع ہو گا۔۔۔۔۔۔۔۔۔۔۔پھر سارے ملک سے اس کی تائید میں آوازیں اٹھیں گی۔ تحریکیں چلائی جائیں گی۔۔۔۔۔۔۔۔۔۔۔اور پھر نئی سرکار میں بل پاس کر لیا جائے گا۔"

اس کی گنجی کھوپڑی چٹخنے لگی اور ہاتھ پیروں میں رعشہ طاری ہونے لگا۔۔۔۔۔۔ ۔۔۔۔۔۔اس نے کپڑے پھاڑ دیئے اور انجانی راہوں پر سرپٹ دوڑ گیا۔ کھیت کھلیان اور آبادیوں سے گزرتا رہا۔۔۔۔۔۔۔۔۔۔۔۔اور جب تھک کر چور ہو گیا تو ایک بوڑھے برگد کے نیچے بے سدھ گر پڑا۔

کچھ دیر بعد اسے ہوش آیا تو اسے پتہ چلا کہ بوڑھے، بچوں اور جوانوں کی ایک بھیڑ اس کو گھیرے ہوئے ہے۔۔۔۔۔۔۔ اس پر پھر سے گھبراہٹ طاری ہونے لگی۔۔ ۔۔۔کچھ دیر ادھر ادھر دیکھتا رہا۔۔۔۔۔۔ اور پھر جدھر کو سینگ سمائے ادھر ہی کو بے تحاشہ بھاگنے لگا۔ اس کے ارد گرد جمع بھیڑ بھی اس کے پیچھے دوڑی، بچے غل غپاڑہ کرتے اور ڈھیلے پتھر پھینکتے اس کے پیچھے تھے اور سب سے پیچھے بڑے بوڑھے بندوقیں اور لاٹھیاں لئے گرتے پڑتے دوڑ رہے تھے۔۔۔۔۔ بچوں نے راستہ کاٹا اور اگلے گاؤں کو مڑنے والی سڑک کے کنارے پر اسے جالیا۔۔۔۔۔۔۔۔بڑے بوڑھے بھی ہانپتے کانپتے پہونچے۔۔۔۔۔۔۔اور پھر بے سوچ سمجھے اسے مارنے پر تل گئے۔ حالانکہ ان میں سے کئی بزرگوں کو پتہ تھا کہ بے وقت کسی کو موت نہیں آسکتی۔

"ارے، ارے۔۔ ۔۔۔۔۔ ۔۔۔۔۔۔ اس بے چارے کو کیوں مار رہے ہو۔۔ ۔۔۔۔۔۔۔۔ آخر اس بوڑھے آدمی نے تمہارا کیا بگاڑا ہے؟" راہ گیر نے لوگوں سے سوال کیا۔

"ہم جاننا چاہتے ہیں کہ اسے موت کیوں نہیں آتی۔۔۔۔۔۔۔۔۔۔۔؟"

"موت نہیں آتی۔۔ ۔۔۔۔۔ ۔۔۔۔۔۔؟ یہ تو پہلے ہی سے ادھ مرا ہے۔۔ ۔۔۔۔۔۔۔۔اور یہی کوئی دن دو دن کا مہمان ہے۔۔۔۔۔۔۔۔۔۔۔"

"نہیں۔۔۔۔۔۔۔۔۔۔۔ یہ اتنی جلدی نہیں مر سکتا، اسے کچھوؤں اور گدھوں

کی عمر لگ گئی ہے۔۔۔۔۔۔۔۔۔۔۔۔۔۔"

"اچھا۔۔۔۔۔۔۔۔۔۔۔۔"

"ہاں۔۔ ۔۔۔۔۔ ۔۔۔۔۔۔ڈاکٹر لوگ بھی یہی بتاتے ہیں اور خود اس کے پڑوسیوں کا بھی یہی خیال ہے" ایک معمر آدمی نے چترائی سے جواب دیا۔

"مگر ایسا کر کے تم کیا حاصل کرنا چاہتے ہو؟"

"ہم بھی اس کی طرح لازوال زندگی پانا چاہتے ہیں۔"

"مگر کیوں۔۔۔۔۔۔۔۔۔۔۔۔؟زندگی تو تکلیف دہ ہے جبکہ موت آرام ہی آرام ہے۔ تو تم آرام کے بدلے تکلیف کیوں خریدنا چاہتے ہو۔۔۔۔۔۔۔۔۔۔۔۔؟"

"ہمیں موت سے ڈر لگتا ہے۔۔۔۔۔۔ ۔۔۔۔۔۔ہمارے بزرگ کہتے ہیں کہ موت آتی ہے تو بہت تکلیف ہوتی ہے۔۔۔۔۔۔۔۔۔۔۔۔"

"ہاں۔۔۔۔۔۔۔۔۔۔۔۔بالکل صحیح بات ہے۔۔۔۔۔۔۔۔۔۔۔۔ایک دفعہ میں نے ایک آدمی کا گلا روندا تھا تو وہ بہت تڑپ تڑپ کر مرا تھا" ایک آدمی جو ذرا فاصلے پر بندوق لئے کھڑا تھا اونچی آواز میں چلایا۔

"اور کہتے ہیں کہ موت کے بعد دوزخ میں جانا پڑتا ہے۔ اُدھر آگ ہی آگ ہے۔ اور اُدھر کسی کو موت بھی نہیں دی جاتی۔" ایک شخص نے جس کے ہاتھ پیروں میں رعشہ آگیا تھا اپنی سانس پر قابو پانے کی کوشش کرتے ہوئے کہا۔

"ہاں! ہم ایسی موت نہیں چاہتے جس کے بعد دوزخ ہو اور نہ ایسی زندگی چاہتے ہیں جس کے بعد موت ہو۔" پھر کئی آدمی ایک ساتھ بولنے لگے۔ بچے ابھی تک اس شخص کا تماشہ بنائے ہوئے تھے۔

"مگر خدا نے از خود زندگی کو دو روپ دئے ہیں، ایک وہ جسے موت قطع کرتی ہے اور

ایک وہ جسے موت قطع نہیں کر سکتی۔ دنیا کی زندگی میں موت ہے اور آخرت کی زندگی میں موت نہیں ہے۔ اور انسان کو زندگی کے دونوں روپ عطا کئے گئے ہیں۔۔۔۔۔۔۔۔۔۔۔۔۔ تو پھر تم جلدی کیوں کر رہے ہو۔۔۔۔۔۔۔۔۔۔۔۔۔ تمہیں موت کے بعد لازوال زندگی خود بخود مل جائے گی۔"

"نہیں۔۔ ۔۔۔۔۔ ۔۔۔۔۔۔ ہم اس ترتیب پر راضی نہیں۔۔ ۔۔۔۔۔۔۔۔۔۔۔ ہم اس ترتیب کو الٹنا چاہتے ہیں۔۔۔۔۔۔۔۔۔۔۔۔۔ ہمیں وہ زندگی پہلے چاہئے جس کی آنکھوں میں موت کی پرچھائیں نہیں۔"

راہ گیر کا ذہن زندگی، موت اور انسان کی آرزوؤں کے کھیل کے گورکھ دھندوں میں الجھ گیا۔ اس نے اپنی پیشانی سے پسینہ کے قطرے صاف کئے اور آگے بڑھ گیا۔

"تعجب ہے! یہ لوگ اس کو مارنا چاہتے ہیں جسے ابھی موت نہیں آسکتی۔ یہ ایسی زندگی کا بد انجام اپنی آنکھوں سے دیکھ رہے ہیں جس کے دروازے پر موت کا پہرہ نہیں اور پھر بھی اسی زندگی کی تمنا میں مرے جا رہے ہیں۔"

ایک سرکاری نمائندہ کو معلوم ہوا تو اس نے پولیس کے ذریعہ اس کو لوگوں سے آزاد کرایا اور کچھوؤں اور گِدھوں پر ریسرچ کرنے والی بدیسی ٹیم کے ہاتھ ان گنت ڈالر کے عوض بیچ دیا۔۔۔۔۔۔۔۔۔۔۔۔ جہاں اسے بڑی بڑی مشینوں پر رات دن چڑھایا اور اتارا جانے لگا اور بالشت بھر لمبی اور انگلی کے پور ایسی موٹی سوئیاں اس کے جسم میں چبھوئی جانے لگیں۔

جب ریشم جیسے سنہرے بالوں والی لڑکیاں انگلی کے پور ایسی موٹی سوئیاں لئے اس کی طرف آتیں تو اس کا سارا جسم تھر تھر کانپنے لگتا۔ مٹیالے رنگ کے ٹیپ سے چپکے ہوئے ہونٹ اندر ہی اندر کانپ کر رہ جاتے۔ وہ چیخنے کی کوشش کرتا مگر اس کی آواز سختی کے

ساتھ بند لبوں کی اندرونی دیواروں سے ٹکرا کر واپس پلٹ جاتی اور اس کے اندرون میں صدائے بازگشت کا ایسا شور بپا ہو جاتا جیسے ہمالیہ کی بلند چوٹیوں کے درمیان صدائے 'کن' کے ٹکرانے سے پیدا ہوتا ہے۔ جیسے پانی بھرے بادلوں کے آپس میں ٹکرانے سے بجلی کا کڑکا پیدا ہوتا ہے اور آہوانِ صحرا میں اور زمین کے سیکڑوں فٹ نیچے چیونٹیوں کی بستی میں افراتفری مچ جاتی ہے۔ وہ ہاتھ پیر مارنا چاہتا مگر مشینوں کی مضبوط گرفت اس کو ایسا کرنے سے باز رکھتی، پھر اس کی آنکھیں ابلے ہوئے انڈے کی طرح باہر کی طرف نکل آتیں۔ اس وقت اسے شدت کے ساتھ وہ لمحہ یاد آتا جب اس نے موت سے نفرت کی تھی اور ہمیشہ کی زندگی کی تمنا اس کے لبوں سے دعا بن کر ابھری تھی اور بے کراں آسمان کی وسعتوں میں کہیں گم ہو گئی تھی۔

آزمائش کی اس درد انگیز گھڑی میں اس کے لیے زندگی اور موت کے معانی یکسر تبدیل ہو گئے۔ بلکہ اسے دنیا کی ہر شئی کا روپ بالکل عجیب طرح کا لگنے لگا، ایسا جیسا اس سے پہلے کبھی نہیں لگا تھا۔ موت اسے رحمت کے فرشتے جیسی لگی اور ریشم جیسے بالوں والی لڑکیاں چڑیلوں جیسی نظر آئیں۔ اس نے اپنے خیال میں زمین کی سطح پر ہاتھ پھیرا، یہاں مٹی پتھر اور پانی کے سوا کچھ نہ تھا۔

***

صلاۃ الحاجت

آٹو رکشا نظر کے آخری سرے پر جا کر داہنی طرف مڑ گیا۔

اور میرے غم اسی طرح آہستہ آہستہ پگھلنے لگے جس طرح ماضی کے دنوں میں میری شعلہ بار ہتھیلی پر آہستہ آہستہ اور دل بستہ گدگدی کے ساتھ برف پگھلا کرتی تھی۔

جس وقت میری رگوں میں گرم خون دوڑتا تھا اور میرے جسم کی آنچ ہر وہ شخص محسوس کئے بنا نہیں رہ سکتا تھا جو اس جگہ بیٹھتا جہاں سے میں اٹھتا تھا۔

مجھے اچھی طرح یاد ہے۔ یہ ماضی کے انہی دنوں کی باقی ماندہ یادداشتوں میں سے ایک ہے۔

"بھائی صاحب" نورین دبے پاؤں چل کر آتی اور میرے عقب سے چہکتی۔

"کیا ہے۔۔۔۔۔۔؟"

"ہاتھ دکھانا ذرا۔۔۔"

"کیوں۔۔۔۔؟"

"دکھاؤ تو۔۔۔ ایک بات ہے۔۔۔۔"

اور میں بھولے پن کے ساتھ اپنا ہاتھ اس کی طرف بڑھا دیتا۔ مئی و جون کی سلگتی ہوئی دوپہروں میں، جب چڑیاں گھنی ٹہنیوں پر دم سادھے بیٹھی رہتی تھیں اور نومبر و دسمبر کی نیم سرد شاموں میں، جب چڑیاں درختوں پر چہچہا رہی ہوتی تھیں۔ نورین کو ہر نئے موسم میں نئی شرارت سوجھا کرتی تھی۔

اور پھر اگلے لمحے اپنی ہتھیلی پر فریج سے نکالی ہوئی برف کی ڈلی کی ٹھنڈک ہتھیلی کی نسوں میں گہرائی تک اترنے کا احساس ہوتا۔۔ ۔۔۔۔۔اور پھر وہ کھکھلا کر ہنستی۔۔ ۔۔۔۔۔اور اپنے من میں خوش ہوتی، یہ سوچ کر کہ آج اس نے مجھے ستانے کی ایک چال میں ہنر مندی دکھائی ہے۔۔۔۔۔ مگر جب وہ مجھے پر سکون دیکھتی اور میری ہتھیلی پر تیزی کے ساتھ پگھلتی ہوئی برف کا نظارہ کرتی تو ایک بار پھر شکست خوردگی کے احساس سے اس کے من میں ڈھیر ساری چیزیں ٹوٹ پھوٹ کر بکھر جاتیں اور وہ بس منہ بسور کر رہ جاتی۔

میرے من میں غموں کے پہاڑ ریزہ ریزہ ہو کر بکھر رہے تھے اور میں دور جاتے ہوئے آٹو رکشا کی اندھیرے اور دھند میں ڈوبتی ہوئی عقبی لال بتیوں کو غم آلود نگاہوں سے دیکھ رہا تھا۔۔ یہاں تک کہ وہ نظر کے آخری سرے پر جا کر داہنی طرف مڑ گیا۔۔۔ اور میرے من میں ریزہ ریزہ ہو کر ٹوٹتے بکھرتے غموں کے پہاڑوں کے ٹوٹنے بکھرنے کے عمل میں مزید شدت پیدا کر گیا۔۔۔۔۔۔۔ منظر جب ٹوٹتے ہیں تو شدتِ غم کے احساس کو نشتر چبھوتے ہیں۔ اور دکھتے دلوں میں داغ لگاتے ہیں۔ اردو کے ایک بڑے شاعر نے پتہ نہیں کن احساسات کے تحت آسمان کی بلندیوں پر ایک اور منظر بنانے کی تمنا کی تھی؟۔۔۔۔۔۔ میں اگر ان کا ہم عصر ہوتا تو انہیں اس سے باز رکھنے کی اپنی سی کوشش ضرور کرتا۔

"کہاں رہتے ہو؟" میں ایسے مواقع پر عموماً خاموش رہتا ہوں۔۔۔۔۔ مگر آج پتہ نہیں کیوں اور کس انجانے جذبے کے تحت میں آٹو والے سے پوچھ ہی بیٹھا تھا۔

"نئی بستی" ڈرائیور نے اپنے سامنے ذرا اوپر کی طرف لگے ہوئے مستطیل آئینہ میں میرے چہرے کا بغور معائنہ کرتے ہوئے جواب دیا تھا۔

"اور اِدھر کہاں جا رہے ہو؟"

"غفور نگر۔۔۔۔۔۔اپنی پہلی بیوی کے پاس۔۔۔۔۔۔۔میری دو بیویاں ہیں سر جی، ایک میری اپنی پسند کی اور دوسری میرے گھر والوں کی پسند کی۔۔۔۔۔۔اللہ کا شکر ہے دونوں کو خوش رکھتا ہوں۔۔۔۔۔۔۔"

اس سے قبل کہ میں دو بیویوں والی بات پر حیرت کا اظہار کرتا یا اس سے متعلق کوئی تیکھا سوال کرتا اس نے میری متجسس نگاہوں کو آئینہ میں دیکھا اور خود بخود اپنی داستانِ عشق شروع کر دی۔

شاید اسے یہ خوف تھا کہ میں دو بیویوں کی بات سن کر ناگواری کا اظہار کروں گا یا پھر اس سے کوئی ایسا سوال کر بیٹھوں گا جس کا جواب اس کے پاس نہیں ہو گا۔ اس لیے وہ بغیر سانس لئے شروع ہو گیا۔

"اللہ کا شکر ہے دونوں کو خوش رکھتا ہوں" یہ جملہ اس کے خوف کی چغلی کھا رہا تھا، ہو سکتا ہے اس کو دو بیویوں کے تعلق سے سماج کی طرف سے بہت سے بے ہنگم سوالات کا سامنا کرنا پڑتا ہو۔۔۔۔اس کے بعض مُنقّہ نما سر والے دوست اسے چڑھاتے ہوں اور ہر گلی کے نکڑ پر آلتی پالتی مار کر نکلتی ہوئی توند اور پچکے ہوئے پیٹوں کے ساتھ بیٹھے ہوئے بعض بزرگ اس پر جملے کستے ہوں۔۔۔بے ہودہ اور غلیظ جملے۔۔۔۔شاید اس نے مجھے بھی اسی قماش کا آدمی سمجھا ہو گا۔ تبھی تو وہ خوف کی ایک انجانی کیفیت میں مبتلا ہوا۔ اور اس کیفیت پر غلبہ پانے کے لیے مذکورہ جملے کا سہارا لیا۔۔۔تو کیا الفاظ بھی سہارا بنتے ہیں۔۔۔۔۔۔شاید۔ "اونہو۔۔۔۔۔۔۔میں بھی نا۔۔۔۔۔۔پتہ نہیں ہر وقت یہ الٹی سیدھی باتیں کیوں سوچتا رہتا ہوں۔۔۔۔ تھو۔۔۔" میں اپنے پر جھنجھلایا اور الٹے پاؤں بھاگتی ہوئی کولتار کی سڑک پر منہ کی غلاظت پھینکی۔ ٹانگ پر ٹانگ رکھ کر پہلی والی پوزیشن میں سنبھل کر بیٹھا، سامنے والے آئینہ میں ڈرائیور کو دیکھا اور اس کو زچ کرنے والا سوال

داغا۔

"تو اب کونسی والی کے پاس جارہے ہو۔۔۔۔۔۔اپنی پسند والی کے پاس یاماں باپ کی پسند والی کے پاس؟"

"اپنی والی کے پاس" اس کا اشتیاق دیدنی تھا، اس کا لہجہ بتارہا تھا کہ اس وقت اس کے من میں ستارے جھل ملا رہے ہیں۔اس کا چہرا ابھرا ابھرا تھا، آنکھیں بڑی بڑی اور پیشانی کشادہ تھی۔۔۔۔۔پہلی نظر میں وہ تیس پینتیس کا لگتا تھا۔نکلتا ہوا قد، سڈول جسم اور چہرے پر ہلکی خشخشی داڑھی۔ آواز میں ترنگ تھی اور آنکھوں میں سرور عشق کی شفق زدہ لہریں موجزن تھیں۔

اس نے 'پسند' کا لفظ بیچ سے غائب کر دیا۔ اور مجھے لگا جیسے دوسری والی اس کی اپنی نہ ہو۔۔۔۔۔ آج پہلی بار مجھے ان تمام لڑکیوں پر ترس آیا جو اپنی پسند کے مقابلے میں ماں باپ کی پسند کو ترجیح دیتی ہیں۔

"۔۔۔اچھا" میں اس سے زیادہ کچھ نہ کہہ سکا۔ میں دوسری فکر میں الجھا ہوا تھا۔۔۔دوسروں پر ترس کھانے والی فکر میں۔۔۔اس لیے مجھے کوئی جواب نہ سوجھ سکا۔اکثر ایسا ہوتا ہے کہ دوسروں پر رحم کھانے کے چکر میں میری اپنی حالت قابل رحم ہو جاتی ہے۔اور مجھے اُن دِنوں سے رغبت ہونے لگتی ہے جن میں چنار کے دیو پیکر درخت آگ کا چولا پہن لیتے ہیں۔اور اکیلے اور تنہا دلوں کو گرم راکھ میں دبے ہوئے اپلے کی طرح سلگاتے ہیں۔

"لو، پچاس اپنی پسند والی کو دے دینا اور پچاس ماں باپ کی پسند والی کو" میں نے پچاس پچاس کے دو نوٹ اس کی طرف بڑھاتے ہوئے کہا۔میں 'پسند' کے لفظ کو اس کی اپنی جگہ بحال کرنا نہیں بھولا تھا۔میرے ہونٹوں پر تمسخرانہ مسکان تھی باوجود اس کے

کہ مجھے مسخرہ پن اور مسخرے لوگ بالکل بھی پسند نہیں۔ میں اپنی اِس متضاد افتادِ طبع پر ہمیشہ متعجب رہتا ہوں۔

"سر جی، دعا کرنا میرے لیے۔۔۔۔۔۔۔میری چار بہنیں ہیں اور دو بیٹیاں۔۔۔۔باپ بیمار رہتے ہیں اور بڑی بیٹی معذور ہے۔ اور میں اکیلا کمانے والا ہوں۔۔۔۔۔بس یہی ایک فکر ہے کہ کسی طرح میری بہنوں کا گھر بس جائے۔۔۔ان کا حق بھی ادا کرنا ہے۔۔۔۔۔۔بیٹیاں تو ابھی چھوٹی ہیں"

"کیوں!۔۔۔کیا ہوا اس کو؟"

میں نے باپ کی بیماری کو نظر انداز کرتے ہوئے خصوصی طور سے اس کی بیٹی کے بارے میں قدرے حیرت اور دکھ کے ساتھ دریافت کیا۔

"وہ پیدائشی نابینا ہے "اس نے دو منزلہ بس کو مہارت کے ساتھ اوور ٹیک کیا اور قدرے توقف کے بعد بولا۔

"اُف! یہ تو بہت دکھ کی بات ہے"

"جی؛ مگر اب کیا کیا جا سکتا ہے۔۔۔۔۔۔۔جیسی اللہ کی مرضی، اس کی مرضی میں تو کوئی دخل نہیں دے سکتا نا۔۔۔۔۔۔"

"ہوں" میں بس 'ہوں' کر کے ہی رہ گیا۔ کیونکہ میں اس وقت پیدائشی طور پر نابینا افراد کی زندگی کی مشکلات کے بارے میں سوچنے لگا تھا۔ جن کے لیے رنگ کچھ معنیٰ نہیں رکھتے۔ جن کے لئے حسن بے کیف ہے اور جو تاریکی کی ایک صورت کے سوا کسی اور صورت کو نہیں پہچانتے۔ ایک لحہ کو مجھے لگا جیسے ان کی تلخ زندگی کا زہر میرے رگ وپے میں قطرہ قطرہ اتر رہا ہے۔ اور میں تلخیِ کام ودہن کی آزمائش کے کرب سے کب کا گزر چکا ہوں۔

مگر میں تو دانا و بینا ہوں پر میری زندگی کے ساگر میں ان سے کئی گناہ زیادہ تلخی گھلی ہوئی ہے۔ انہوں نے رنگوں کو نہیں دیکھا اس لئے وہ ان کے انتخاب کے آزار سے محفوظ ہیں، انہوں نے حسن کو نہیں جانا اس لیے وہ اس کی سادگی پر فریفتہ نہیں ہوئے اور جب فریفتہ نہیں ہوئے تو اس کی پرکاری کے جال سے بھی بچ کر نکل گئے۔ وہ کم از کم ان سے تو اچھے ہی ہیں جو میری طرح بینا ہیں مگر محروم تماشا ہیں۔ جو چیزوں کو دیکھ اور محسوس تو کر سکتے ہیں مگر شاد کام نہیں ہو سکتے، روشنیوں کے شہر میں عدم مساوات کی تاریکیوں کے پھلنے پھولنے کے باعث۔ اور اس باعث کہ ان کے ملک میں آسمان کا غرور خاک میں ملانے والی اونچی اونچی عمارتیں ہیں مگر ان کے سائے میں چین کی نیند سوتی ہوئی بھوک کا سینہ غرور سے پھٹا جا رہا ہے۔

"۔۔۔ مگر اللہ نے اسے بے مثال خوبصورتی اور لاثانی آواز سے نوازا ہے۔ ایسا لگتا ہے جیسے اس کا بے مثال حسن اور لاثانی آواز اس کی آنکھوں کا کفارہ ہیں۔ اس کی ماں۔۔۔ میری پہلی بیوی۔۔۔۔ اسے بازار اور شادی کی تقریبات میں بھیجتے ہوئے بھی ڈرتی ہے۔۔۔ اسے ہر وقت ڈر لگا رہتا ہے کہ اسے نظر لگ جائے گی۔۔۔ اِدھر ایک ذرا جسم گرم ہوا، ذرا چھینک آئی اور اُدھر اس نے نئے کپڑوں کی کترن جلانا شروع کیں۔ نظر اتارنے کا یہ طریقہ اس نے اپنی ماں سے سیکھا تھا۔۔۔۔ جب وہ کلام پاک پڑھتی ہے تو راہ گیر بھی ٹھہر جاتے ہیں۔۔۔۔ ایسا لگتا ہے جیسے ساتویں آسمان سے فرشتے قطار در قطار اتر رہے ہیں"

وہ اپنی بیٹی کی تعریف میں مگن تھا اور میں اپنی فکر میں ڈوبا ہوا تھا۔ جب آٹو نے ہلکا سا جھٹکا لیا اور بریک کی ہلکی چرچراہٹ کے ساتھ انجن کی گھر گھر کم ہوئی تو میرے خیالات کا سلسلہ ٹوٹ گیا اور میں نے رسمی انداز میں اس کو تسلی دیتے ہوئے کہا۔

"ضرور دعا کروں گا بھائی تمہارے لئے، تم اتنے اچھے انسان ہو۔۔۔ خوش اخلاق اور ملنسار۔"

"جی سر جی، ضرور دعا کیجئے گا۔ اللہ حافظ"

"اللہ حافظ" میں آٹو سے اترا اور تارکول کی ٹھنڈی سڑک کے کنارے کھڑا ہو گیا۔ سڑک کے دونوں اطراف کھڑے چھوٹے بڑے درختوں نے سڑک کو دونوں طرف سے لمبی لمبی ٹہنیوں کی آغوش میں لیا ہوا تھا۔

اس نے گیئر ڈالا اور رکشا آگے بڑھا دیا۔۔ ۔۔۔۔۔ عقبی لائٹیں دھند اور اندھیرے میں آہستہ آہستہ غائب ہو رہی تھیں اور میں ایک جگہ پر جامد کھڑا سوچ رہا تھا کہ یہ شخص جو راستہ بھر چہکتا رہا اور خوش اخلاقی کا مظاہرہ کرتا رہا اپنے من کے سمندر میں غموں کے اتنے سارے پہاڑ چھپائے ہوئے تھا۔

آدمی کے من میں سمندر سے کہیں زیادہ وسعت ہے وہ اپنے اندر سمندر سے بھی زیادہ خزانے چھپا سکتا ہے۔ آٹو ڈرائیور کو دیکھ کر آج پہلی بار میرے دل میں یہ احساس جاگا۔۔۔ اور میرے غم آہستہ آہستہ اسی طرح پگھلنے لگے جس طرح جوانی کے دنوں میں میری گرم ہتھیلی پر برف پگھلا کرتی تھی۔ آہستہ آہستہ اور دلگداز ٹھنڈک کے احساس کے ساتھ۔ مجھے اِس وقت نورین کی برف والی شرارت شدت کے ساتھ یاد آرہی تھی۔ نورین کو میں نے آخری بار اس وقت دیکھا تھا جب وہ اپنے پہلے بیٹے کی پیدائش کے سوا ماہ بعد اپنے ماں باپ کے پاس آئی تھی، اس کی گود میں اس کا بیٹا تھا، موٹا تازہ اور گول مٹول۔ اس وقت وہ بہت کمزور لگ رہی تھی۔ جیسے کسی بڑی آزمائش سے گزری ہو۔

میرا گھر ایک فرلانگ کے فاصلے پر تھا۔۔ ۔۔۔۔۔۔۔ مگر مجھے کوسوں دور معلوم ہو رہا تھا۔ میرے پیر من بھر کے ہو رہے تھے، کھلے آسمان تلے سرد ہوائیں مستی

بھری چال چل رہی تھیں اور میرے دماغ میں باقی ماندہ غم کی تلچھٹ ہچکولے کھا رہی تھی۔ میں صبح اندھیرے منہ گھر سے نکلا تھا اور اب شام کا دھندلکا گھرے اندھیرے میں تبدیل ہو رہا تھا۔ آج میرا کم از کم یہ دسواں انٹرویو تھا اور نا امیدی، غم و اندوہ کے سایوں کو مزید گھنیرا کر رہی تھی۔ نوکری چھوٹے ہوئے پانچ ماہ ہو چکے تھے اور اس مدت میں دسیوں انٹرویو دے چکا تھا۔۔۔۔ قرض بڑھتا جا رہا تھا اور میرا بلڈ پریشر ڈاؤن ہوتا جا رہا تھا۔ آج ہی گھر سے فون آیا تھا کہ امی کی طبیعت مسلسل بگڑتی جا رہی ہے ان کے علاج کے لیے نقدی کی ضرورت ہے۔۔۔۔۔ ادھر گھر پر میرے تین بچوں کا کھانستے کھانستے برا حال ہو رہا تھا۔۔۔۔۔۔۔ مجھے ایسا لگ رہا تھا جیسے میں جہنم کی طرف بڑھ رہا ہوں۔۔۔۔۔۔۔ کاش آٹو ہی میں بیٹھے بیٹھے رات بسر ہو جاتی اور صبح ہوتے ہی گیارہویں انٹرویو کے لیے پھر کسی دور دراز کے علاقے کی طرف روانہ ہو جاتا۔۔۔۔۔ تاریکی بڑھ رہی تھی اور ہوا میں طوفانی شدت آتی جا رہی تھی۔ خوشحالی کے دنوں میں ایسے موسم سے اکثر لطف اندوز ہوتا تھا۔ تن من میں گدگدی کر کے گزرتی ہوئی ہوائیں مجھے ہمیشہ سے ہی اچھی لگتی تھیں۔ مگر آج معاملہ برعکس تھا، آج مجھے ان پر غصہ آ رہا تھا جیسے یہ باہر نہ چل کر میرے دماغ میں چل رہی ہوں اور ان ناگفتہ بہ حالات کے مجھ پر وارد ہونے میں کچھ نہ کچھ ان کا بھی دوش رہا ہو۔ مگر یہ مکمل سچ نہیں تھا۔

جب میں خیالات کی بھول بھلیوں سے واپس لوٹا تو اپنے آپ کو مسجد کے صحن میں پایا، مجھے اس کا احساس ہی نہ ہوا کہ کس طرح گھر کے راستہ پر چلنے کے بجائے مسجد کے راستے پر چل نکلا تھا۔

میں نے وضو کیا اور دو رکعت صلاۃ الحاجت کی نیت باندھ لی، میرے اندرون میں آندھی و طوفان چل رہے تھے۔ آج مجھے اپنی حالت پر رونا آ رہا تھا، کشادہ مسجد میں اکیلے

روشن بلب کی ملگجی روشنی اور ڈراؤنا سناٹا مجھے رونے میں مدد دے رہا تھا۔۔۔۔میں زور زور سے تلاوت کرنے لگا۔۔۔۔حالانکہ میں زیادہ تر چھوٹی سورتیں پڑھنے کو ترجیح دیتا تھا کہ اس طرح کم سے کم وقت میں فرض ادا کیا جا سکتا ہے مگر آج میں نے خلاف معمول نسبتاً طویل سورت کا انتخاب کیا۔۔۔۔۔۔شاید اس لیے کہ صلاۃ الحاجت میں فرضیت ساقط کرنے کی فکر جیسی کوئی چیز نہیں ہوتی بلکہ اس میں سراسر اپنی غرض ہوتی ہے۔۔۔۔اور اپنی غرض سے کیا جانے والا تقریباً ہر کام مرغوبِ خاطر ہوتا ہے۔میں زندگی میں پہلی بار صلاۃ الحاجۃ پڑھ رہا تھا اور مجھے پہلی بار یہ احساس ہو رہا تھا کہ میں آج مکمل طور پر مسجد میں موجود ہوں، دل، دماغ اور نظر، یہاں تک کہ قوتِ تخیل بھی میرے ساتھ۔۔۔۔۔۔۔نہ جانے کس انجانی قوت کے احساس سے میرے لہجہ میں رقت آ گئی۔ مسجد کے سکوت پر سحر طاری ہونے لگا۔ مجھے لگا جیسے در و دیوار بھی مجھے سن رہے ہیں اور تنہائی کے احساس سے جوجھتے ہوئے واحد روشن بلب کے پاس خاموش اور بے حس و حرکت بیٹھی ہوئی گوری چھپکلی بھی مجھے بغور دیکھ رہی ہے۔۔۔۔۔۔کیڑے اس کے ارد گرد منڈلا رہے ہیں اور وہ ان کی طرف ذرا بھی التفات نہیں کر رہی۔۔۔۔۔۔۔حالانکہ اس کا پچکا ہوا اور دھوکنی کی طرح چلتا ہوا پیٹ بتا رہا ہے کہ وہ بھوکی بھی ہے۔۔۔۔مجھے لگا کہ آسمان سے فرشتوں کا نزول ہو رہا ہے اور خدا یہیں کہیں میرے آس پاس موجود ہے۔۔۔۔۔۔۔اور پھر اچانک بوندا باندی ہونے لگی۔۔۔۔۔حالانکہ ابھی کچھ دیر قبل آٹو سے اترتے وقت آسمان پر بادل دکھائی نہیں دئے تھے۔۔۔۔۔۔۔۔مجھے لگا جیسے یہ میری گریہ وزاری سے متاثر ہو کر یکجا ہو گئے ہیں اور اب ان کے من میں بھی سیلابِ گریہ جوش مار رہا ہے۔۔۔۔دفعتاً وضو خانے کی چھت موٹی موٹی بوندوں کی پیہم چوٹوں سے تڑ تڑ بجنے لگی۔۔۔۔باہر آسمان رو رہا تھا اور اندر میری آنکھیں برس رہی تھیں۔

میں نے نگاہ اٹھائی گوری چھپکلی کو دیکھا وہ بدستور خاموش تھی، منھ دیوار کی سطح پر رکھے ہوئے اور پونچھ کو ہلکی جنبش دیتے ہوئے۔ بلب بھی اپنی جگہ پُر سکون تھا۔ پھر کبوتر پھڑ پھڑانے لگے اور زور زور سے غٹر غوں۔۔ غٹر غوں۔۔ کرنے لگے، جیسے اپنی ماداؤں کو رجھا رہے ہوں۔۔۔۔۔۔ میری آواز خود بخود دھیمی ہو گئی۔۔۔۔۔۔ کبوتروں کی آواز میں جادو اتر آیا۔ ایسا محسوس ہو رہا تھا جیسے کہیں شہنائیاں بج رہی ہیں، لوک گیت گائے جا رہے ہیں۔ بارشیں گھر آنگن کو گیلا کر رہی ہیں اور نیم کی ڈالیوں پر جھولے پڑ گئے ہیں۔ میں اندر سے بھیگنے لگا اور ماضی کے ان دنوں کی یادیں ذہن کے پردے پر رقص کرنے لگیں جب میرے جسم سے شرارے پھوٹا کرتے تھے اور انہیں ہر وہ شخص محسوس کرتا تھا جو اس جگہ بیٹھتا جہاں سے میں اٹھتا تھا۔ وہ بھی کیا دن تھے۔۔۔۔۔ جب ہڈیوں میں رس تھا، من میں امنگ تھی اور جسم میں خطائیں کرنے اور ان کی سزا پانے کا حوصلہ تھا۔ جب فریب کھانے اور پلکوں سے نمک چننے میں مزا آتا تھا۔ مجھے یاد آیا جب نورین سیانی ہو گئی تھی تو کس طرح اس کے ساتھ تنہائی میں رہنے کی سزا پائی تھی۔۔۔۔۔ حالانکہ ہم نے خطا نہیں کی تھی، پر گھر کے بزرگ کہتے تھے کہ تنہائی میں رہنا بھی تو خطا ہے اور خطاؤں کی سزا مقرر ہے۔

"ہم خطا کرتے ہیں تو ان کی پوری پوری سزا پاتے ہیں اور زندگی بھر ان کا بوجھ بھی ڈھوتے ہیں۔۔۔۔۔۔ اور یہ کبوتر خطاؤں پر خطائیں کرتے ہیں، نہ ان کی سزا پاتے ہیں اور نہ ان کا بوجھ ڈھوتے ہیں۔ ایسی ہی بہت ساری باتیں ہیں جن کے باعث انسان اشرف المخلوقات ہونے کے باوجود اپنے آپ پر پرندوں اور کیڑوں مکوڑوں کو ترجیح دیتے ہیں۔ اور خود ان کی طرح ہونے کی خواہش میں مرے جاتے ہیں۔" میں ایک بار پھر اُس فکر کی رو میں بہنے لگا جو زیادہ کتابیں پڑھنے کی وجہ سے پیدا ہوتی ہے۔ یا پھر زیادہ سوچنے کی

وجہ سے۔ مگر بڑھاپے میں پڑھنے اور سوچنے کے علاوہ اور کیا بھی کیا جا سکتا ہے۔۔۔ بڑھاپے سے میری نفرت بجا ہے۔

پھر کسی کبوتر کے دم گھٹنے کی آواز آئی۔۔۔۔۔ اور پھر کئی کبوتر ایک ساتھ پھڑ پھڑانے لگے۔ اُڑے اور دوسری اونچی جگہوں پر جا بیٹھے جو مجھے قبلہ رو ہونے کی باعث نظر نہیں آرہی تھیں۔ سفیدی مائل سیاہ رنگ کے چھوٹے بڑے کئی سارے پَر فضا میں تیرنے لگے۔۔۔۔۔۔۔ سفید رنگ کی موٹی تازی بلی نماز کاٹ کر گزری، اس کے جبڑوں میں کالے پروں والا کبوتر دم توڑ چکا تھا۔ بلی کے نوکیلے دانتوں سے گرم خون کے قطرے ٹپک رہے تھے۔۔۔۔۔۔۔ مجھ پر وحشت طاری ہو گئی اور میں نے جلدی جلدی نماز پوری کی۔

نماز پوری کر کے میں نے چاروں طرف کا بغور معائنہ کیا۔۔۔۔۔۔۔۔ خطرے کی کوئی بات نہ تھی۔ بلیلاں روزانہ سیکڑوں کے حساب سے کبوتر پکڑتی ہیں۔۔۔۔۔۔ یہ کوئی انوکھی بات نہیں اور نہ ہی یہ کوئی ایسی بات ہے کہ اس پر دکھی ہوا جائے۔۔۔ اس سوچ نے وحشت کو اطمینان سے بدل دیا اور میں مسجد کا جائزہ لینے لگا۔

"مسجد تو خوبصورت ہے۔۔۔۔۔ کافی پیسہ خرچ کیا ہے محلہ کے لوگوں نے۔۔۔" میں مسجد کو ستائشی نظروں سے دیکھ رہا تھا۔۔۔ "مگر یہ کیا۔۔۔۔۔؟" میری نظر، محرابوں، ستونوں اور ان پر کئی گئی تزئین کاری پر جمی ہوئی تھی۔ میں نے چشمہ اتار امنہ کی بھاپ کی مدد سے گلاس صاف کئے اور دوبارہ آنکھوں پر رکھا، شہادت کی انگلی سے ٹھیک ناک کے اوپر والے حصہ کو آہستگی سے دبایا اور چشمہ ٹھیک اپنی جگہ پر بیٹھ گیا۔ "بتاؤ! اتنی اچھی عمارت کو داغ لگا دیا۔۔۔ کیسے اوٹ پٹانگ نقش بنائے ہیں اور بے جوڑ رنگ بھرے ہیں۔۔ ۔۔۔ کوئی بھی رنگ ایک دوسرے سے میچ نہیں کر رہا۔۔ ۔۔۔۔۔۔ اور یہ

قالین۔۔۔ لگتا ہے لنڈا بازار سے اٹھالائے ہیں۔۔۔" میں قالین کے ایک سرے کو داہنے پیر سے کریدتے ہوئے من ہی من میں بڑبڑایا۔

"جب اتنے پیسے خرچ کیے ہیں تو تھوڑے اور نہیں کر سکتے تھے۔۔۔۔۔۔۔اس سے تو یہی اچھا تھا کہ چٹائیاں ہی بچھا لیتے۔۔۔۔۔۔" میں انتظامیہ کی نااہلی اور بد ذوقی پر اندر ہی اندر سلگ رہا تھا۔

"کیا کوئی قوم محض دو تین صدیوں میں اس قدر بد ذوق بھی ہو سکتی ہے۔۔۔ کیا یہ انہی کی اولاد ہیں جنہوں نے تاج محل اور قصر الحمراء جیسی عمارتیں بنا کر ساری دنیا کو حیرت زدہ کر دیا تھا۔" جب میرا بلڈ پریشر ہائی ہو جاتا ہے تو مجھے اکثر ایسی ہی باتیں سوجھتی ہیں اور میں تاریخ کی ظلمتوں میں گم ہونے لگتا ہوں۔ اور اپنی قوم کو کوسنے دیتا ہوں۔۔۔۔ یہ میری فطرتِ ثانیہ بن چکی ہے۔

بیزاری کے سلگتے ہوئے احساس کے ساتھ میں مسجد سے نکل آیا اور وہیں سیڑھیوں پر گھٹنے کھڑے کر کے بیٹھ گیا۔ اندر سے کبوتروں کے غٹر غوں۔۔ غٹر غوں کرنے کی مستی بھری آوازیں آ رہی تھیں۔ جس مادہ کا جوڑا سفید بلی کی بھوک کی بلی چڑھ گیا تھا اس کے گھونسلے میں دوسرا نر گھس آیا تھا۔۔۔ یہ نر اکیلا تھا اور اسے مادہ کی تلاش تھی۔۔۔ ابتداءً قدرت اپنے آپ ہی ان کے جوڑے بنایا کرتی ہے مگر جب یہ جوڑے ٹوٹ جاتے ہیں تو اُنہیں پھر سے جوڑنے کے لیے کبوتروں کو خود ہی کوشش کرنا ہوتی ہے۔۔۔۔۔ نر گزشتہ کئی ماہ سے اسی کوشش میں تھا۔ اور پھر مادہ کی دکھی چونچ میں اپنی گرم چونچ داخل کر کے اس کا غم غلط کرنے کی کوششوں میں جٹ گیا۔ جب کالی بلی نے اسے تنہا کیا تھا تو اس نے ہفتہ بھر سوگ منایا تھا اور دوسرے کبوتروں کو ساتھ لے کر اس کے خلاف مہم بھی چلائی تھی۔۔۔۔۔۔ مگر اس بار اسے سفید بلی پر غصہ نہیں آیا۔۔۔۔ اسے اس کا جوڑا

مل گیا تھا۔۔۔اسے اور کیا چاہئے تھا۔

پھر کئی سارے نر اور مادہ کبوتر ایک ساتھ غٹر غوں۔۔غٹر غوں کرنے لگے۔۔۔۔۔۔ڈرے سہمے ننھے ننھے دلوں میں زندگی کی رمق لوٹ آئی۔۔۔۔۔جیسے دھماکوں اور انکاؤنٹر کے بعد ہوتا ہے۔۔۔۔۔جتنی دیر آپریشن چلتا ہے بس اتنی ہی دیر سراسیمگی پھیلتی ہے اور پھر زندگی اپنے پیٹرن پر لوٹ آتی ہے۔فروٹ جُوس اور بریانی کی دکانیں کھل جاتی ہیں اور لوگ کام و دہن آشنا لذتوں کے حصول کی فکر میں ڈوب جاتے ہیں۔

بیزاری اور جھنجھلاہٹ کی زیریں لہریں میرے من کے ساحل پر سر پٹخ رہی تھیں اور میں پشیمانی کے سمندر میں غرقاب ہو رہا تھا۔۔۔۔میں نے خود پر نظر کی اور اپنے اندرون کا جائزہ لیا۔جب میں مسجد کی طرف بڑھ رہا تھا تو میری کیا حالت تھی اور اب جب مسجد میں ہوں تو مجھ پر کیسی حالت طاری ہے۔اُس وقت بے کلی کے جذبات سے دل امنڈا آتا تھا، امید کی شمع روشن تھی، گناہگاریوں پر پچھتاوا تھا۔دل میں یادِ خدا تھی اور لبوں پر دعاؤں کا ہالہ۔۔۔۔۔اور اب۔۔۔۔۔۔اب من میں پراگندہ خیالات کا ہجوم ہے اور لبوں پر طنز، تمسخر اور بس گلہ شکوہ۔

"یا اللہ یہ کیسی حالت میں گرفتار ہوں میں۔۔۔۔۔۔۔۔اس سے تو یہی بہتر ہے کہ میں زندہ ہی نہ رہوں۔۔۔یہ حالت تو کسی بھی شخص کے قتل کے جواز کے لیے کافی ہے۔۔۔میں سالہا سال سے خدا کی عبادت کر رہا ہوں مگر وہ ہنوز عبادت نہیں بنی۔" میں نے دل میں سوچا اور آواز لگائی۔

"ہے کوئی جو مجھے قتل کر کے ثوابِ دارین حاصل کرے" ابھی میں نے یہ اعلان کیا ہی تھا کہ لوگوں کی امڈتی ہوئی بھیڑ میں اپنی چشم تصور سے دیکھنے لگا۔۔۔ان کے ہاتھوں میں تیز دھار والے ہتھیار تھے۔۔۔۔۔۔مجھ پر خوف طاری ہو گیا۔۔۔اس سے پہلے کہ

وہ مجھ تک پہونچ پاتے اور مجھے قتل کر کے جنت کے حقدار بنتے میں کھڑا ہوا اور زور سے چلایا۔ "میں جانتا ہوں کہ تم سب جنت کے متلاشی ہو اور اسے پانے کا آسان راستہ میرا قتل ہے۔۔۔۔ پر میری ایک شرط ہے کہ جو مجھے جہنم رسید کر کے خود اپنے لئے جنت کا ٹکٹ خریدنا چاہے اس کے لیے ضروری ہے کہ وہ خود اسی طرح کی حالت میں گرفتار نہ ہو۔۔۔۔۔۔۔۔ ہے کوئی۔۔۔۔؟" پتہ نہیں میری بات میں ایسی کیا بات تھی کہ سب کے سب اپنی جگہ پر ٹھہر گئے اور پھر الٹے پاؤں واپس پلٹ گئے۔

میں مسجد کی سیڑھیوں سے اٹھا اور کالی اور بھیگی رات میں اپنے گھر کی طرف چل دیا۔

***

ہمدرد

"کوووووووو۔۔ ۔۔۔۔۔چُھک چُھک چُھک۔۔ ۔۔۔چُھک چُھک چُھک۔۔ ۔۔۔۔کووووووووووووو۔۔۔۔"۔اور ٹرین ایک جھٹکے کے ساتھ رک گئی۔ بھیم پور کے چھوٹے سے اسٹیشن پر زندگی کھل کھلا کر ہنسنے لگی۔ پلیٹ فارم نمبر دو پر صدیوں سے کھڑے پاکھڑ کے بوڑھے درختوں پر سفید بگلے خوف زدہ ہو کر بے نشان سمتوں میں اڑنے لگے۔انگریزوں کے زمانے سے اسی ایک جگہ کھڑے دیو پیکر درختوں پر ان بگلوں کی کئی نسلیں مر کھپ چکی تھیں۔۔۔۔۔

انہوں نے اسٹیشن پر آنے جانے والے مسافر۔۔۔کلیجہ شق کر دینے والی ٹرین کی سیٹی اور جنگلی ہاتھی کی طرح چنگھاڑتے ہوئے ریلوے انجن کے بارے میں بہت کچھ سن رکھا تھا۔۔۔۔۔۔۔۔۔انہیں پتہ تھا کہ یہ جگہ پر امن ہے۔یہاں کبھی کوئی شکاری نہیں آتا۔۔۔۔اور گزشتہ سو سال سے ٹرینیں اسی طرح آتی جاتی ہیں۔۔۔۔ کبھی کوئی ٹرین کسی پیڑ سے نہیں ٹکرائی اور نہ کبھی کسی مسافر نے کسی درخت پر چڑھنے یا ڈھیلا پھینکنے کی کوشش کی۔۔۔۔۔بگلوں کی اس نئی نسل نے اپنے بزرگوں کو گھونسلوں ہی میں مرتے ہوئے دیکھا تھا۔۔۔۔۔یا پھر کبھی کوئی بوڑھا بگلا چارے کی تلاش میں دور کھیتوں میں نکل گیا اور پھر لوٹ کر نہیں آیا۔۔۔۔یا پھر کوئی بے بال و پر کمزور سا بچہ آندھی و طوفان میں گھونسلے سے گرا اور کوؤں نے اپنے ننھے منے بچوں کے منہ کا ذائقہ بدلنے کے لیے اسے سیخ پر چڑھا دیا۔۔۔۔

انہیں یہ سب پتہ تھا۔۔۔۔۔۔۔۔ مگر پھر بھی اللہ جانے کیوں ایسا ہوتا تھا کہ جب بھی چیختی چنگھاڑتی کوئی ٹرین فلیٹ فارم نمبر دو پر آتی تو ایک انجانا سا خوف ان کے وجود کے تمام خلیوں میں گہرائی تک اتر جاتا اور وہ بے اختیار اپنے بے بال و پر بچوں کو گھونسلوں میں تنہا چھوڑ کر بے کراں آسمان کی نیلی چادر تلے بے ترتیب اڑنے لگتے۔۔۔۔۔اور دوسرے لمحے میں، جب خوف کی لہر ذرا دھیمی ہوتی اور انجن کی طرح دھک دھک کرتے ہوئے ننھے دلوں کا رعشہ ذرا ذرا تھم نے لگتا تو انہیں بچوں کا خیال آتا اور وہ گھونسلوں پر اترنے لگتے، بھوری اور پتلی ٹانگیں درختوں کی گنجی چھتوں کی طرف پھیلائے ہوئے، سفید لمبے پر نیلے آسمان کی طرف باہم جوڑے ہوئے اور تیز عقابی نظریں بلبلاتے ہوئے بچوں پر جمائے ہوئے۔۔۔۔۔۔۔۔

کیلاش ورما نے بڑے دنوں بعد یہ منظر دیکھا تھا۔۔۔۔۔اس کا دل چاہا کہ یہیں کھڑا رہے اور بگلوں کے اس طرح ایک ساتھ ہوا میں پرواز کرنے اور پھر گھونسلوں پر اترنے کے منظر کو دیکھتا رہے۔۔۔کچھ دیر کے لیے وہ اپنے سارے دکھ بھول سا گیا۔ یہاں تک کہ بھاری بھرکم جسم کے بوجھ تلے چرمراتی ہوئی نرم و نازک پنڈلیوں سے اٹھتی ہوئی درد کی ٹیسوں کو بھی جیسے بھول گیا۔۔۔۔۔ایک طرح سے یہ اچھا ہی ہوا کہ اسے بگلوں کے دکھوں کا علم نہ تھا، نہیں تو یہ چیز اس کے دکھوں میں مزید اضافے کا باعث بن جاتی اور اسے اپنے مسلسل بڑھتے ہوئے موٹاپے سے اور بھی زیادہ نفرت ہونے لگتی۔ موٹاپا تو قابلِ نفرت ہی ہوتا ہے۔۔۔۔۔۔۔اور وہ ہمیشہ سے اس سے نفرت کرتا تھا، حتیٰ کہ اس وقت بھی اسے موٹاپے سے نفرت تھی جب وہ موٹا نہیں تھا۔ مگر جب خود اس کی بیوی اس پر تشویش کا اظہار کرتی تو اسے لگتا جیسے وہ موت کے کنوئیں میں اتر رہا ہے۔

کافی دنوں سے بارش نہیں ہوئی تھی۔۔۔۔۔۔فضا میں گھٹن کا احساس بڑھتا جا رہا تھا۔۔۔جب وہ بھیم پور سے نکلا تھا تو سورج اس کے ٹھیک سر پر تھا۔۔۔۔۔۔مگر اب کافی نیچے اتر چکا تھا۔۔۔پھر بھی اس کی سرخ انگارے جیسی ٹکیہ کے سامنے آنکھیں کھلی رکھ پانا مشکل تھا۔۔۔کاندھوں میں دھنسی ہوئی اس کی گردن اور بالوں سے بھرے سینے کے درمیان سے پسینہ کے قطرے نمودار ہو رہے تھے اور ذرا ابھار لئے ہوئے پیٹ کے ڈھلان پر تیزی سے بہتے ہوئے سفید بنیان میں جذب ہو رہے تھے۔۔۔لمبی اور اونچی شاخوں والی گنجان پاکھڑ کے نیچے آکر اسے ذرا راحت محسوس ہوئی تھی۔۔۔۔۔۔۔۔اس نے بیگ نیچے رکھا، دونوں ہاتھوں کی انگلیاں ایک دوسری میں پھنسا کر ایک دو انگڑائیاں لیں اور لمبے لمبے سانس کھینچے۔۔۔۔۔۔" آہ۔۔۔ہا۔۔۔یار، گاؤں کی زندگی بھی کتنی حسین ہوتی ہے "اس نے اپنے من میں کہا اور شہر کی زندگی کو لعن طعن کرنے لگا۔"بند کمرے، تنگ گلیاں، دھول اڑاتی ہوئی بسیں اور دھواں اگلتی ہوئی فیکٹریاں۔۔۔۔جلتی ہوئی کالی سڑکیں۔۔۔۔۔اور ان پر رات دن دوڑتی ہوئی بے چین زندگی۔کیا عذاب کسی اور چیز کا نام ہے۔۔۔۔۔۔۔؟"اچانک چونے جیسی کوئی سفید چیز اس کے کاندھے پر گری۔۔۔۔۔"اونہوں۔۔۔۔ان بگلوں کو بھی جیسے آدمی سے کوئی پرانی دشمنی ہو، ابھی یہاں آکر کھڑا ہوا ہوں اور ابھی بیٹ کر دی۔۔۔۔ہش۔۔۔"اس نے برا سا منہ بنایا اور شہر اور شہر کے لوگوں کے بارے میں اس کی سوچ ادھوری رہ گئی۔۔۔۔

خیالات کس قدر بے ترتیبی اور کتنی سرعت کے ساتھ بدلتے رہتے ہیں، جیسے ہوا کی زد پر رکھی ہوئی کھلی کتاب کے اوراق جلدی جلدی اور بے ترتیبی کے ساتھ الٹتے پلٹتے رہتے ہیں۔ آدمی کے جسم پر بیٹ کر دینے کی پرندوں کی پرانی عادت سے خفگی کی جگہ اب

اس کے کانوں میں اس کی اپنی چھوٹی بہن اور اس کی سہیلیوں کی کھکھلاہٹ رس گھول رہی تھی۔۔۔۔۔۔۔ کملا جو بچپن ہی میں اس سے ہمیشہ کے لیے جدا ہو گئی تھی اور ایک تکلیف دہ یاد اس کے دل کی تہوں میں کہیں رینگتی ہوئی چھوڑ گئی تھی۔۔۔۔ اور پھر بیتے دنوں کا پورا منظر اس کی آنکھوں میں پھر گیا۔ اس دن جب وہ اپنے دادا کی چوپال پر گھنی پاکھڑ کے نیچے کھیل رہا تھا کہ اچانک اس کے سر پر کوئے نے بیٹ کر دی اور اس کی بہن کی سہیلیاں کھل کھلا کر ہنس پڑیں، اس وقت اسے ان سب پر غصہ آیا تھا۔۔۔۔ خاص کر اپنی بہن پر۔۔۔ پر آج پتہ نہیں کیوں اس کے دل میں یہ خواہش جاگی کہ کاش اس کی بہن زندہ ہوتی اور آج پھر وہ اسی طرح کھل کھلا کر ہنستی۔ مگر آج اس پر ہنسنے والا بھی کوئی نہیں تھا۔ یہاں سب جلدی میں تھے کسی کو اتنی فرصت ہی نہ تھی کہ کوئی اس پر ہنسے۔ اور کملا آسمان سے اتر کر نہیں آسکتی تھی۔ اس نے آسمان کی طرف دیکھا۔ نیلے آسمان میں دور مغربی افق پر دو سفید بادل منڈلا رہے تھے۔ اسے لگا جیسے کملا انہی بادلوں کے عقب سے اسے دیکھ رہی ہے اور کھل کھلا کر ہنس رہی ہے۔ مگر اس بار اسے غصہ نہیں آیا۔ حالانکہ وہ اس وقت پرندوں کی اِس ذلیل حرکت پر بھنایا ہوا تھا۔

اِس وقت وہ اُس شہر کی طرف جا رہا تھا جہاں وہ آج سے ٹھیک تیس سال قبل بارہ تیرہ سال کی عمر میں اپنے باپ کے ساتھ آیا تھا۔ اور اب ان کی جگہ پر اسسٹینٹ منیجر کی حیثیت سے کام کر رہا تھا۔ انجن کی گڑگڑاہٹ اور بدبو دار کالے دھوئیں سے اسے جیسے نفرت سی ہو گئی تھی، ٹرین کے سفر سے وہ اسی لیے اکتا تا تھا کہ وہ تیز آواز کرتی ہے اور ڈھیر سارا دھواں اگلتی ہے۔ پر اس کی مجبوری تھی کہ اس کے سوا اور کوئی چارہ بھی نہ تھا۔ بس کے چکر میں وہ پہلے ہی ایک دو گھنٹے گنوا چکا تھا۔ بس کو نہ آنا تھا اور وہ نہ آئی۔ اور اس نے مجبوراً ایک فیصلہ لیا جو سراسر غلط تھا۔

جنتا ایکسپریس میں جنرل بوگیاں بہت کم تھیں۔۔ ۔۔۔شاید چار یا چھ۔۔ ۔۔۔نصف انجن کے ٹھیک پیچھے اور نصف سلیپر کلاس کے آخری ڈبے کے بعد۔۔ ۔۔۔ایسا اس وجہ سے تھا کہ لوکل ٹکٹ سے سفر کرنے والے لوگ دو گروہوں میں بٹ جائیں اور انہیں چڑھنے اترنے میں آسانی ہو۔۔۔۔۔اگر سارے لوکل ڈبے ایک طرف لگا دئے جائیں تو بھیڑ ایک طرف ہی جمع ہو جائے گی اور لوگ افرا تفری میں ایک دوسرے کو کچل دیں گے۔ سرکار ہی عام لوگوں کی فکر نہ کرے گی تو اور کون کرے گا۔۔۔اسی لئے اس نے ایسا کیا تھا اور یہ کسی صورت بھی غلط نہ تھا۔

اس نے جلدی جلدی پرندوں کی اس ذلیل حرکت کے سفید نشان کو اپنے کاندھے سے صاف کیا اور انجن کے ٹھیک پیچھے والی جنرل بوگی کی طرف دوڑ گیا۔ اب تک وہاں کافی بھیڑ جمع ہو چکی تھی۔ چڑھنے والوں نے اتنا بھی صبر نہ کیا کہ اترنے والے اتر جاتے۔۔ ۔۔۔ایک موٹی عورت اور ایک ادھیڑ عمر کا آدمی اترنے اور چڑھنے کی کوشش میں دروازے میں پھنس گئے۔۔۔ "بھگوان کسی کو بھی اتنا موٹاپا نہ دے۔۔"۔۔۔کیلاش نے اپنے آپ پر نظر کی اور مسلسل بڑھتے ہوئے موٹاپے کے آزار کا خیال کر کے لرز گیا۔۔۔۔

"ارے! میرا بچہ "ایک عورت اپنے دو ڈھائی سال کے بچے، ایک عدد بڑی سی پوٹلی اور ایک بیگ لئے چڑھنے کی کوشش کر رہی تھی۔ بچہ بھوک پیاس، بھیجا فرائی کر دینے والی جون کی گرمی اور بے ہنگم بھیڑ کی دھکم پیل کی وجہ سے بے حال ہو رہا تھا اور زور زور سے رو رہا تھا۔۔ ۔۔۔ کیلاش کو اس پر بڑا ترس آیا۔۔ اس نے اس کی مدد کرنی چاہی۔۔ ۔۔۔۔۔۔مگر اس وقت وہ خود مدد کا محتاج تھا۔۔

"کوووووو۔۔۔۔۔۔۔۔"اور پھر، ٹرین ایک جھٹکے کے ساتھ چل پڑی۔۔۔۔ تازہ

ہوا کا جھونکا پسینے سے شرابور ہو رہے لوگوں کی روح کی گہرائیوں تک اتر گیا۔۔۔۔کیلاش بڑے جتن کے بعد اپنا بیگ باتھ بیسن پر رکھنے میں کامیاب ہو سکا۔۔۔۔جہاں پہلے ہی سے دو تین بیگ رکھے ہوئے تھے۔۔۔۔۔اور دروازے کے پاس ہی کھڑا ہو گیا۔۔۔۔۔کھڑا کیا ہو گیا بلکہ پھنس گیا۔۔۔اس کے پاس یہی ایک آپشن تھا کہ جہاں پھنسا ہے وہیں پھنسا رہے۔۔۔۔اب وہ نہ اس جگہ سے آگے بڑھ سکتا تھا اور نہ پیچھے ہٹ سکتا تھا۔۔۔۔۔اسے اپنی اس حالت پر بڑا ترس آیا۔۔۔۔اس سے بھی زیادہ جتنا اس روتے بلکتے بچہ پر آیا تھا۔۔۔۔مگر یہاں ترس سے آگے کچھ نہ تھا۔۔ایک گہری خاموشی کے علاوہ۔۔۔۔اسے لگا کہ کچھ مجبوری اور کچھ انجانے میں لیا گیا فیصلہ سراسر غلط تھا۔۔۔۔"اس سے تو یہی بہتر تھا کہ بس سے ہی چلا جاتا۔۔۔۔۔۔تھوڑا ٹائم ہی تو زیادہ لگ جاتا۔۔۔۔۔کم از کم بیٹھنے کی جگہ تو مل جاتی۔۔۔۔۔مگر کمبخت بسیں بھی تو وقت پر نہیں ملتیں۔۔اور ملتی بھی ہیں تو رو رو کر چلتی ہیں۔۔ایک گھنٹہ تو بس کے انتظار میں ہی چلا گیا۔۔"کیلاش کے دماغ میں جیسے آندھیاں چل رہی تھیں۔جلد ہی وہ ان خیالات سے اکتا گیا اور خالی خالی نظروں سے باہر دیکھنے لگا۔۔۔اسٹیشن پوری رفتار سے پیچھے کی طرف بھاگ رہا تھا۔۔۔وہ عورت جس پر کیلاش کو ترس آیا تھا پلیٹ فارم پر ہی رہ گئی تھی، اس کے پاس اس کا سامان رکھا ہوا تھا اور شیر خوار بچہ ماں کے سینہ سے چمٹا ہوا تھا۔۔"بیچاری۔۔ ۔۔۔اس کے ساتھ اس کا آدمی بھی نہیں ہے۔۔اکیلی عورت۔۔۔ڈھیر سارا سامان اور معصوم جان۔۔۔کیسا ڈھیٹ ہو گا اس کا آدمی کہ اسے اکیلا چھوڑ دیا مرنے کے لیے۔۔۔"

"بابو جی۔۔۔ذرا پرے کو کھڑے رہو۔۔۔۔میری طرف کو کیوں کھسکے چلے آ رہے ہو۔۔۔۔میں تو خود تنگ بیٹھی ہوں۔۔۔"اس نے بمشکل پیچھے کی طرف دیکھا۔۔

۔۔۔اتنی تنگ جگہ میں آسانی سے ادھر ادھر دیکھ بھی تو نہیں سکتا تھا وہ۔۔یہ ایک بوڑھی عورت تھی۔۔۔جو بھیم پور سے پہلے کسی اسٹیشن سے چڑھی تھی۔۔۔"تو کیوں چلی آئی ہو مرنے کے لیے۔۔۔۔۔"گالی نما الفاظ اس کے لبوں تک آئے۔۔۔۔۔پر اس نے کچھ سوچ کر اپنے لبوں کو سختی کے ساتھ بھینچ لیا۔یہ اس کی ماں کی عمر کی عورت تھی اور وہ اس عمر کی کسی عورت کو گالی نہیں دینا چاہتا تھا۔

"کیا یہ بھی اکیلی ہے ؟۔۔۔"اس نے دل میں سوچا اور اسے ایک بار پھر مردوں پر غصہ آیا۔۔۔۔۔آخر یہ اتنے سخت دل کیوں ہوتے ہیں۔۔۔ان کے بڑھاپے کا بھی خیال نہیں کرتے۔۔۔یہاں نوجوان لڑکوں کو چڑھنا اترنا مشکل ہوتا ہے۔۔۔۔۔۔اور یہ تو بیچاری عورتیں ہیں۔۔۔اور وہ بھی بوڑھی اور ساتھ میں لدی پھندی بھی۔۔۔نامرد کہیں کے۔۔۔"اس نے تمام مردوں کو گالی دی۔۔۔

"سوری۔۔۔معاف کرنا بھائی۔۔۔۔۔۔۔"

اس نے ایک بار پھر پیچھے دیکھنے کی کوشش کی تھی تاکہ اس ماں جیسی عورت پر ایک بار پھر رحم بھری نگاہ ڈال سکے۔۔۔اور اس کوشش میں دوسرے آدمی کے پیر کی انگلیاں کچل دیں۔کالے موٹے چہرے میں ابھری ہوئی دو خونی آنکھیں اس کے چہرے پر جمی ہوئی تھیں۔خوف کی ایک لہر اس کے بدن میں اوپر سے نیچے تک اتر گئی۔مگر اس نے بے پروائی کا مظاہرہ کیا، جیسے اسے کسی کا کچھ ڈر نہیں۔

ٹرین تیز رفتار سے چل رہی تھی۔۔۔۔جو لوگ بیٹھے بیٹھے اونگھ رہے تھے ان کے سر ڈگڈگی کی طرح ہل رہے تھے۔۔۔۔جو کھڑے تھے وہ اپنے پیروں کو بار بار بدل رہے تھے۔۔۔۔کیلاش اپنے ۷۲ رکلو وزن کے ساتھ داہنے پیر پر کھڑا تھا۔۔۔۔دوسرے پیر کے لیے صرف اتنی جگہ تھی کہ وہ انگلیاں ٹکا سکتا تھا۔۔۔کچھ لوگ جن میں زیادہ تر

بوڑھے مرد اور عورتیں تھیں نیچے فرش پر قابل رحم حالت میں لیٹے یا بیٹھے ہوئے خراٹے بھر رہے تھے، ان کے جسم، گوشت کے بے جان پارچوں کی طرح ہل رہے تھے۔۔۔جن سیٹوں پر چار لوگ بیٹھ سکتے تھے ان پر آٹھ آٹھ لوگ بیٹھے تھے۔۔۔ جبکہ اوپر والی سیٹوں پر دو دو آدمی براجمان تھے۔۔۔ایک دو تو مستی کی نیند سو رہے تھے اور باقی نیچے فرش پر بے سدھ پڑے ہوئے جسموں کے ابھرے ہوئے حصوں پر نظریں گاڑے ہوئے تھے۔۔۔جب انہیں لگتا کہ کوئی انہیں دیکھ رہا ہے تو وہ غنودگی کی حالت میں چلے جاتے اور جب انہیں محسوس ہوتا کہ دوسرے سب بھی اونگھ رہے ہیں تو ان کی نظریں ایک بار پھر ابھرے ہوئے حصوں کو چاٹنے لگ جاتیں۔ پر یہ ان کی مجبوری بھی تھی۔۔۔۔۔ایسی جگہ جہاں صرف نظریں ہی گھمائی جا سکتی تھیں وہ اور کر بھی کیا سکتے تھے۔

کسی کی ہمت نہیں تھی کہ ان مسٹنڈوں کو اٹھائے یا ان سے تھوڑی جگہ بنانے کو کہے اور اوپر والی سیٹ پر بیٹھ جائے۔۔۔کیلاش نے کئی بار ہمت جٹانے کی کوشش کی مگر پھر کچھ سوچ کر خاموش رہا۔۔۔جو لوگ جاگ رہے تھے وہ بیڑی کے کش کھینچ رہے تھے۔۔۔۔۔کچھ نے گٹکا منہ میں بھر رکھا تھا اور کچھ اپنی میلی ہتھیلیوں پر چونا تمباکو مسل رہے تھے۔۔۔پسینے کی بدبو، گٹکے کی مہک اور بیڑی کے دھوئیں سے ڈبے کی فضا منوں ٹن بوجھل ہو رہی تھی۔۔۔۔۔کیلاش کی حالت ایسی ہو رہی تھی جیسے ابھی اس کو ابکائی آ جائے گی۔۔۔۔۔۔اس نے پیر بدلا اور منہ پر رومال رکھ لیا۔۔۔۔۔اس وقت اس کے اختیار میں صرف اتنا ہی تھا سو اس نے کر لیا۔۔۔ہاں آنکھیں بھی اس کے اختیار میں تھیں وہ ان کو جدھر چاہتا گھما سکتا تھا۔۔۔سو وہ انہیں گھما رہا تھا۔۔۔پر ان پر بھی پورا اختیار نہ رہا تھا کیونکہ اب وہ بھی نیند کے خمار سے بوجھل ہونے لگی

تھیں۔۔۔ مگر وہ سو بھی نہیں سکتا تھا ایک پیر پر کھڑے کھڑے سونا کوئی آسان بات نہ تھی۔ مگر وہ مسٹنڈہ جس نے ابھی اس کو خونی نظروں سے دیکھا تھا داہنے ہاتھ سے اوپر والی سیٹ کی زنجیر پکڑے ایسے سو رہا تھا جیسے ایئرکنڈیشنڈ روم میں نرم و گداز بستر پر لیٹا ہوا ہو۔ تب اس کو یقین ہوا کہ اس کے داداجان ٹھیک کہتے تھے کہ نیند ایک ایسی چیز ہے جو پھانسی کے پھندے پر بھی آسکتی ہے۔

"کیا یہ لوگ کبھی نہاتے ہی نہیں ہیں۔۔۔ کیا پتہ ان کے یہاں پانی کی کمی ہو۔۔۔ یا انہیں فرصت ہی نہ ملتی ہو۔۔۔" اگر اُدھر دوسری طرف کونے میں اپنے بوڑھے باپ کی پھیلی ہوئی ٹانگوں پر سر رکھ کر سوتی ہوئی وہ سانولی لڑکی نظر نہ آرہی ہوتی تو وہ یہی گمان کرتا کہ جن جن علاقوں سے یہ لوگ آرہے ہیں وہاں پانی کی کمی ہو گی۔۔۔ مگر اس کا چہرہ تو ایک دم صاف تھا جیسے ابھی نہا دھو کر آرہی ہو۔۔۔۔۔ اس کے کان میں پڑا ہوا سونے کا جھمکا صراحی نما گردن کی گولائی پر ادھر ادھر ڈول رہا تھا، اس نے پیر سمیٹ رکھے تھے۔۔۔ اور گھٹنے بھوک سے پچکے ہوئے پیٹ میں رکھ لئے تھے۔۔۔ بوڑھے باپ نے جب دیکھا کہ اوپر والی سیٹ پر بیٹھے ہوئے مسٹنڈے نیند کے خمار سے سوجی ہوئی آنکھیں بار بار کھولتے ہیں اور اس کی طرف گرم نظروں سے دیکھتے ہیں تو اس نے اس کے چہرے پر ساڑی کا پلو پھیلا دیا۔۔۔۔۔

"سونو! اُدھر دیکھ۔۔ کیا مال ہے؟۔۔۔" دو نوجوان لڑکے جو بھیم پور سے اس کے ساتھ سوار ہوئے تھے، انہوں نے گیٹ پر اپنی جگہ بنائی، آس پاس کی سواریوں پر ایک نظر ڈالی اور پھر ان میں سے ایک نے دوسرے کے کان میں سرگوشی کی۔" چلو! ٹائم جلدی پاس ہو جائے گا" دوسرے نے اسی طرح کی سرگوشی میں جواب دیا تھا۔ کیلاش نے اس وقت کچھ خیال نہ کیا تھا۔۔۔۔ مگر اب جب وہ بھی ایک طرح کی محویت کے

عالم میں تھا اور اپنے ۲۷ر کلو وزن سے دکھتے ہوئے داہنے پیر کی تکلیف کو بھول گیا تھا۔۔تو اسے سمجھ میں آیا کہ بوڑھے درختوں کی طرح اُسی ایک جگہ ٹھہرا ہوا وقت جلدی کس طرح پاس ہو سکتا ہے۔ان کا اشارہ اسی دبلے پتلے، مگر گٹھے ہوئے جسم اور سانولے اور تیکھے نقوش والے چہرے کی طرف تھا۔کیلاش کا جی چاہا کہ ان کی خیریت پوچھے۔۔۔۔ مگر دفعتاً اسے اپنے دکھتے ہوئے داہنے پیر میں مزید دکھن کا احساس ہوا اور اس کا غصہ صرف پیر بدلنے کے عمل تک محدود رہ گیا۔اسے لگا جیسے وہ اپنے جسم کی کھال میں قید ہے۔اور اس قید سے رہائی آسان نہیں، نہ غصہ اس دبیز کھال کو توڑ سکتا ہے اور نہ ہمدردی کا جذبہ اسے پگھلا سکتا ہے۔وہ اس کھال میں قید پیدا ہوا ہے اور اسی حالت میں مر جائے گا۔۔۔ مگر مر جانا شاید بہتر ہو، کم از کم زندہ رہنے کے مقابلے میں۔

"چھک چھک چھک۔۔۔۔ کوووووووو۔۔۔۔۔۔۔۔۔۔" اور ٹرین پھر ایک معمولی جھٹکے کے ساتھ رک گئی۔۔۔ یہ کوئی بڑا اسٹیشن تھا، یہاں بھیم پور اسٹیشن کے مقابلے بھیڑ زیادہ تھی۔یہاں پر بڑے بڑے پاکھڑ کے پیڑ نہیں تھے۔اسٹیشن کی عمارت جدید طرز پر بنائی گئی تھی، صفائی ستھرائی کا انتظام معقول تھا اور یہاں آنے جانے والے لوگ بھی صاف ستھرے اور منجھے ہوئے دکھائی دے رہے تھے۔مگر لدی پھندی جنتا ایکس پریس کے لئے یہاں پر بھی لادنے کو بہت کچھ تھا۔یہاں بھی جنرل بوگیوں میں سفر کرنے والوں کی خاصی بھیڑ تھی۔ابھی ٹرین پوری طرح رکنے بھی نہیں پائی تھی کہ بے قابو بھیڑ جنرل بوگیوں کے دروازوں پر پل پڑی اور ایک بار پھر بھیم پور کے اسٹیشن کا منظر ابھرنے لگا۔۔۔۔۔۔ دھکم پیل، بلبلاتے ہوئے بچے اور پیچھے چھوٹتی ہوئی عورتیں۔

کیلاش کو ایک بار پھر پچھلے اسٹیشن پر چھوٹ جانے والی عورت یاد آئی اور وہ اس کی مدد نہ کر پانے کی اپنی بے بسی پر جھنجلا کر رہ گیا۔

"اللہ کے نام پر کچھ دے دو بابو جی۔۔۔۔۔" دو بوڑھی آنکھیں جن کے کالے حصوں پر بھی سفیدی غالب تھی، ہڈیوں کے ڈھانچے کے اندر قطب نما کی سوئی کی طرح کپ کپا رہی تھیں۔ اس کی بیٹھی بیٹھی آواز نے اس کا خیال توڑ دیا۔ اس کو ذہنی شاک لگا کیونکہ وہ اس مجبور عورت کے بارے میں مزید سوچنا چاہتا تھا۔ وہ مدد نہ کر سکا یہ اس کے بس میں نہ تھا، پر سوچ تو سکتا تھا، یہ اس کے بس میں تھا۔

"معاف کرو بابا۔ آگے جا کر مانگ لو" اس کے انداز میں جھنجلاہٹ نمایاں ہو رہی تھی۔ اور لکڑی کی ٹوٹی پھوٹی بیساکھیوں پر جھولتا ہوا ادھ مرا جسم دوسرے بابو کی تلاش میں آگے کو رینگ گیا۔

کیلاش نے ایک نظر اپنے بیگ کو دیکھا کہ وہ اپنی جگہ پر موجود ہے یا نہیں اور دوسری نظر بیساکھیوں پر جھولتے ہوئے اور دور جاتے ہوئے اَدھ مرے بوڑھے آدمی کو۔ اسے کوفت سی ہونے لگی، اس نے ہمدردیوں سے وابستہ تمام خیالات کو جھٹک دیا اور ایک بار پھر وہی سانولا چہرا، اُجلا اُجلا، ڈَھلا ڈھلایا، دُھلا دُھلایا، نورانی سا، کتابی سا اس کے ذہن کی اسکرین پر ابھرنے لگا۔ پھر ٹرین چلنے لگی اور صراحی جیسی گردن کی گولائی پر اِدھر اُدھر لڑھکتا ہوا سونے کا جھومر اس کے من میں گدگدی پیدا کرنے لگا۔ اس نے اپنے دل پر ہاتھ رکھ لیا اور ایک لمبی آہ کھینچی۔ پھر پتہ نہیں کہاں سے آنکھوں کے گہرے سمندر میں حیا کے سائے اتر آئے۔ اس نے پلکیں گرا لیں، سینہ کی جیب میں رکھے ہوئے پرس کے اندر سے کملا اپنی سفید اسکول ڈریس میں مسکرا رہی تھی۔ خلاف معمول اس وقت وہ اس پر نظر روک نہ سکا، اس نے نگاہ اٹھائی اور تیزی کے ساتھ پیچھے کو بھاگتے ہوئے پیڑ پودوں اور کھیتوں کو دیکھنے لگا۔ اسے پتہ ہی نہ چلا کہ سینہ پر رکھا ہوا اس کا ہاتھ کس طرح خود بخود پھسل گیا اور دل میں گھماسان مچاتی ہوئی آہ کس طرح خود بخود مر گئی۔

بھیڑ مسافروں کے لیے ہمیشہ مسئلہ ہوتی ہے اور شاید ذمہ دار ریلوے عملے کے لئے بھی تھوڑا بہت مسئلہ ہوتی ہوگی، پر ان خوانچہ برداروں کے لیے بھیڑ کبھی کوئی مسئلہ نہیں ہوتی۔ جب بھی کوئی اسٹیشن آتا تو کئی خوانچہ بردار ایک ساتھ ڈبے میں چڑھنے کوشش کرنے لگتے۔ ایسی بھیڑ میں جہاں لوگ دونوں پیروں پر کھڑے نہیں ہوسکتے تھے وہ تیر کی طرح آتے اور تیر کی طرح نکل جاتے۔ ان کے ایک ہاتھ میں بڑی سی تشتری یا ٹوکری ہوتی جسے وہ لوگوں کے سروں کے اوپر اٹھائے رکھتے اور دوسرے ہاتھ سے لوگوں کو ہٹاتے ہوئے آگے بڑھتے جاتے اور گرم نمکین سموسے، پوری کچوری، مسالے دار چنے، کول ڈرنکس اور فروٹ چاٹ بانٹتے جاتے۔

جب ٹرین ایک ہلکے جھٹکے کے ساتھ رکتی تو سونے اور اونگھنے والے لوگ بھی جاگ جاتے اور گندے ہاتھوں اور پیلے دانتوں کے ساتھ پیٹ پوجا کرنے کی فکر میں جٹ جاتے جیسے کئی دن کے بھوکے ہوں۔ اتنی بھیڑ میں باتھ روم تک جانا مشکل تھا، تو ہاتھ دھونے یا کلی کرنے کا سوال ہی پیدا نہ ہوتا تھا۔ اس ڈبے کا حال تو یہ تھا کہ باتھ روم بھی چھوٹے چھوٹے کمروں میں تبدیل ہو گئے تھے۔ ان میں بھی آٹھ آٹھ اور دس دس لوگ بیٹھے یا کھڑے تھے، جن میں کئی عورتیں بھی تھیں اور بچے بھی۔ اب کوئی کچھ بھی سوچے، پر یہاں کم از کم اتنا تو آرام تھا کہ یہاں دونوں پیروں پر کھڑا ہوا جاسکتا تھا اور پھر باہر سے کسی دوسرے شخص کے آنے کا سوال بھی پیدا نہیں ہوتا تھا۔ مگر جب کسی بچہ کو باتھ روم جانے کی ضرورت پڑ جاتی تب مشکل پیش آجاتی تھی۔ بڑی عمر کے لوگ تو خیر برداشت کئے بیٹھے رہتے تھے پر بچے تو برداشت نہیں کرسکتے تھے، ان کے لیے تو باتھ روم خالی کرنا ضروری تھا اور یہاں یہ ایک مشکل ضرور تھی۔ گیٹ پر کھڑے لوگ تو مزید مشکل میں پڑ جاتے تھے جب ہر اسٹیشن پر دو چار لوگوں کا اضافہ ہو جاتا تھا۔ پتہ نہیں ریل کا ڈبہ تھا یا

جہنم کا گڑھا کہ جو آتا جاتا، سماتا جاتا۔

اس اسٹیشن پر جب دو لوگ اترے اور ان کے بدلے دوسرے چار لوگ چڑھے تو کیلاش کی مشکل ایک بار اور بڑھ گئی۔۔اس کا جی چاہا کہ اپنے آپ کو تماچے مارے۔۔ ۔۔۔۔۔"۔ تھوڑی دیر اور صبر کر لیتا، کیا پتہ بس آ ہی جاتی۔۔۔۔۔۔بس میں کم از کم بیٹھنے کو جگہ تو مل جاتی۔۔یہی تو ہوتا کہ کچھ تاخیر سے گھر پہونچ جاتا۔۔"اسے جنتا ایکس پریس میں لوکل ٹکٹ سے سفر کرنے کا فیصلہ انتہائی احمقانہ لگا۔

"ٹرن۔۔ٹرن۔۔۔ ٹرن۔۔۔۔۔"دفعتاً اس کا موبائل جیسے چیخ اٹھا۔ لکھنؤ سے اس کے چچا تھے جو اس کی خیریت دریافت کر رہے تھے اور یہ بتانے کے لیے فون کر رہے تھے کہ وہ ٹرین سے آئے۔ کیونکہ لکھنؤ پہونچنے والی تمام سڑکوں پر کسانوں نے دھرنا دیا ہوا ہے اور تمام راستے جام کر دئے ہیں۔بسیں سارا سارا دن جام میں پھنسی رہتی ہیں۔

"مگر ابھی پرسوں تو میں بس سے آیا تھا تب تو کچھ بھی نہیں تھا"اس نے جواب دیا۔

"ہاں!مگر کل صبح سے تمام راستے بند ہیں۔"

"آپ فکر نہ کریں۔۔۔میں ٹرین ہی سے آرہا ہوں اور جلد ہی پہونچنے والا ہوں "اس نے چچا کو تسلی دی اور دل میں سوچا کہ اچھا ہوا جو اس نے ٹرین سے جانے کا فیصلہ لیا۔ ورنہ کہیں جام میں پھنسا ہوا گرمی میں سڑ رہا ہوتا۔اور صبح کو دوست کی بیوی کے انتم سنسکار میں بھی شریک نہ ہو پاتا۔۔۔اب اسے یقین ہوا کہ کچھ مجبوری اور کچھ بے وقوفی میں لیا جانے والا فیصلہ غلط نہیں تھا۔اسے لگا جیسے عقل کے علاوہ کوئی اور چیز ہے جو یہ فیصلہ کرتی ہے کہ کونسا فیصلہ غلط ہے اور کونسا غلط نہیں ہے۔

"کسان۔۔ ۔۔۔مانگیں۔۔۔۔دھرنے۔۔۔چکا جام۔۔ ۔۔۔اور۔۔۔ لاٹھی چارج۔۔۔۔"اسے یاد آیا کہ وہ اس طرح کی خبریں پہلے بھی سنتا رہا ہے، کبھی ٹی وی پر

اور کبھی فیکٹری کے ساتھیوں کی زبانی۔ "تو کیا گاؤں کی زندگی صرف باہر سے حسین ہے اور یہ صرف شہر سے پکنک پر آنے والے لوگوں کو ہی خوبصورت لگتی ہے۔۔۔ یہاں رہنے والے بھی شہر والوں کی طرح عذاب میں ہیں" اس نے دل میں سوچا۔ اور ایک بار پھر خیال بدل جانے پر اسے کوفت ہوئی۔ اور پھر اسے یاد آیا کہ بچپن میں جب کبھی وہ اپنے باپو کے ساتھ ایک دو دن کے لیے شہر جایا کرتا تھا تو اس کو شہر کتنا خوبصورت اور حسین لگتا تھا۔ بڑی بڑی سڑکیں، ان پر دوڑتی ہوئی بڑی بڑی بسیں اور کاریں، اونچی اونچی عمارتیں اور ہرے بھرے پارک اور پارکوں میں طرح طرح کے جھولے اور ان پر اٹکھیلیاں کرتے ہوئے خوبصورت گڑیوں جیسے بچے۔۔۔ کتنا حسین اور خوبصورت لگتا تھا یہ سب اس وقت۔

ابھی چند منٹ پہلے تک وہ جس طرح کی کوفت محسوس کر رہا تھا ایک ذرا سی خبر ملنے پر ساری کوفت جیسے کافور ہو گئی۔ پیر کی تکلیف ختم ہو گئی اور ٹرین میں بیٹھے ہوئے تمام لوگ جیسے اجلے اجلے لگنے لگے۔ خونی نظروں سے اس کو گھورنے والا آدمی بھی اب اس کو جیسے شریف اور ہمدرد لگنے لگا تھا۔ اور وہ سانولا چہرہ۔۔۔ سونے کا جھومر۔۔ پیلی ساڑی اور پیٹ میں رکھے ہوئے گھٹنے۔۔۔۔ اس کی آنکھوں کے نیلے افق پر ست رنگی دھنک جگمگانے لگی۔ ہوا کی زد پر رکھی ہوئی کھلی کتاب کا منظر اس کی آنکھوں میں پھر گیا۔ اسے لگا جیسے ہوائیں اس کے خیالات کو بھی اسی طرح الٹتی پلٹتی رہتی ہیں۔

"تو یار! تم نے ٹی ٹی سے بات کر کے سیٹ کیوں نہ لے لی۔۔۔ کچھ پیسے ہی تو خرچ ہو جاتے۔۔ ۔۔۔ کیلاش تم بھی نا۔۔۔ نرے وہی ہو۔۔۔ وہ کیا کہتے ہیں۔۔ ہاں یاد آیا۔۔۔ کنجوس، مکھی چوس۔۔"

پندرہ جون کی نصف النہار کا سورج آگ کا لباس پہنے مغربی افق کی طرف تیزی سے

بڑھ رہا تھا۔ اور کیلاش اپنے آفس میں بیٹھا، اپنے دوست رام گوپال کو سفر کی روداد سنا رہا تھا۔ کیلاش کو رام گوپال کا یہ ریمارک پسند نہ آیا۔ اسے لگا جیسے کوئی اس کو گالی دے رہا ہے۔ اسے اپنے دوست کے چہرے پر اس خونی آنکھوں والے کی شبیہ نظر آئی۔۔

"بات یہ نہیں ہے کہ میں کنجوس ہوں۔۔۔۔۔"

"تو پھر بات کیا ہے۔۔۔" رام گوپال نے لفظوں کو چباتے ہوئے پوچھا۔

"۔۔۔ بات یہ ہے کہ میں عام آدمی کے ساتھ اٹھنا بیٹھنا چاہتا ہوں۔۔۔ میں ان کی زندگی کے دکھ درد کو قریب سے دیکھنا چاہتا ہوں اور میں ان کے غم بانٹنے کی فکر رکھتا ہوں۔۔۔"

اس نے دونوں کہنیوں کو میز پر رکھا، اپنا چہرہ رام گوپال کے قریب کیا اور اس کی طرف شوخ انگیز نظروں سے دیکھتے ہوئے کہا۔

"۔۔عام آدمی۔۔۔ اوہو۔۔ ۔۔۔۔ کیا بات ہے۔۔۔ عام آدمی کی بات۔۔۔ کیلاش! جب تم عام آدمی کی بات کرنے لگو گے تو پارلیمنٹ کے ممبر کیا بات کریں گے۔۔۔۔؟" وہ جیسے سنجیدہ ہو رہا تھا۔

"۔۔ ۔۔۔ ان کے لیے ہے نا "دہشت گردی" کا کبھی نا ختم ہونے والا موضوع۔۔۔ اسامہ زندہ باد۔۔۔"

"۔۔۔ مگر اسامہ تو مر گیا"

"۔۔۔ اسامہ ہی تو مر گیا۔۔۔ اس کی روح تھوڑی نا مر گئی۔۔۔ روح تو زندہ ہے۔۔ ۔۔۔۔ امریکہ اس کا کوئی اور نام رکھ لے گا۔"

۔۔۔ اور آفس کی کھڑکیوں پر پڑے ریشمی پردے بلند قہقہوں سے اٹھنے والی ارتعاش انگیز لہروں کے دباؤ سے لرزنے لگے۔

***

ہمزاد

بلیک ہول کے کسی نامعلوم مقام پر 'ٹپ' کی آواز کے ساتھ پانی کی ایک بوند گری اور اپنی فطری رفتار کے ساتھ سپاٹ بساط پر پھسلتی چلی گئی۔ بلیک ہول کی فضا میں ہلکا سا تموج پیدا ہوا اور پھر 'ھُو' کا عالم اپنی جگہ بحال ہو گیا۔

وقت نے ایک قدم بڑھایا اور ایک عالیشان عمارت میں داخل ہو گیا۔ یہاں ایک شخص تجربہ گاہ میں مصروفِ عمل تھا۔ ان دنوں اس کے اعصاب پر کھوئے ہوؤں کی جستجو کا خمار سوار تھا۔ اس نے سر اٹھا کر دیکھا، اسے لگا جیسے ٹھنڈے پانی کی کوئی بوند اس کے سلگتے ہوئے بھیجے میں گری ہے۔ اس نے اپنے سر پر ہاتھ پھیرا اور پھر بلیک ہول کی لا محدود گہرائیوں میں کھو گیا۔

دوپہر بعد وہ تاریخ کی کتابوں میں کھویا ہوا تھا۔ ایک ایک۔۔ دو دو۔۔۔ اور پھر ایک کے بعد ایک۔۔۔ اور پھر کبھی کبھار یکبارگی کئی ساری کتابیں نکالتا اور بے صبری کے ساتھ ورق الٹنے پلٹنے لگتا۔ اور جب بھوک اور تکان سے نڈھال ہو جاتا تو ٹھنڈے پیروں پر زور دے کر اٹھتا اور لائبریری کی آرٹ گیلری میں پینٹ کی جیبوں میں ہاتھ ڈالے ٹہلنے لگتا۔

اور پھر ایک دن جب شام کا دھندلکا ہو چلا تھا اور سرد رات اپنے پاؤں پسار رہی تھی۔۔ وہ انٹرنیشنل لائبریری کے آرکائیو سیکشن میں بیٹھا مطالعہ میں مصروف تھا۔۔ ایک یخ بستہ رات کے سوا اس کے ارد گرد اور کوئی نہیں تھا۔۔۔ ایک ٹھنڈی اکیلی

اور خاموش رات۔۔۔اس نے آہستہ سے کتاب بند کی، میز کا سہارا لے کر کھڑا ہوا اور ایک کھوئے ہوئے نقش کے ہمزاد کی تخلیق کا عزم اپنے سینے میں پختہ کیا۔

وقت نے ایک قدم اور بڑھایا اور اکیس ویں صدی کے چوراہے پر آ کھڑا ہوا۔ اس کی عقابی نظر جانے انجانے چہروں کو عبور کرتے ہوئے گزر رہی تھی۔۔۔ہانپتے کانپتے اور دوڑتے بھاگتے چہروں کو قطع کرتے کرتے بالآخر ایک چہرے پر مرکوز ہوگئی۔ یہ ایک نوجوان تھا، جسے کھوئے ہوؤں کی جستجو میں دیوانے سائنسداں نے برسوں کی محنت سے کلوننگ کے ذریعہ 'نقشِ وجود' کا جامہ پہنایا تھا اور اسے ہمزاد کا نام دیا تھا۔ دبلا پتلا، خوش شکل، کشادہ پیشانی اور بڑی بڑی آنکھوں والا نوعمر لڑکا، لمبے لمبے قدم رکھتا ہوا اپنی راہ چلا جا رہا تھا۔ اجنبیوں کی طرح۔۔۔ چپ چاپ۔۔۔ اپنی سوچوں میں غرق۔ ایک لمحے کو اسے خیال آیا کہ اس نے اس کو کہیں دیکھا ہے۔ شاید پچھلے کسی وقت میں، اس نے صدیوں کے دو موٹے موٹے ورق الٹے اور اگلے صفحہ کے پیراگراف کو بغور پڑھنے لگا۔۔

"تقریباً دو سو سال پہلے ایک شخص اس ویرانے میں آیا تھا۔ وہ دوسرے لوگوں سے کچھ مختلف تھا۔ اس کی سوچ بھی مختلف تھی اور اس نے زندگی کرنے کی جو خاص روش اپنائی تھی وہ بھی بظاہر مقامی تہذیب کی نمائندگی کرنے کے باوجود کچھ بلکہ بہت کچھ مختلف تھی۔ ایک تو یہی بات حیرت میں ڈالنے والی تھی کہ دوسرے تمام لوگوں کے برعکس جب وہ پیدا ہوا تو وہ رویا نہیں۔۔ دائی نے اس کو جھنجوڑا مگر وہ پھر بھی نہیں رویا۔۔ شاید اس لیے کہ اس کو زندگی بھر جو رونا تھا۔۔۔ دائی نے ایک بار پھر جھنجوڑا اور پھر اس خوف سے کہ لوگ بد شگونی نہ لیں اس کے گال پر ایک چپت لگایا اور وہ چلا اٹھا۔۔ عورتوں نے نیک شگون لیا۔۔ ایک جواں سال خادمہ اپنے دوپٹے کو اپنے سینے پر سنبھالتی ہوئی اس کے باپ کو خوشخبری دینے کے لیے دوڑ پڑی۔۔ اور بیٹے کی خوشخبری

سنانے کے صلے میں سونے کی ایک انگوٹھی پا کر خوشی سے پاگل ہو گئی۔۔۔ حالانکہ اس کا رونا صرف رونا نہیں تھا بلکہ اس میں ایک طرح کا احتجاج تھا دائی کے ہاتھوں اپنی اس بے عزتی پر۔۔ چونکہ وہ اس وقت ایک چوزے کے مانند تھا اور احتجاج کی صرف ایک ہی شکل تھی اور وہ یہ تھی کہ وہ روئے۔۔۔ وہ اس وقت کیا رویا کہ پھر زندگی بھر روتا ہی رہا۔۔ یوں تو بہت سارے لوگ روتے ہیں مگر اس کی خصوصیت یہ تھی کہ جب وہ روتا تھا تو اس کے ساتھ ایک زمانہ روتا تھا۔۔ در و دیوار سے ہزارہا وحشتیں ٹپکتی تھیں اور بستیاں ویرانوں میں بدل جاتی تھیں۔۔

یوں ہی گر روتا رہا غالب تو اے اہلِ جہاں!
دیکھنا ان بستیوں کو تم کہ ویراں ہو گئیں"

ایک خفیف سی طنزیہ مسکراہٹ اس کے ہونٹوں پر پھیل گئی۔ "ہوں۔۔۔! ہو نہ ہو یہ اِسی شخص کا نقشِ ثانی ہے ؟۔۔ وہی چال اور وہی رنگ ڈھنگ۔" وہ زیر لب بڑبڑایا۔ ٹنوں بھاری کتاب اس کے ہاتھوں سے چھوٹ کر دھپ سے زمین پر گری اور وہ کتاب اور غبار کو پھلانگتا ہوا اس کے تعاقب میں چل پڑا۔

ہمزاد نے جب وقت کی آنکھوں سے نکلے ہوئے تیر اپنی ناک کی سیدھ میں آتے ہوئے دیکھے تو اس نے آہستہ آہستہ اٹھتے ہوئے قدموں کی رفتار تیز کر دی۔ کچھ دور تیز تیز قدموں سے چلتا رہا اور پھر پوری طاقت سے دوڑنے لگا، کسی انجانی سی سنسان سڑک پر۔۔۔ وقت کی تیز نظریں اب بھی اس کا تعاقب کر رہی تھیں۔۔ اور وہ سرپٹ بھاگا جا رہا تھا۔۔ بدحواسی کے عالم میں سنسان سڑک کے آخری کنارے پر پتھر کے مجسمے کی کرسی سے جا ٹکرایا۔ تازہ لہو کی ایک پھوار نے مجسمے کے قدموں کو رنگ دیا اور ایک پتلی سی لکیر دیوار پر دو بالشت نیچے تک رینگ گئی۔۔ کچھ دیر بعد جب اس کے حواس بحال ہوئے تو

اس کا داہنا ہاتھ بے اختیار اس کی پیشانی پر گیا۔ پیشانی کی بائیں جانب بالوں کے پاس خون کی پپڑیاں جمی ہوئی تھیں۔ وہ خوف سے کانپنے لگا۔۔ اس نے ادھر ادھر دیکھا اور مجسمے کی کرسی پر جمے ہوئے خون کی لمبی لکیر دیکھ کر پھر سے بے ہوش ہو گیا۔

ابھی کوئی دس منٹ گزرے ہوں گے کہ اپنے کاندھے پر نرم و گداز ہاتھوں کا لمس محسوس کر کے آنکھیں ملتا ہوا اٹھا۔ اور دزدیدہ نگاہوں سے ادھر ادھر دیکھا۔۔ ذرا اوپر نگاہ اٹھائی تو خود کو پتھر کے مجسمے کے پاس پایا۔ دونوں ہاتھوں سے اپنے خدوخال کو ٹٹولا اور پھر مجسمے کے پچاس ساٹھ سالہ بوڑھے چہرے کو غور سے دیکھنے لگا۔۔

"یہ تو ہو بہو میرے جیسا ہے۔۔۔ یہ اپنے بچپن میں بالکل میرے جیسا رہا ہو گا۔۔ یا پھر۔۔ میں بڑھاپے میں اس کے جیسا دکھائی دینے لگوں گا۔۔ یقیناً اس کے چہرے پر میری شبیہ ہے۔۔۔ پر یہ ہے کون۔۔ اور یہاں کیوں کھڑا ہے۔۔ کب سے کھڑا ہے۔۔ اور پھر یہ اکیلا کیوں ہے۔۔۔؟۔۔ اور ہم دونوں کے بیچ کیا رشتہ ہے؟۔۔"

اس کے ذہن میں سوالات کی بارش ہونے لگی۔ اس نے اپنے سر کو دونوں ہاتھوں میں تھام لیا۔۔ درد سے اس کا سر پھٹا جا رہا تھا۔

"یہ غالب ہیں۔۔ انیسویں صدی کے مشہور شاعر، بہادر شاہ ظفر کے استاد۔۔ اور تم۔۔۔ تم ان کے نقشِ ثانی ہو۔۔ اس وقت تم اکیسویں صدی میں ہو۔۔۔" وقت مجسمے کے پیچھے سے گھوم کر اس کے سامنے آ کھڑا ہوا۔

"کون غالب۔۔ کیسا شاعر۔۔ کون ظفر۔۔ انیس، اکیس۔۔ کیا ہے یہ سب۔۔ اور۔۔ اور تم کون ہو۔۔ اور تم میرا تعاقب کیوں کر رہے ہو۔۔؟"

اس نے ہاتھ بڑھا کر مجسمے کی کرسی کی جڑ سے اپنی ٹوپی اٹھائی اور اسے سر پر منڈھتے ہوئے کھڑا ہوا۔

"یہ دیکھو ادھر داہنی طرف"

وقت نے کہرے کے پیچھے سے جھانکتی ہوئی قلعہ کی برجیوں کی طرف اشارہ کیا۔ اس کے لہجے میں ہمدردی اور اپنائیت تھی۔

"اور ادھر دیکھو بائیں طرف"

اس کا سر اپنے دونوں ہاتھوں میں لے کر مخالف سمت میں گھما دیا۔

اس بار اس کی نگاہیں جدید طرز کی بلند عمارتوں کے عقب سے بلند ہوتی ہوئی دو میناروں پر پڑیں۔ اپنی مخروطی انگلیوں کی پشت سے آنکھوں کو زور زور سے مسلا۔ بالائی اور زیریں پلکوں کو جس حد تک پھیلا سکتا تھا پھیلایا اور بڑے بڑے دیدے ادھر ادھر نچا نچا کر ہونقوں کی طرح دیکھنے لگا۔

"کچھ یاد آرہا ہے۔۔۔۔۔؟"

"نہیں۔۔کچھ نہیں۔۔مجھے کچھ یاد نہیں آرہا۔۔۔ مگر گزشتہ رات میں نے خواب میں ان جیسی برجیاں، مینار یں دیکھی تھیں۔۔۔اور بڑے بڑے دروازے، ہاتھی گھوڑے، نیزے، بھالے، بندوقیں اور بڑی بڑی توپیں بھی دیکھی تھیں میں نے"

"اچھا۔۔تو بتاؤ کیا تھا تمہارا وہ خواب۔۔۔"وقت کا اشتیاق دیدنی تھا۔

"ایک بہت بڑا سفید رنگ کا ہاتھی تھا۔" اس نے قدرے ہچکچاہٹ کے بعد کہنا شروع کیا۔

"اس کی پیٹھ پر کجاوا کسا ہوا تھا، اس پر ریشمی پردے لٹک رہے تھے، ان پردوں میں سونے اور چاندی کے تاروں سے کڑھائی کی گئی تھی۔ اس کجاوے کے اندر پچاس ساٹھ سال کا ایک بوڑھا آدمی بیٹھا ہوا تھا، اس کے سر پر تاج تھا جس میں قیمتی ہیرے جواہرات جڑے ہوئے تھے۔ ہاتھی جھومتا ہوا چل رہا تھا۔ اس کے ارد گرد ہزاروں لوگوں کا قافلہ

تھا، کچھ لوگ پیادہ پا تھے اور کچھ گھوڑوں پر۔۔"

ہمزاد ابھی اپنا خواب پورا نہیں کر پایا تھا کہ ایک فرلانگ کے فاصلے پر کھڑے ایک پرانے درخت نے اس کی توجہ اپنی طرف کھینچ لی۔

"بولو، بولو۔۔رک کیوں گئے" وقت نے لقمہ دیا۔

"ہاں!۔۔۔اور اس لشکر میں پردیسی ملک کے کچھ سپاہی بھی تھے جو لال رنگ کی وردی پہنے ہوئے تھے۔۔میں دور کھڑا یہ سب دیکھ رہا تھا کہ ہاتھی اور تمام لشکر ایک بڑے سے محراب نما دروازے میں داخل ہو گئے۔"

ہمزاد کہتے کہتے رک گیا۔

"آگے کیا ہوا۔۔؟"

"پھر مجھے ایک خوفناک آواز سنائی دی اور میں ہڑبڑا کر اٹھ بیٹھا۔۔میں نے آنکھیں کھولیں اور خود کو نرم بستر پر لیٹا ہوا پایا۔۔میں نے ادھر ادھر دیکھا، میں اکیلا تھا، کمرے کا دروازہ کھلا تھا۔ میں دبے پاؤں اٹھا اور اس عمارت کے عقب میں ایک پتلی سی سنسان گلی میں کود کر بھاگ نکلا۔۔۔۔۔"

"مگر آپ کون ہیں۔۔۔؟" ہمزاد نے متجسس نگاہوں سے دیکھا۔

"شاہد۔۔میں شاہد ہوں تمام اگلے پچھلوں کا۔۔"

"اگلے پچھلوں کا شاہد۔۔۔۔تو۔۔۔۔تم خضر ہو"

نہیں!۔۔۔میں خضر کا بھی شاہد ہوں۔۔۔عینی شاہد!"

"اس کا مطلب ہے کہ تم نے ان کو دیکھا ہے"

"ہاں۔۔۔۔" اس نے عرش کے دوسرے کنارے پر خیالی منظر کی بے رنگ تصویروں کو گھورتے ہوئے کہا۔

ہمزاد اس کی طرف بے تابی کے ساتھ لپکا اور اس سے پہلے کہ وہ قدم بوسی کے لیے جھکتا اس نے اپنا اگلا قدم اٹھایا اور پچھلے قدم سے دو فٹ پیچھے رکھ لیا۔ ہمزاد کی جبینِ نیاز میں ہزاروں سجدے تڑپ اٹھے۔ ہمزاد ہو کر اس کا رویہ بالکل جدا تھا جب وہ غالب ہو کر اس دنیا میں آیا تھا تو اس نے صاف کہا تھا کہ خضر کی بزرگی اپنی جگہ مگر ہم انہیں راہنما بھی کریں۔۔۔۔ یہ لازم تو نہیں۔

"میں وقت ہوں۔۔۔۔۔۔ تمام اگلے پچھلوں کا گواہ۔۔۔"

"وقت۔۔۔! تو پھر آپ میرے بارے میں بھی بہت کچھ جانتے ہوں گے"

وقت نے کچھ جواب نہ دیا، ہمزاد کا ہاتھ پکڑا اور ایک طرف کو چل دیا۔

"یہ تو وہی جگہ ہے۔۔ جہاں کہاروں نے پالکی روک کر پانی پیا تھا۔"

بابا عطار کے ٹیلے پر آم کے پرانے درخت کو دیکھ کر ہمزاد کے ذہن کے تمام خلئے ایک ایک کر کے روشن ہونے لگے۔ تو کیا میں پہلے یہاں اس دنیا میں آ چکا ہوں۔

غالب کی حویلی، لال قلعہ، قطب مینار، جامع مسجد، ہمایوں کا مقبرہ، آگرہ کا تاج محل، رام پور اور کلکتہ کی یادگار عمارتیں۔۔۔ میوزیم اور لائبریریاں۔۔۔ قدیم تہذیب و تمدن کے باقیات، شاہوں اور مہاراجاؤں کی تصویریں، قرآن، تورات، انجیل اور گیتا کے قدیم نسخے، رومی، حافظ، سعدی، معری، شیفتہ، میر اور غالبِ خستہ کا بوسیدہ اور خستہ سا دیوان۔۔۔ وقت نے تمام اہم مقامات کی سیر کروائی، انیسویں صدی کے تمام نوادرات کا مشاہدہ کروایا۔۔۔۔ اور پھر آخر میں خود اس کے مزار کے سامنے لا کر کھڑا کر دیا۔ اب وہ پوری صورت حال سے آگاہ ہو چکا تھا۔ یہ بڑا عجیب و غریب منظر تھا کہ بیس سالہ نوجوان خود اپنی ڈیڑھ سو سال پرانی قبر کے سامنے کھڑا ہوا تھا۔

اس کا جی چاہ رہا تھا کہ ابھی اسی لمحے اس کا وجود بکھر جائے اور وہ بھی اسی میں سما

جائے یا اس کے تکیہ سے سر دے دے مارے اور۔۔۔ اور زور زور سے چلائے۔۔۔ اس کے ذہن میں آندھی و طوفان امڈے پڑ رہے تھے۔ بادلوں کی گھن گرج اور تیز ہوا کی سرسراہٹ سے کان پڑی آواز بھی سنائی نہیں دے رہی تھی۔ اس کے سارے جسم پر رعشہ طاری تھا اور آنکھوں سے دجلہ و فرات بہہ رہے تھے۔ اس نے اپنی قبا کے ایک چاک کو ایک طرف سرکایا اور دو زانوں ہو کر بیٹھ گیا۔ عین اسی وقت ایک پچیس سالہ عورت اپنے ہاتھوں میں شمع لیے نمودار ہوئی اس کے پیچھے نو عمر لڑکے لڑکیاں تھیں، بوڑھے مرد اور عورتیں، سب کے سب مزار کے احاطہ میں داخل ہوئے۔ عورت نے اپنے بائیں پیر کے سہارے پہلے داہنا سینڈل اتارا اور پھر داہنے پیر کے سہارے سے دوسرا سینڈل اتارا، باقی تمام افراد نے اس کی پیروی کی۔ دھول میں اٹے ہوئے لال پتھروں پر آہستہ آہستہ، نزاکت اور احترام کے ساتھ قدم بڑھاتے ہوئے مزار کے پاس آئی اور اس کے سرہانے دونوں بازوؤں کے پاس شمعیں رکھ دیں، پھر اسی نزاکت سے دو قدم پیچھے ہٹی اور باادب کھڑی ہو گئی، اس کے تمام ساتھیوں نے بھی ایسا ہی کیا۔ ہمزاد ان کے چہروں کو ٹک ٹک دیکھے جا رہا تھا اور سوچ رہا تھا کہ آج کی دنیا میں شاعروں کا مستقبل زیادہ روشن ہے۔ میں نے اپنی شاعری کو جہاں چھوڑا تھا اب مجھے وہیں سے ابتدا کرنی چاہئے اور جو کلام صرف اس لیے قلم زد کر دیا تھا کہ وہ اس وقت کی ذہنی سطح سے بلند تھا آج اس کو بازیاب کرنا ہو گا۔ بیس پچیس لوگوں کا یہ قافلہ کچھ دیر سر جھکائے کھڑا رہا پھر کوئی آہٹ کئے بنا دبے پاؤں احاطہ سے باہر نکل گیا۔

**

آج ۲۷ دسمبر تھی اور مرزا غالب کا یوم پیدائش تھا۔ سرکاری اور غیر سرکاری سطح پر دنیا کے کئی ممالک میں رنگارنگ تقریبات کا اہتمام کیا جا رہا تھا، تعلیم گاہوں، اکادمیوں

اور عام شاہراہوں پر بھیڑ امنڈ آئی تھی۔ غالب کے صد انداز پر ہزارہا انداز سے روشنی ڈالی جارہی تھی۔ وقت نے ہمزاد کا ہاتھ پکڑا اور ایک نیم تاریک کمرے میں لاکر بٹھا دیا۔ کمرہ جدید طرز کے فرنیچر سے سجا ہوا تھا، مغربی دیوار سے کتابوں سے بھری ہوئی لکڑی کی تین الماریاں تھیں۔ عقب کی کھڑکی سے سمندر کی طرف سے ٹھنڈی ہوا آرہی تھی، کمرے کے ایک کونے میں ٹی وی رکھا ہوا تھا، یوم غالب کی وجہ سے تمام نیوز چینلز غالب سے متعلق دنیا بھر میں ہونے والے پروگراموں کو خصوصی کوریج کے ساتھ پیش کررہے تھے۔ کہیں سیمیناروں کا انعقاد کیا جارہا تھا، کہیں پر ڈرامے پیش کئے جارہے تھے اور کہیں غالب کا منتخب کلام نئی دھنوں پر گایا جارہا تھا۔ ہندوستان سے لے کر امریکہ، کنیڈا، یورپ اور سعودیہ تک دنیا بھر میں قائم اردو کی نئی بستیوں میں الگ الگ انداز سے کلام غالب کا جائزہ لیا جارہا تھا۔ ہمزاد اپنے وجود کو اٹھائے انیسویں صدی کے وسط میں پہونچ چکا تھا۔ حیرت، استعجاب اور مسرت کے ملے جلے اثرات کی لہریں اس کے سراپا پر اس طرح چڑھ اتر رہی تھیں جیسے ساحل کے سینے پر سرکش موجیں چڑھتی اترتی ہیں۔

وقت نے ایک بٹن دبایا اور دفعتاً مدہم مدہم سریلی آواز اس کی سماعتوں سے ٹکرائی۔ ہمزاد خیالوں کی دنیا سے باہر آیا، اس نے دیکھا کہ ایک سترہ اٹھارہ سال کی دوشیزہ خوش رنگ آواز میں گارہی ہے۔۔

"آہ کو چاہئے ایک عمر اثر ہونے تک

کون جیتا ہے تری زلف کے سر ہونے تک

دام ہر موج میں ہے حلقۂ صد کامِ نہنگ

دیکھیں کیا گزرے ہے قطرے پہ گہر ہونے تک

عاشقی صبر طلب، اور تمنا بے تاب

دل کا کیا رنگ کروں خونِ جگر ہونے تک"

شعر کے آخر میں 'تک' کی آواز پر وہ کچھ اس طرح لے توڑتی کہ ہمزاد اپنی جگہ ہل کر رہ جاتا۔

وہ چست کپڑے پہنے ہوئے تھی، اس کے جسم کا ہر عضو نمایاں ہو رہا تھا جو حصے خود بخود نمایاں نہیں ہو سکتے تھے ان کو وہ ادھر ادھر گھوم پھر کر اور ہل جل کر نمایاں کر رہی تھی۔

"غمِ ہستی کا 'اسد' کس سے ہو جز مرگ 'علاج
شمع ہر رنگ میں جلتی ہے سحر ہونے تک"

جب اس نے آخری 'تک' پر ایک خاص انداز سے کمر اور سر کو ایک ساتھ جھٹکا دے کر چڑھی ہوئی آواز کی تان توڑی تو ہمزاد بے اختیار اچھل پڑا اور ایک بار پھر سے اپنے پہلے دور میں پہونچ گیا۔ وہ بد حواسی کے عالم میں دروازے کی طرف لپکا، مگر وہاں نہ کوئی فقیر تھا جو چمٹا لئے در در مانگتا پھر رہا ہو اور نہ ہی سامنے والی منزل میں کوئی طوائف جو پیروں میں گھنگرو باندھے گنگنا رہی ہو۔ اسے اس حماقت پر ہنسی آئی، دروازہ بند کیا اور الٹے قدم چلتا ہوا پھر صوفے پر گر گیا۔

"انیسویں صدی میں اگر گلی کے فقیر اور کوٹھے کی طوائف نے میرے شعر کو زندہ رکھا تو آج اکیسویں صدی میں یہ نازنیں بہت کافی ہے جو مجھے اگلے دو سو سال تک زندہ رکھ سکے گی" اس نے دل میں سوچا اور مشروب کا گلاس اپنے ہونٹوں سے لگا لیا۔

اپنی پچھلی زندگی کا یہ شہرہ دیکھ کر ہمزاد کو یقین ہو چلا تھا کہ یہ صحیح وقت ہے کہ اسے صحیح طور پر بلکہ مکمل طور پر سمجھا جا سکے گا۔ جدید فکر اور ٹیکنالوجی نے لوگوں کو اتنا روشن دماغ بنا دیا ہے کہ اب وہ ہر سطح کی چیز قبول کرنے کے اہل ہو گئے ہیں۔

**

ہمزاد چادر اوڑھ کر لیٹ گیا اور فکر شعر میں سر کھپانے لگا، صبح سو کر اٹھا تو اس کے کمر بند میں آٹھ دس گرہیں لگی ہوئی تھیں۔

"تم اکیسویں صدی کے ہمزاد ہو انیسویں صدی کے غالب نہیں۔۔۔۔اکیسویں صدی اور یہ گرہیں۔۔۔۔ہی ہی ہی"

اسے اپنے آپ پر ہنسی آنے لگی۔

وہ ایک ایک گرہ کھولتا جاتا اور ایک ایک شعر ٹائپ کرواتا جاتا، جب پوری غزل ٹائپ ہو گئی تو اس نے بہت خوبصورت انداز میں ڈیزائن کروایا۔ کل جس دوشیزہ کو اس نے اپنی غزل گاتے ہوئے سنا تھا اس کی ایک پری پیکر تصویر انٹرنیٹ سے حاصل کر کے بیک گراونڈ میں اس طرح لگوائی جس طرح بچے اپنی فوٹو کے بیک گراونڈ میں تاج محل کی تصویر لگواتے ہیں۔ غزل پر غزل کچھ اس طرح کا سماں پیش کر رہی تھی جیسے آسمان سے پریاں قطار اندر قطار اتر رہی ہوں۔

اس کام سے فارغ ہو کر اس نے دنیا بھر میں جہاں جہاں اردو کے مداح اور قارئین موجود تھے، جتنی سائٹس اور رسائل دنیا بھر سے نکل رہے تھے سب کو میل کے ذریعہ بھجوادی۔ اور اگلے لمحے پیغامات آنے شروع ہو گئے۔

"یہ اکیسویں صدی میں کون دوسرا غالب پیدا ہو گیا"

"واہ، واہ، کیا خوب رنگ جمایا ہے"

"غالب کی زبان میں یہ کون غزل سرا ہے"

"کوثر و تسنیم سے دھلی ہوئی زبان ہے۔ یہ تو کسی استاد ہی کا کلام ہو سکتا ہے"

اس طرح کے سینکڑوں خوبصورت پیغامات موصول ہوئے۔ رسائل اور اخبارات

جیسے نئ دنیا۔۔ پرانی دنیا۔۔ پہلی دنیا۔۔ دوسری تیسری اور چوتھی دنیا۔۔۔۔اور اللہ جانے کون کونسی دنیا کے مدیروں نے بھی حوصلہ افزا جوابات ارسال کئے۔ ہمزاد کا سینہ چوڑا ہو گیا اور وہ ایک بار پھر فکر شعر میں کھو گیا۔

اشعار، غزلیں، قطعات اور قصائد ہمزاد کی کارگہہ فکر میں ڈھل ڈھل کر نکلتے رہے اور اہل سخن سے داد پاتے رہے۔ ہمزاد جیسے جیسے دن اور رات کے سلسلے کو قطع کرتا جا رہا تھا اس کی فکر میں اسی طرح گہرائی اور معنویت اپنا رنگ و روپ نکھار رہی تھی۔ ہمزاد شعری نشستوں اور مشاعروں کی روح بن گیا تھا۔

ہر سال کی طرح امسال بھی لال قلعہ کے دیوان خاص میں ایک عالمی مشاعرہ کا انعقاد ہونا طے پایا، ملک و بیرونِ ملک کے تمام مشہور و معروف شعراء کو بذریعہ ڈاک اور بذریعہ ای میل دعوت نامہ ارسال کر دیا گیا تھا۔ یہ مشاعرہ چونکہ غالب کی دو سو پچاسویں سالگرہ کے موقع سے منعقد کیا جا رہا تھا خاص اس لیے بھی شعراء اور ناظرین کے دلوں میں اس کی قدر تھی۔ ہمزاد کو 'غالب کا نقشِ ثانی' کا خطاب عطا کیا جا چکا تھا، اس لیے ہمزاد خود بھی اس مشاعرہ کو لے کر پرجوش تھا اور دیگر تمام اہل علم و قلم بھی ہمزاد کی شرکت کو باعث خیر تصور کر رہے تھے۔

سورج اور چاند کروڑوں برس کی عمر کو پہونچ چکے تھے، اور ابتدائے آفرینش سے یکساں انداز کی مصروفیت اور لگے بندھے اصولوں کی موٹی موٹی زنجیریں ان کے پیروں میں پڑی ہوئی تھیں۔ بساطِ کائنات کا ہر ذرہ اپنے اپنے مخصوص چکر میں گرفتار تھا۔ سورج اور چاند روز کی طرح غروب اور طلوع ہو رہے تھے مگر ہمزاد کو جس دن سے لال قلعہ کے مشاعرہ میں صدرِ مشاعرہ کی حیثیت سے دعوت نامہ ملا تھا وہ اپنے اندر بڑی تبدیلیاں محسوس کر رہا تھا۔ اس کے اپنے مکان کی چھت اور اس کے اپنے سر کی اوٹ لے کر

گزرتے ہوئے سورج اور چاند کو اس نے بارہا دیکھا تھا مگر جو خاص بات اور نیا پن ان دونوں میں اس وقت محسوس ہو رہا تھا وہ ہمزاد نے آج سے پہلے کبھی محسوس نہیں کیا تھا۔ اسے لگتا جیسے یہ سورج اور چاند عربوں لوگوں کی بھیڑ میں خاص اس کو اہمیت دیتے ہیں اور ہر دن اور ہر رات اس کے گھر کی چھت سے گزرتے وقت اسے سلام کرتے ہیں۔ ہمزاد ابھی یہ سوچ ہی رہا تھا کہ چودھویں کا چاند اپنا نصف دائرہ قطع کرتا ہوا اس کے سر پر آپہونچا اور ہمزاد کا نکلتا ہوا قد بادشاہ کے سلام کا جواب دینے کے انداز میں کمان ہو گیا۔

**

لال قلعہ غالب کی دوسو پچاسویں سالگرہ کی تقریب کے جشن میں بقعہ نور بنا ہوا تھا۔ دیوان خاص سامعین سے کھچا کھچ بھرا ہوا تھا، تمام مہمانانِ خصوصی اور شعرائے کرام تشریف لا چکے تھے۔ ہمزاد نے صدرِ مشاعرہ کی حیثیت سے اپنی مرکزی نشست سنبھال لی تھی۔ تلاوتِ قرآن اور حمد و نعت کے بعد اناؤنسر نے شعراء کو اپنے مخصوص انداز میں یکے بعد دیگرے بلانا شروع کیا۔ سامعین اتنے پرجوش تھے کہ وہ رات بھر سننے کے موڈ میں دکھائی دے رہے تھے۔ ادھیڑ عمر کا اناؤنسر اپنے سابقہ تجربات اور سامعین کی نفسیات کی روشنی میں ایسے پینترے بدل بدل کر مشاعرہ کی کارروائی کو آگے بڑھا رہا تھا کہ سامعین کا جوش و خروش لحہ بہ لحہ اس طرح بڑھ رہا تھا جس طرح بارش کے دنوں میں سیلاب کا پانی چڑھتا ہے اور چڑھتے چڑھتے چھتوں پر چڑھ جاتا ہے۔ وہ ایک بار کسی شاعر کو آواز دیتا اور دوسری بار کسی شاعرہ کو، ایک بار ایسے شاعر یا شاعرہ کو بلاتا جو فکر و آگہی اور حکمت و موعظت کے موتی رولنے میں لاثانی سمجھی جاتی تھی تو دوسری بار کسی ایسے مزاحیہ شاعر کو کہ سامعین اس کی شکل دیکھ کر ہی قہقہے لگانے لگتے۔ ہمزاد ماشاء اللہ، بہت خوب

بہت خوب، کمال کر دیا، واہ بھئی واہ اور مکرر ارشاد کہہ کر داد دے رہا تھا۔

ناظم مشاعرہ نے ہمزاد کو ایسے وقت کے لیے چھوڑ رکھا تھا جب گرمیِ بزم اپنی انتہا کو پہونچ جائے۔ اور بالآخر وہ گھڑی آ ہی گئی جس کا اناؤنسر کو انتظار تھا، بلکہ تمام شعراء اور سامعین کو انتظار تھا۔ اس نے بڑی بے تابی سے پہلو بدلا، غالب کے دیوان سے منتخب اشعار کی مدد سے ایک سماں باندھا۔ اس نے اپنی یادداشت پر زور ڈالا اور جتنے خوبصورت اور حسین الفاظ اس کی یادداشت میں محفوظ ہو سکتے تھے وہ سب ہمزاد کی تعریف پر صرف کر دیئے۔ وہ جو کہتے ہیں کہ زمین و آسمان کی قلابے ملانا بس وہی۔ ہمزاد کو ایسا محسوس ہو رہا تھا جیسے باہر آسمان سے ہن برس رہا ہے۔

"اب میں بڑے احترام کے ساتھ دعوت دے رہا ہوں حضرتِ ہمزاد کو۔۔۔۔۔ جو منفرد لب و لہجے کے شاعر ہیں۔۔ انہوں نے اپنی الگ شناخت قائم کی ہے۔۔ استاد غالب کے خاص مفکرانہ اور فلسفیانہ انداز اور اسلوب کو انہوں نے اپنی شاعری میں بہت سلیقے اور ہنر مندی کے ساتھ برتا ہے اور اسی لیے انہیں غالب کے نقشِ ثانی کا خطاب دبئی میں منعقد عالمی مشاعرہ میں دیا گیا تھا۔ ہم سب کے لئے۔۔۔۔۔ آنے والی نسلوں کے لیے۔۔۔ اردو زبان کے لیے۔۔ بلکہ ساری دنیا کے لیے بہت غنیمت ہے ان کا وجود۔۔ اور قیمتی سرمایہ ہیں ان کی تخلیقی کاوشیں۔۔۔

غزل کی آبرو، اردو کی شان، ہر دل عزیز، سب کی پسند 'غالب کے نقشِ ثانی' صدرِ مشاعرہ جناب ہمزاد صاحب۔۔۔ آئیں۔۔ تشریف لائیں۔۔۔ اور سامعین کو اپنے خوبصورت کلام سے نوازیں۔۔۔۔۔"

اناؤنسر کی آواز تالیوں کی گڑگڑاہٹ میں دب کر رہ گئی، اس نے صدرِ مشاعرہ کی مرکزی نشست کی طرف مڑ کر دیکھا۔۔ مگر ہمزاد تو کبھی کا ڈائس پر پہونچ چکا تھا۔

"گھر ہمارا، جو نہ روتے بھی تو ویراں ہوتا"

ابھی تالیوں کی گڑگڑاہٹ کی بازگشت کی صوتی لہریں دیوانِ خاص کی فضا میں ارتعاش پیدا کر رہی تھیں کہ دفعتاً ایک منحنی سریلی آواز ہمزاد کے حلقوم سے نکلی اور اس سے پہلے کہ وہ شعر مکمل کر پاتا دیوان خاص ایک بار پھر تالیوں کی آواز سے گونج اٹھا۔

"بحر گر بحر نہ ہوتا تو بیاباں ہوتا"

"تڑاتڑ۔۔ تڑاتڑ، تڑاتڑ۔۔۔واہ۔۔۔۔واہ واہ۔۔۔ کیا بات ہے۔۔۔گھر ہمارا جو نہ روتے بھی تو۔۔۔"

سامعین جیسے ہوش کھو رہے تھے۔

"آداب۔۔۔ آداب۔۔۔نوازش۔۔۔نوازش" ہمزاد نے اتنی مسرتیں اپنی زندگی میں کبھی بھی محسوس نہیں کی تھیں۔

"تنگیِ دل کا گلہ کیا، یہ وہ کافر دل ہے
کہ اگر تنگ نہ ہوتا تو پریشاں ہوتا"

"تڑاتڑ۔۔ تڑاتڑاتڑ۔۔۔واہ۔۔۔۔واہ واہ۔۔۔ کیا بات ہے۔۔تنگ نہ ہوتا تو پریشاں ہوتا۔۔۔"

ہمزاد اب اپنی جگہ لینا چاہتا تھا مگر سامعین کی طرف سے ایک تازہ غزل کے شدید اصرار نے اسے ایسا کرنے سے باز رکھا۔

ایک تازہ غزل آپ حضرات کی محبتوں اور عنایتوں کے حوالے کرتا ہوں۔ ہمزاد نے گھوم کر پھر مائک دونوں ہاتھوں میں تھام لیا۔ جیسے یہ اس کی نجی ملکیت ہو اور اسے خوف ہو کہ اسے کوئی چھین لے جائے گا۔

" تپش سے میری وقفِ کش مکش 'ہر تارِ بستر ہے
مِرا سر رنجِ بالیں ہی مِرا تن بارِ بستر ہے "

واہ واہ اور تالیوں کی دبی دبی گڑگڑاہٹ ہلکے سر کی طرح اٹھی اور ایک آخری ہچکی لے کر دم توڑ گئی۔ ہمزاد نے نظر اٹھائی اور اگلا شعر مائکروفون کے توسط سے سامعین کی سماعتوں کے حوالے کیا۔

" سر شکِ سر بہ صحرا دادہ، نور العینِ دامن ہے
دلِ بے دست وپا اُفتادہ برخوردارِ بستر ہے "

ہمزاد نے محسوس کیا کہ سامعین کے جوش پر اوس گر رہی ہے۔ مگر اس نے کلام سنانا جاری رکھا۔۔۔

"خوشا اقبالِ رنجوری! عیادت کو تم آئے ہو
فروغِ شمعِ بالیں، طالعِ بیدارِ بستر ہے "

یہ شعر بھی پچھلے شعر کی طرح میڈِن اوَر[Maiden Over] کی طرح سروں سے گزر گیا۔

ہمزاد نے پیچھے اسٹیج پر بیٹھے اساتذۂ ادب وفن کی طرف مڑ کر دیکھا۔۔۔۔وہ آپس میں گھسر پسر کر رہے تھے۔۔

"توجہ چاہتا ہوں جناب۔۔۔"

"ارشاد۔۔ارشاد۔۔۔۔" سرگوشیاں کرنے والے سٹپٹا کر رہ گیے جیسے ان کی چوری پکڑی گئی ہو۔وہ سنبھل کر بیٹھ گئے اور خجالت کے احساس سے خد و خال کا بگڑا ہوا نقشہ 'ارشاد ارشاد' کے غازہ میں چھپانے کی ناکام کوشش کرنے لگے۔

ہمزاد نے رخ موڑا اور سامعین کے چہروں پر سیاہ حلقوں میں جھانکا، یہاں ھُو کا عالم

تھا، ان کے چہروں پر ہوائیاں اڑ رہی تھیں، وہ آپس میں کانا پھوسی کر رہے تھے۔ ہمزاد کے رخسار، پیشانی اور گردن کی دونوں جانب کے مسامات سے شبنمی قطرے پھوٹ نکلے۔ اس نے پہلو بدلا اور عرقِ پریشانی کے تین چار قطرے سینے کے بالوں کی لکیر کے سہارے ناف تک اتر آئے اور ناف کے گڑھے کو بھر دیا۔

"بہ طوفاں گاہِ جوشِ اضطرابِ شامِ تنہائی"

"مصرع اٹھائیں جناب" ہمزاد اساتذہ سے مخاطب تھا۔ اس کے لہجے میں یاسیت کا بانکپن نمایاں ہو رہا تھا۔

"بہت بھاری ہے میاں۔۔۔ کرین منگوانی پڑے گی"

دیوانِ خاص کے ایک نیم روشن کونے سے بھدی سی آواز ابھری اور ایک کبڑا جسم تاریک حصہ کی طرف رینگ گیا۔

ہمزاد کی آنکھوں سے وحشت ٹپکنے لگی اور مسرتوں سے بھرے جذبات کی گرم بھٹی دم کے دم میں سرد پڑ گئی۔

"قبر میں سوتے رہنے میں جو عزت ہے وہ قبر سے باہر آنے میں نہیں"

اس نے دل میں سوچا اور اس سے پہلے کہ یہ الفاظ آہ بن کر لبوں تک آتے وہ سوکھے پیڑ کی طرح پشت کے بل اسٹیج پر گر پڑا۔

***

جیت کا غم

دارالعلوم میدان پور میں سالانہ انعامی مقابلوں کی گہما گہمی تھی، چھوٹے بڑے لڑکے اپنی اپنی کتابیں سینے سے لگائے اِدھر اُدھر آجا رہے تھے۔ ہاسٹل سے مسجد، مسجد سے درسگاہ اور درسگاہ سے بازار تک آنے جانے والے تمام راستے مصروف تھے۔ درسگاہ، ہاسٹل، مسجد اور بیس پچیس دکانوں پر مشتمل ایک چھوٹا سا بازار، بمشکل تمام ایک کلومیٹر کے احاطہ میں رہے ہوں گے، جنہیں مختلف قسم کی سبزیوں کے ہرے بھرے کھیت ایک دوسرے سے الگ کرتے تھے۔ ان کے درمیان سے تارکول کی میلی اور پتلی سی سڑک شہر تک جاتی تھی۔ مسجد گو عالیشان نہ تھی پر صاف ستھری اور پرکشش ضرور تھی، درسگاہ اور ہاسٹل سہہ منزلہ تھے۔ اترپردیش کے ایک مصروف ترین شہر کے مضافات میں شہر کے ہنگاموں سے دور اس چھوٹے سے دارالعلوم میں کم و بیش پانچ سو طلبہ زیر تعلیم تھے۔ جن کو ساٹھ ستر کے قریب اساتذہ اور نوکر چاکر پر مشتمل اسٹاف کنٹرول کرتا تھا۔

بارشوں کا گزرتا ہوا موسم تھا، در و دیوار پر بھی سبزہ اگ آیا تھا۔ ہاسٹل کے پچھواڑے چھوٹے سے تالاب نے بھی سبز رنگ کا لباس پہن لیا تھا۔ گاؤں کے عاشق مزاج لڑکے پھولے نہ سمارہے تھے کہ پیار و محبت کو پال پوس کر جوانی کی منڈھیر چڑھانے کا یہ صحیح وقت تھا۔ ہر چیز سے سوندھی سوندھی مہک اٹھ رہی تھی۔

بارشیں مجھے بچپن ہی سے پسند تھیں، میں اکثر سوچا کرتا تھا کہ اگر بارشیں نہ ہوتیں تو دنیا کیسی لگتی، شاید روکھی روٹی کی طرح اور شاید بے نمک سالن کی طرح۔ مگر دوسرے

لڑکوں کا معاملہ ذرا مختلف تھا، یہی بارش جب کلاس کے وقت ہوتی اور اساتذہ کا راستہ روک لیتی تو ان کے چہرے کھل اٹھتے اور وہ کلاس روم کے سنجیدہ ماحول کو قحبہ خانے کے نشیلے ماحول سے بدل دیتے۔ لیکن اگر یہی بارش شام تک ہوتی رہتی تو ان کے منہ لٹک جاتے۔۔۔۔ آج تمام لڑکے خوش تھے کیونکہ بارش ان کے من مطابق ہوئی تھی۔۔۔۔۔ دوپہر تک تیز بارش ہوتی رہی۔۔۔ کئی اساتذہ اپنے اپنے گھروں میں قید ہو گئے۔۔۔۔۔۔ مگر دوپہر ہوتے ہوتے اچھی خاصی دھوپ ہو چکی تھی اور شام آتے آتے اپنے ساتھ ایسا موسم لے آئی کہ ان کی پنڈلیوں کی رگوں میں گرم خون کا بہاؤ تیز ہو گیا۔۔۔۔ بعد نمازِ عصر۔ کھیلوں کی دنیا کے بازیگر میدان میں اتر گئے۔ میں اپنے کمرے کی بالکنی میں کرسی پر بیٹھا تھا۔۔ ۔۔۔۔۔ ۔۔۔۔ دفعتاً ایک منحنی آواز میری سماعتوں سے ٹکرائی۔۔۔۔۔۔۔۔ "آپ کو ناظم صاحب بلا رہے ہیں۔۔" میں نے پیچھے مڑ کر دیکھا۔ یہ ایک چھوٹی عمر کا لڑکا تھا جو ناظم صاحب کا پیغام مجھ تک پہونچا کر اپنے راستے چلا گیا تھا۔

"۔۔ تمہیں بیت بازی کی ٹیم اے کا قائد چنا گیا ہے۔۔۔" ابھی میں ان کے کمرے میں داخل ہی ہوا تھا اور ٹھیک سے بیٹھنے بھی نہیں پایا تھا کہ ناظم صاحب کمالِ اطمینان اور خوش گوار مسرت کے ساتھ گویا ہوئے۔۔۔ جیسے اپنی زندگی میں پہلی بار کوئی نیک کام کیا ہو۔ اور جنت کے استحقاق کا تمام تر دارومدار اکیلے اسی ایک کام پر ہو۔

میں کچھ دیر کے لیے سوچ میں پڑ گیا۔۔۔۔ اپنے اندر اور باہر دونوں اطراف میں نظر کی۔ میں کہیں سے کہیں تک بھی اس اعزاز کا مستحق نہیں تھا۔۔۔ مجھے شعر سے کچھ خاص تعلقِ خاطر نہ تھا اور نہ ہی دارالعلوم میں شعر گوئی یا شعر فہمی کے لئے جانا جاتا تھا۔۔ ۔۔۔۔ "یہ ناظم صاحب کا میرے متعلق حسنِ ظن ہو سکتا ہے۔۔۔ یا پھر یہ بھی ہو سکتا ہے کہ بدرجۂ مجبوری قرعۂ فال میرے نام نکال لیا ہو۔۔۔" میں نے ایک لمحے کے لیے

سوچا۔۔۔کیونکہ ایک میں ہی تھا جو کسی مقابلے میں شریک نہیں تھا۔باقی لڑکے جو ذہین اور محنتی تھے کئی طرح کے مقابلوں میں شرکت کر رہے تھے۔۔۔۔۔۔۔مثلاً: تقریر، تحریر، تجوید، حفظِ قرآن، نعت خوانی، کرکٹ، بیٹ منٹن، فٹ بال، لانگ جمپ، ہائی جمپ اور دوڑ وغیرہ۔۔۔ایک ایک لڑکے نے چار تا آٹھ چیزوں میں حصہ لے رکھا تھا۔بس ایک میں ہی تھا جو ایک ذہین اور محنتی طالب علم سمجھا جانے کے باوجود کسی مقابلے میں شریک نہیں تھا۔۔۔تو ناظم صاحب کا یہ حق بنتا تھا کہ وہ مجھے کسی نہ کسی مقابلہ کے لیے از خود نامزد کر دیں۔

اپنی اس غیر مترقبہ نامزدگی کے لیے انکار کا ایک لفظ 'نہیں' میرے منہ تک آیا اور ناظم صاحب کے احترام سے بند خشک ہونٹوں میں دب کر ٹوٹ گیا۔۔۔۔اور پھر۔۔۔۔۔۔۔۔میری خاموشی کو جس میں انکار کے ہزاروں انداز پوشیدہ تھے رضامندی کی زندہ علامت تصور کر لیا گیا۔۔۔۔۔۔۔۔اور پھر اس سے پہلے کہ میں اس ٹوٹی بکھری 'نہیں' کے غبار کو مجتمع کر پاتا قلم اٹھا لئے گئے اور صحیفے سوکھ گئے۔۔۔۔۔

عجیب قسم کا خلجان میرے رگ وپے میں دوڑ گیا۔۔۔۔"۔ پھنس گیا دلدل میں خر ر آدھا اِدھر، آدھا اُدھر "۔۔۔۔۔میں زیر لب بڑبڑایا۔

اور اگلے لمحے جب میری نظر ایک ہنستے مسکراتے چہرے پر پڑی تو یہ خلجان اپنی انتہا کو پہونچ گیا۔۔۔۔۔۔۔یہ میرا جگری دوست تھا جسے ٹیم بی کا قائد بنایا گیا تھا، گرچہ وہ میرا ہم عمر اور ہم جماعت تھا مگر خاص اس میدان میں میرا اس سے کوئی میل نہ تھا۔۔۔۔۔۔وہ نہ صرف شعر فہمی میں دَرّاک تھا بلکہ شعر گوئی پر ہاتھ صاف کرنا بھی اپنا پیدائشی حق سمجھتا تھا۔۔۔ شعر و شاعری سے نابلد مجھ جیسے سیکڑوں لڑکے اس کے فی البدیہہ کہے گئے اشعار پر سر دھنا کرتے تھے۔۔۔۔۔ہاسٹل سے کلاس روم تک اور

چائے خانے سے باتھ روم تک ہم جہاں بھی اسے دیکھتے ہمیشہ گنگناتے ہوئے دیکھتے۔ فکر میں الجھا ہوا۔۔۔اور کھویا کھویا سا۔۔۔۔۔وہ اپنی اسی شانِ بے نیازی کے ساتھ مسکرا رہا تھا جسے میں گزشتہ پانچ سالوں سے جانتا تھا۔۔۔میں نے بھی مسکرانے کی کوشش کی مگر دفعتاً ایک خیال میرے دماغ میں بجلی کی سی سرعت کے ساتھ کوند گیا۔

۔"جب اس کو ٹیم بی کی قیادت کے لیے نامزد کیا گیا ہوگا تو شاید خود اسی نے میرا نام پیش کیا ہوگا۔۔۔۔۔۔۔"میں نے دل میں سوچا۔۔۔۔۔۔"تاکہ آسانی سے جیت سکے۔۔۔"پانچ سال کی بے داغ رفاقت میں پہلی بار مجھے اس کی موقع پرستی پر غصہ آیا۔۔۔۔پھر اس خیال کو شیطانی وسوسہ سمجھ کر جلد ہی دماغ کے تاریک خلیوں سے کھینچا اور دارالعلوم کے پچھواڑے گندے تالاب میں پھینک دیا۔۔۔۔وہ یقیناً ایک مخلص دوست تھا۔

-------××---------

طلبہ کے چوبیس گھنٹے اس طرح تقسیم کر دئے گئے تھے کہ انہیں سر اٹھانے کی فرصت نہ ملتی تھی۔ اگر کسی دن آموختہ دہرانے سے رہ جاتا اور ٹائم ختم ہونے لگتا تو وہ اپنے سونے کے وقت سے گھنٹے دو گھنٹے مستعار لے لیتے اور عام دنوں کے مقابلے اس دن دیر رات تک جاگتے رہتے، یہ جاگنا پڑھائی کے نام پر ہوتا مگر جب وہ پڑھائی سے فارغ ہوتے تو انہیں لگتا کہ مستعار لیا ہوا یہ وقت پڑھائی میں کم اور باتوں میں زیادہ گزرا ہے، تب انہیں احساس ہوتا کہ اس سے تو بہتر یہی تھا کہ وہ سو جاتے۔ سونے کا کم از کم یہی ایک بڑا فائدہ ہے کہ اس سے جسم کو آرام ملتا ہے اور ذہن کو سکون۔ صبح میں انہیں وقت پر ہی اٹھنا ہوتا تھا۔ وہ سونے کے وقت کو مؤخر کر سکتے تھے، یہ ان کے اختیار میں تھا مگر اٹھنے کے وقت کو مؤخر نہیں کر سکتے تھے، یہ ان کے اختیار میں نہیں تھا۔

پھر جب دن پوری طرح نکل آتا اور ان میں سے کسی کو لگتا کہ کم سونے کی وجہ سے جسم درد سے دکھ رہا ہے اور دماغ بوجھل ہو رہا ہے تو وہ تعلیم کے اوقات سے کم و بیش اتنے ہی گھنٹے چرا لیتا، ایک خوبصورت سا عذر تلاش کرتا اور کلاس چھوڑ چھاڑ چادر اوڑھ کر مزے سے سو رہتا۔ بعض وہ لڑکے جو کلاس چھوڑنے کی ہمت نہ کر پاتے وہ جسم اور دماغ کے آرام کے لیے ایک دوسری راہ نکالتے، وہ نیند سے بوجھل ادھ کھلی آنکھوں کے ساتھ کلاس میں داخل ہوتے، سب سے آخری نشست کا انتخاب کرتے اور بیٹھنے کے بجائے بے جان جسم کے ساتھ بینچ پر دھپ سے گر جاتے اور پھر آنکھیں اس طرح موند لیتے جیسے اب قیامت ہی کو اٹھیں گے، مگر ہلکی سی آہٹ پر چونک پڑتے، نیند سے بوجھل پلکوں کو زبردستی اٹھاتے اور بغل والے لڑکے کی کتاب پر جھک جاتے۔۔۔ جیسے وہ صرف پڑھنے کے لیے ہی پیدا ہوئے ہیں۔ مگر جب ماحول ذرا پرسکون ہوتا تو پھر نیند کی گہری وادی میں اتر جاتے۔

اور جب کلاس ختم ہو جاتی تو چادر اوڑھ کر سویا ہوا لڑکا جاگتا اور کلاس چھوٹ جانے پر افسوس کرتا۔۔۔۔۔۔ جسم اور دماغ کے آرام کے لیے دوسری راہ نکالنے والا لڑکا اس کی طرف نیند کی کمی کے باعث سوجھی ہوئی آنکھوں سے دیکھتا، مسکراتا اور کہتا۔

"چل یار! اب افسوس کرنے سے کیا ہوگا، تو مجھ سے تو بہتر ہی ہے، میں تو نہ ٹھیک سے سو سکا اور نہ ٹھیک سے درس ہی سن سکا۔ تو کم از کم سو تو لیا۔ چل۔۔۔۔ چل کر چائے وائے پیتے ہیں۔"

دس منٹ بعد دونوں چائے کی چسکیاں لے رہے تھے۔ دماغ کی شریانوں پر جمی ہوئی افسوس کی گہری برفیلی چادر چائے کی گرمی سے پگھلنے لگی اور وہ خود کو ہلکا پھلکا محسوس کرنے لگے۔ اور عصر کا وقت آتے آتے وہ اس قابل ہو گئے کہ کھیل میں اچھا مظاہرہ کر سکیں۔

شام کے وقت جب انگارے کی مانند دہکتا ہوا سورج سہہ منزلہ ہاسٹل کے عقب میں روپوش ہو رہا تھا، ہرے بھرے کھیتوں کے درمیان کرکٹ کے میدان کو ہاسٹل کی عمارت کے سایوں نے پوری طرح ڈھانپ لیا تھا تو چادر اوڑھ کر سونے والے نے لگاتار تین چھکے لگائے، آخری شاٹ پر آسمان میں اڑتی ہوئی گیند کو چمکتی نظروں سے دیکھا، وہ بیٹ پر سہارا لگائے کھڑا تھا اور عین اسی لمحے میں جب گیند ہاسٹل کی سہہ منزلہ عمارت کے اوپر ڈوبتے سورج کا تعاقب کر رہی تھی اس نے داہنے ہاتھ کو چوما، گیند کو مستی بھری فلائنگ کس کی اور دل میں کہا کہ چادر اوڑھ کر سونا کچھ ایسا غلط نہیں۔

-------××--------

جن لڑکوں نے گزشتہ سال کے مقابلوں میں اچھی کارکردگی کا مظاہرہ کیا تھا ان کی چال دور ہی سے پہچانی جاتی تھی، ان کا پھولا ہوا سینہ، کھلتی ہوئی باچھیں اور اچکتی ہوئی ایڑیاں چغلی کھاتی تھیں کہ یہ سالِ گزشتہ کے تیس مار خاں ہیں۔ان کی آنکھوں میں گزشتہ سال کی فتوحات کی سرمستی کے نشے کے باقیات ابھی تک محو نہیں ہوئے تھے اور سالِ رواں کے مقابلوں میں میدان مارنے کے سنہرے خوابوں کی شفق زدہ لہریں آنکھوں کے ساحل تک چڑھ آئی تھیں۔

جو لڑکے نئے تھے یا پہلی بار حصہ لے رہے تھے وہ شش و پنج میں مبتلا تھے اور ان کی آنکھوں میں ڈوبتی ابھرتی امید و بیم کی لکیریں صاف بتاتی تھیں کہ اس وقت ان پر کیا گزر رہی ہے۔میری اپنی حالت بھی قریب قریب انہیں جیسی تھی، میں گرچہ اس سے قبل بھی مختلف مقابلوں میں حصہ لے چکا تھا۔۔۔ مگر کبھی کوئی انعام حاصل نہیں کیا تھا، اس لیے مجھ میں اور ان لڑکوں میں بڑی حد تک مماثلت تھی۔۔۔۔۔اور بیت بازی کے مقابلے میں تو میرا یہ پہلا موقع ہی تھا۔۔۔۔۔اور اس پر طرفہ یہ کہ میں قائد بھی بنا دیا

گیا تھا۔۔ میرے پیٹ میں اینٹھن ہونا فطری بات تھی۔۔۔۔۔۔۔ جب میں ٹیم کی کار کردگی کو بہتر بنانے کے لیے دیگر ساتھیوں کے ساتھ تبادلۂ خیال کرتا تو مجھے لگتا کہ میں ان کے سامنے کوتاہ قد ہوں اور دفعتاً میرے پیٹ میں زور زور سے مروڑیں اٹھنے لگتیں۔۔ ۔۔۔ میں غیر مرئی انداز سے لمبی لمبی سانسیں لیتا اور پیٹ میں ڈھیر ساری ہوا جمع کر لیتا اور پھر ناک کے ذریعہ اسی طرح آہستہ آہستہ ساری ہوا باہر پھینکتا۔۔۔ ناپسندیدہ اضطراب کو چھپانے کے لیے یہ عمل مجھے ہمیشہ کارگر محسوس ہوا تھا۔

میری ٹیم کل پندرہ لڑکوں پر مشتمل تھی۔۔۔ بظاہر ایسی کوئی بات نہ تھی جس سے پتہ چل پاتا کہ ان کے من میں کیا چل رہا ہے، مگر میں از خود سوچا کرتا کہ یہ لڑکے میری قیادت سے بہت زیادہ خوش نہیں ہیں۔۔۔ یہ سوچ میرے دل کے مرکزی مقام پر کنڈلی مار کر بیٹھ گئی تھی۔

"ناخوش ہوتے ہیں تو ہوتے رہیں۔۔۔۔ میری بلا سے۔۔۔ میں ان کے بارے میں سوچ سوچ کر اپنا دماغ کیوں پکاؤں"

اس بے سبب سوچ کی کلفتوں سے نجات پانے کا فی الوقت میرے پاس یہی ایک راستہ تھا کہ میں انہیں خاطر میں نہ لاؤں۔۔۔۔ اور میں نے وہی کیا۔

* *

"۔۔۔۔۔ مگر تم جیت نہیں پاؤ گے۔۔۔۔۔۔۔۔ اتنا تو طے ہے۔" اس کے بعد ہم دونوں جب بھی ناظم صاحب کے پاس ہوتے تو ناظم صاحب یہ بات ضرور کہتے۔۔۔ اور میں اس کو محض دل لگی سمجھ کر خاموش رہتا یا بے معنٰی سی مسکراہٹ اپنے ہونٹوں پر طاری کر لیتا۔ مگر جب وہ آتے جاتے بار بار یہ جملہ دہرانے لگے تو میرا من ان کی طرف سے بھی میلا ہونے لگا، اسی پتلی سی میلی سڑک کی طرح جو سالہا سال سے اپنی

جگہ پڑی ہوئی تھی، اکیلی اور کرم خوردہ، جس پر نہ بڑی بڑی بسیں چلتی تھیں اور نہ کبھی بلڈوزر چلائے گئے تھے۔اس کی کھال جگہ جگہ سے ادھڑ گئی تھی۔

کبھی کبھی مجھے محسوس ہوتا کہ ان دونوں استاد، شاگردوں نے میرے خلاف سازباز کرلی ہے۔۔۔ مگر جب ان کی کرم فرمائیوں پر نظر جاتی تو میں اس خیال کو سختی کے ساتھ جھٹک دیتا۔ ایک بار تو میری گردن اتنی زور سے ہل گئی کہ ناظم صاحب مجھے تشویش زدہ نظروں سے دیکھنے لگے۔ اور میں اس طرح گردن کھجانے لگا جیسے چیونٹی نے کاٹ لیا ہو۔۔۔ مگر میرے اندرون میں ایک سنسنی سی دوڑ گئی۔

پندرہ اگست کی وہ شام جب دو ٹیموں کو آمنے سامنے آنا تھا اور ہار جیت کا قطعی فیصلہ ہونا تھا۔ جیسے جیسے قریب آتی جاتی تھی میرا اضطراب اسی قدر بڑھتا جاتا تھا۔۔۔۔۔۔۔ اس شام کے آنے تک ابھی پانچ مزید اضطراب انگیز شاموں کو میرے سر سے گزرنا تھا۔

یہ پانچ اگست کی بھیگی بھیگی شام تھی۔ باہر تا حد نگاہ گہری تاریکی پھیلی ہوئی تھی، سڑک کے کنارے بنی کھائیوں میں بارش کا گدلا پانی بھرا ہوا تھا جن میں ہرے پیلے سینکڑوں مینڈک ایک آہنگ کے ساتھ ٹرٹرا رہے تھے اور دور کسی درخت سے جھینگر کی ڈوبتی ابھرتی تیز سیٹی جیسی آواز دور دور تک پھیلی ہوئی گہری تاریکی پر انجانے خوف کی چادر تان رہی تھی۔ باہر کا ماحول سڑک کی طرف کھلنے والی دو چھوٹی چھوٹی کھڑیوں کی راہ سے کمرے میں گھس آیا تھا۔ ہمارے سروں کے پانچ فٹ اوپر بجلی کا پنکھا دھیمی رفتار سے چل رہا تھا۔ میں نے کتاب سے نگاہ اٹھائی اور سامنے دوسرے تخت پر خاموش مطالعہ میں گم بی ٹیم کے قائد کو دیکھا۔۔۔ دیوانِ غالب، کلیات اقبال، کلیم عاجز کا دیوان "وہ جو شاعر کا سبب ہوا" اور دیگر کئی ساری کتابیں بے ترتیبی کے ساتھ اس کے سامنے بکھری پڑی تھیں۔

اس کے داہنے ہاتھ کی انگلیوں میں پھنسا ہوا قلم ایک بار کاپی پر تیزی کے ساتھ دوڑنے لگتا اور دوسری بار اس کے بے داغ سفید دانتوں کے درمیان ٹھہر جاتا اور دیر تک ٹھہرا رہتا۔ جب قلم کاپی پر پھسل رہا ہوتا تو میرے دل میں شک اپنے چھ پاؤں کے ساتھ جوں کی طرح رینگ جاتا اور میں سوچتا کہ بی ٹیم کو ہرانا کوئی اتنا آسان نہیں۔۔۔۔۔۔۔۔۔اور جب قلم کا عقبی حصہ دانتوں کے درمیان دیر تک پھنسا رہ جاتا تو شک رفع ہو جاتا اور یقین دل کے مرکزی دروازے سے داخل ہوتا اور میں سوچتا کہ بی ٹیم کے خلاف جیتنا کوئی ایسا مشکل نہیں۔۔۔۔۔۔" آہ! یہ حالت کس قدر قاتل ہے کہ ہم ایک چیز کو قبول کرتے ہیں اور پھر معاً بعد اس کو رد کر دیتے ہیں۔۔۔ قبول کرنے کی بھی ہزاروں وجوہات ہیں اور رد کرنے کی بھی لاکھوں توجیہات۔۔۔ اے کاش! زندگی اتنی پیچیدہ نہ ہوتی۔۔۔"میں نے دل میں سوچا اور ایک بار پھر قدوری کے مشکل مقامات کو حل کرنے میں جسم و جان گھلانے لگا۔

گزشتہ ایک سال سے میں نے کوئی چیز اسے تحفتاً نہیں دی تھی، سوائے اُس ایک عدد مارکر پین کے جو اس وقت اس کے دانتوں کے درمیان پھنسا ہوا تھا۔ شاید یہ اس بھیگی بھیگی شام کا اثر تھا کہ میرا دل اس کے لئے نم ہو رہا تھا اور اس کے تعلق سے کوئی منفی خیال دل کے کسی گوشے میں کہیں پر بھی موجود نہ تھا۔ اور اس سے پہلے کہ قلم دانتوں سے نکل کر کورے کاغذ پر دوڑنا شروع کرتا میں نے ایک نیت کی۔۔۔

" اگر جیت میری ہوئی۔ اور یقیناً ہو گی (ان شاء اللہ) تو میں اپنا انعام اپنے سامنے بیٹھے ہوئے اس شخص کو بطور تحفہ دے دوں گا۔" گزشتہ کئی دنوں سے یہ خیال میرے ذہن کے افق پر چکوروں کی طرح چکر کاٹ رہا تھا۔۔۔ پر اب اس کو دل کی گہرائیوں میں کہیں مناسب جگہ دینے کا صحیح وقت آ چکا تھا۔

"تم چاہے جتنی بھی محنت کرلو اور جو چاہے کرلو۔۔۔۔۔۔ مگر اتنا یاد رکھو کہ جو جیتے گا۔۔ ۔۔۔۔۔ وہ ہوں۔۔ ۔۔۔۔میں۔۔ ۔۔۔۔ اور جو ہارے گا۔۔ ۔۔۔وہ ہو۔۔ ۔۔۔۔۔۔تم۔۔۔۔۔۔۔۔۔" میں نے آسمان کی طرف اٹھی ہوئی اپنی نگاہ اور سینہ پر رکھا ہوا ہاتھ دونوں ایک ساتھ نیچے گرائے اور ٹیم بی کے قائد کو مخاطب کرتے ہوئے ذرا جذباتی انداز میں کہا۔

"ہار بھی گیا تو کیا فرق پڑتا ہے۔۔۔۔۔۔۔۔۔۔۔۔۔ آپ ہی سے تو ہاروں گا کوئی غیر سے تھوڑی نہ ہاروں گا۔۔۔۔۔۔۔۔" اس نے کمالِ اطمینان سے جواب دیا، مجھے لگا کہ یہ اپنے قول میں صادق ہے۔ اور پچھلے دو ہفتوں سے منفی خیالات کے جتنے بوم میرے دل کی بوڑھی اور خستہ حال عمارت میں گھونسلے بنا رہے تھے دم کے دم میں اس طرح غائب ہو گئے جس طرح صبح ہوتے ہی چمگادڑیں فضا سے غائب ہو جاتی ہیں۔

اس کے بعد پھر کبھی میرے دل میں شک نہیں آیا اور ہم دونوں اور ہماری ٹیمیں تندہی کے ساتھ بیت بازی کی تیاریوں میں مصرف رہیں۔ ان آخری دنوں میں ہم دونوں کو ایک ساتھ مل بیٹھنے کا بہت کم موقع ملا تھا۔ یہاں تک کہ گیارہ دسمبر کی وہ شام آگئی اور میرے سر پر بیک وقت کئی ساری قیامتیں برپا کرتی ہوئی گزر گئی۔ یقین ہار گیا اور شک جیت گیا۔ میرے نا چاہتے ہوئے بھی ناظم صاحب کی بات سچ ہو گئی۔ اور ٹیم بی کا قائد ایک ایسے شخص سے جیت گیا جس کی شکست اس کو خود اپنی شکست لگ رہی تھی۔۔۔۔۔

**

رات دوسرے پہر میں داخل ہو چکی تھی، میں نے نوشتۂ تقدیر پڑھ لیا تھا، ہار جیت کے ان فیصلہ کن لمحات میں میں نے ٹیم بی کے قائد کی طرف دیکھا، خوشیوں کی ایک لہر اس کے لبوں تک آئی، اس کی آنکھوں میں مسرتوں کے چند حسین منظر یکے بعد دیگر

ابھرے اور پھر یکا یک غائب ہو گئے اور پھر وہ تھا اور ایک احساسِ ندامت۔۔۔۔۔۔۔

میں نے نظریں ہٹا لیں اور سامعین کی بھیڑ کے درمیان راستہ بناتے ہوئے سر جھکائے تیز تیز قدموں سے چلتا ہوا اپنے کمرے میں آیا اور چادر اوڑھ کر لیٹ گیا۔ اندوہِ شکست کے آنسو میری روح کی گہرائیوں میں کسی نامعلوم مقام پر ٹپ ٹپ گر رہے تھے۔ میرے اندرون میں حمد کا خوگر انسان کسی نامعلوم سبب سے جاگ اٹھا اور اپنے رب کے حضور شکوہ و شکایات کا پٹارا کھول کر بیٹھ گیا۔

"یا اللہ! ایک ذرا سی عزت ہی تو مانگی تھی، کوئی خدائی تھوڑی نا مانگی تھی۔۔ ۔۔۔ میری آرزو بس اتنی سی تھی کہ اس سال کے آخر میں جو ہماری دوستی کا آخری سال ہے۔۔۔۔۔۔۔ پھر اس کے بعد کیا پتہ کون کہاں جائے۔۔۔ میں ایک تحفہ اس کو دے سکوں تا کہ وہ جہاں بھی رہے میری ایک یادگار اس کے پاس محفوظ رہے۔۔۔۔۔۔ یا اللہ! ایک ذرا سی عزت بھی تجھ سے نہ دی گئی۔۔۔ یا اللہ! کیوں کیا تو نے ایسا۔۔۔۔۔ تو تو سہارے جہان کا مالک ہے ہر چیز پر تیری قدرت ہے۔۔۔ تو جو چاہے وہ کر سکتا ہے۔۔۔۔۔۔۔۔ پھر یہ کیا ہے کہ تو نے ایک کی سن لی اور دوسرے کی نہیں سنی۔۔ ۔۔۔۔۔ تو بیک وقت دونوں کی بھی سن سکتا تھا۔۔۔۔۔۔ اے کاش! تیری خدائی میں کوئی ایسا قانون بھی ہوتا کہ ہم دونوں ہی جیت جاتے۔۔۔۔ مگر اے وائے رے محرومیِ قسمت کہ ایسا نہیں ہے۔۔۔"

۔۔ ۔۔۔ اور پھر پتہ نہیں کب اور کس طرح نیند کی باہوں میں جھول گیا۔۔

نیند آئی تو خواب بھی قطار باندھے چلے آئے۔ غم و اندوہ کے کالے سائے بند پلکوں تلے رقص کر رہے تھے کہ اچانک تاریک سڑک کے آخری سرے پر ایک نسوانی ہیولیٰ

حرکت کرتا ہوا محسوس ہوا، میرا دل زور زور سے دھڑکنے لگا۔ وہ دھیرے دھیرے آگے بڑھ رہا تھا۔۔ یہاں تک کہ اس کے نقوش واضح ہو گئے۔۔۔ یہ حمیرا تھی، اپنے معصوم چہرے کے ساتھ، انہیں جادو بھری جاذبیت والی آنکھوں کے ساتھ جنہیں میں اچھی طرح پہچانتا تھا، اپنے میانہ قد کے ساتھ اور کھلتے ہوئے رنگ کے ساتھ۔۔۔

حمیرا میری بچپن کی دوست تھی، ہم دونوں اس وقت سے بہت پہلے جب لوگ محبت کے مفہوم سے آشنا ہوتے ہیں کسی جانے انجانے راستے پر چل نکلے تھے۔ وقت کے ساتھ ساتھ ہم دونوں کے خیالات ایک دوسرے سے اس قدر ہم آہنگ ہو گئے کہ میں بعض اوقات سوچنے لگتا کہ میں اپنا آپ کھوتا جا رہا ہوں، اکثر ایسا ہوتا کہ دوستوں کے ساتھ گپ شپ کے بعد مجھے یہ خیال دیر تک ستاتا رہتا کہ میں اپنی گفتگو میں حمیرا کے خیالات کی ترجمانی کرتا ہوں اور میں نے اپنی فکر کھو دی ہے اور میں محض نقل چی بندر بنتا جا رہا ہوں۔ ہر بات حمیرا کی اور ہر خیال حمیرہ کا۔۔۔ حمیرا حمیرا۔۔۔۔۔۔۔۔۔۔ مجھے اپنے آپ پر غصہ آتا اور جی چاہتا کہ میں اس ناخواندہ لڑکی کا منہ نوچ لوں کہ اس کے حسن کو داغ لگ جائے اور میں اس سے مرعوب ہونا اور خود پر اس کو ترجیح دینا چھوڑ دوں۔ مگر اس وقت مجھے اس کی ہمدردیوں کی ضرورت تھی تاکہ میں ان جاں گسل لمحات کے بوجھ کو سہار سکوں۔ اس سے قبل بھی میں اس کی ہمدردیوں سے حوصلہ پاتا رہا ہوں اور وقت کے خلاف جنگ جیتتا رہا ہوں۔ اگر اس کی مسلسل بے تکان مسکراہٹ نہ ہوتی، اگر اس کی جھیل جیسی آنکھوں کا حسین منظر میری نگاہوں میں نہ ہوتا تو میں کبھی کا ٹوٹ کر بکھر چکا ہوتا۔ آسمانِ پیر سے مسلسل اترتی ہوئی آفتیں مجھے اسی طرح گھلا دیتیں جس طرح یہ بارشیں مٹی کے ڈھیلے کو گھلا دیتی ہیں۔۔۔۔۔۔۔۔ اس سوچ کا آنا تھا کہ مجھے ان مسلسل ہونے والی بارشوں سے بھی کوفت ہونے لگی۔

حمیرا کے لمس کے احساس سے غم واندوہ کے بادل چھٹنے لگے اور میں خود کو بہتر محسوس کرنے لگا۔۔۔۔۔ کہ اچانک اپنے قریب کسی کے رونے کی آواز سے نیند ٹوٹ گئی۔ پہلے تو مجھے اس پر وہم کا گماں گزرا۔ میں نے سوچا کہ شاید یہ بھی خواب ہی کا ایک حصہ ہے۔۔۔ اور میں ابھی تک خواب ہی میں ہوں۔۔۔"ہوں خواب میں ہنوز جو جاگا ہوں خواب میں"۔۔۔ میری یہ بھی ایک بری عادت ہے کہ مجھے بات بات پر اشعار یاد آتے ہیں اور میں تسکینِ دل کی خاطر جمع متکلم کے تمام صیغوں کو واحد متکلم میں بدل دیتا ہوں۔

جب آواز زیادہ تیز ہوئی اور اس میں سسکیاں شامل ہو گئیں تو میں نے گھبرا کر چادر ایک طرف پھینک دی۔۔۔۔ اور۔۔۔ میں ایک دم جیسے سکتے میں آگیا۔۔۔۔۔ یہ افضل تھا۔۔۔۔۔ میرا جگری دوست۔۔۔ ٹیم بی کا قائد۔۔۔ وہ دونوں ہاتھوں سے اپنی آنکھیں مسل رہا تھا اور سسکیاں لے لے کر رو رہا تھا۔

اس اچانک افتاد نے حمیرا کو میرے خیال سے جدا کر دیا۔ اور میں اس کی ہمدردیوں سے محروم ہو گیا۔ مجھے لگا جیسے میرے اندر کوئی چیز ٹوٹ پھوٹ کر بکھر گئی ہے۔ ایک بار پھر مجھے اپنے اس یارِ غار پر غصہ آیا۔ جی میں آیا کہ اس سے صاف صاف کہہ دوں کہ یہاں کیوں آئے ہو، چلے جاؤ یہاں سے، مجھے تمہاری ہمدردیوں کی ضرورت نہیں۔ مجھے لگا کہ یہ یقیناً بہت بڑا بہروپیا ہے۔ اس مختصر سی مدت میں اس کے متعلق یہ دوسرا انکشاف تھا، پہلے میں نے اسے محض ایک موقع پرست کی حیثیت سے جانا تھا، جب اس نے میرا نام قیادت کے لیے پیش کیا تھا۔ حیرت کی بات یہ تھی اس کے متعلق جو باتیں میں پانچ سال کی دیرینہ رفاقت میں نہ جان سکا وہ محض ایک ہفتہ کے اندر معلوم کر چکا تھا۔ مجھے لگا کہ یہ مجھ سے ہمدردی جتانے نہیں آیا بلکہ یہ محسوس کرانے آیا ہے کہ میں اس سے ہار گیا ہوں۔ اس کی مصنوعی ہمدردیوں کی وجہ سے میں حمیرا کی حقیقی ہمدردیوں سے بھی محروم

ہو گیا۔ شاید اسے یہ پسند ہی نہیں کہ کوئی میرے ساتھ ہمدردی کرے۔

"اوں۔۔اوں۔۔اوں۔۔ ۔۔۔۔ریاض بھائی! آپ۔۔۔۔ہار۔۔۔گئے۔۔اوں اوں۔۔۔۔۔"

اس کے رونے کے سُر تان سین کی بانسری کے سروں کی طرح بلند ہو رہے تھے اور میرے غمزدہ دل کی شہ رگ کاٹ رہے تھے۔ مجھ سے رہا نہ گیا اور میں جلدی سے اٹھ بیٹھا۔

"۔۔۔۔۔تو آپ جیتے ہی کیوں تھے" میں نے اپنے اور خود اس کے غموں کو ہنسی میں اڑانا چاہا۔ اور اس کی آنکھوں میں جھانک کر دیکھا۔ آنکھوں کے ساگر میں جوار بھاٹے کے تیور دیکھ کر مجھے اندازہ ہو گیا کہ یہ دریا اتنی آسانی سے اترنے والا نہیں۔ میں نے اس کا ہاتھ پکڑا اور تقریباً کھینچنے کے انداز میں چائے خانے کی طرف لے گیا۔

مجھے پتہ تھا کہ یہ چائے کا رسیا ہے، ایک کپ چائے کے لئے تو یہ اپنی موت کے غم کو بھی بھلا سکتا ہے، اپنے دوست کے خلاف جیت جانے کا غم تو کچھ بھی نہیں۔ مکمل خاموشی کے ساتھ ہم دونوں نے ایک ایک کپ گرم گرم چائے اپنے اپنے حلق میں جلدی جلدی اتاری اور تارکول کی پتلی سی میلی سڑک پر کچھ دیر تک یونہی ہوا خوری کرتے رہے اور جب طبیعت ذرا بحال ہوئی تو اپنے اپنے کمروں میں جا کر لیٹ گئے۔ میں نے نگاہ اٹھا کر گھڑی کو دیکھا، ساڑھے بارہ بج رہے تھے، دارالعلوم کی فضا پر کاٹ کھانے والا سکوت چھایا ہوا تھا۔ آسمان پر بادل گھنیرے ہو رہے تھے اور میرے کمرے کے سامنے باتھ روم کی دیوار پر بیٹھی کالی بلی کی آنکھیں انگارہ جیسی چمک رہی تھیں۔

**

"ریاض بھائی!۔۔۔ یہ آپ کے لیے ہے۔۔۔۔۔" یہ بھی تعجب خیز بات ہے کہ اس نے مجھے کبھی بھی میرے منہ پر دوست نہیں کہا تھا۔۔۔۔۔۔۔اور شاید میں نے بھی

اسے کبھی دوست کہہ کر نہیں پکارا تھا۔۔۔۔۔یہاں تک کہ ہم خط وکتابت میں بھی دوست کے لفظ سے غیر شعوری طور پر احتراز کرتے تھے۔ جبکہ ہم ایک دوسرے کے بغیر نہ کھا سکتے تھے اور نہ کھیل سکتے تھے۔

ایک ماہ بعد جب فاتح ٹیم کو انعام سے نوازا گیا تو وہ سارا انعام میرے پاس لیے چلا آیا۔۔۔ یہ ایک پیکٹ تھا، اس میں کئی کتابیں خاص طور پر میرے لیے بہت اہم تھیں اور ساتھ میں ایک خوبصورت شیلڈ بھی تھی۔

"کیوں۔۔۔ یہ تو تمہیں ملا ہے۔۔ انعام کسی کو دینے کے لئے تھوڑی نا ہوتا ہے وہ تو یادگار بنانے کے لیے ہوتا ہے۔۔۔؟" میں نے ایک نگاہِ غلط انداز پیکٹ پر ڈالی، خوشنما رنگین کور پر میرا چہرہ اتر آیا۔۔۔ جس پر یاس کی گہری دراڑیں صاف دکھائی دے رہی تھیں۔۔۔۔۔۔اور ایک بار پھر میرا من اندر سے میلا ہو گیا۔ "کیا اس کا دل ابھی نہیں بھرا۔ یہ بار بار مجھے کیوں یاد دلانا چاہتا ہے کہ میں اس سے ہار گیا ہوں" میری آنکھوں میں خون اتر آیا۔۔۔۔۔۔۔۔

"میں نے نیت کی تھی کہ اگر میں جیت گیا تو میرا سارا انعام آپ کے لیے ہو گا"

اس سے پہلے کہ میں اپنی آنکھوں میں اترتے ہوئے خون کا کوئی رد عمل ظاہر کرتا اس نے سر تا پا گداگروں جیسا روپ اختیار کر لیا۔ میں نے ایک بار پھر اس کی آنکھیں پڑھنے کی کوشش کی۔۔۔۔وہاں استدعا کے سوا کچھ نہ تھا جو اپنے ایک ہزار ہاتھ باہم جوڑے پلکاروں کے تٹ پر باادب کھڑی تھی۔۔۔۔۔۔۔۔۔۔میں دم بخود رہ گیا۔۔۔اور نہ جانے کتنی دیر تک اس منظر کو تکتا رہا۔۔۔۔۔۔۔۔پھر نہ جانے کب اور کس طرح گرم پانی کی باریک جھلی آنکھوں کی پتلیوں پر چھا گئی اور وہ منظر کہیں گم ہو گیا۔۔۔۔۔۔

***

خواہش کی تتلیاں

"میں اپنے پاپا کا مرڈر کرنا چاہتی ہوں" میں نے اپنی پتلیاں داہنی طرف گھمائیں، نسوانی عینک کے سفید شیشوں کے پیچھے اُس کی پتلیاں بائیں طرف کو آخری حد تک مڑی ہوئی تھیں، ناک میں ننھا سا سفید پھول چمک رہا تھا، اور آنکھوں میں میری اپنی پرچھائیں کے سوا اور کچھ نہ تھا۔ "کیوں۔۔۔۔۔ انہوں نے ایسا کیا کیا ہے" میں نے اپنے لہجے میں بے ساختگی پیدا کرتے ہوئے پوچھا، جیسے مجھے اس کی بات پر کسی طرح کی حیرت ہی نہ ہو۔ "نہیں۔۔۔۔۔ اس لیے نہیں کہ انہوں نے کچھ کیا ہے بلکہ اس لئے کہ انہوں نے کچھ کیا ہی نہیں" اس بار اس کی آنکھوں میں ایک خاص قسم کی چمک تھی، شاید اسے یہ توقع تھی کہ میں اس کی ستائش کروں گا۔ "مگر انہوں نے تمہیں پیدا کیا اور پال پوس کر اتنا بڑا کر دیا۔۔۔ اور اب تمہیں پڑھا لکھا رہے ہیں۔۔۔۔۔ کیا یہ کم ہے۔۔؟" میں نے اس کی توقع کے بالکل برعکس سوال کیا۔ "یو، شٹ اپ" اس نے برا سا منہ بنایا اور پھر کوئی دوسرا جواب سوچنے لگی۔

"۔۔۔ میں اپنے ابو کو واپس لانا چاہتی ہوں، کیونکہ میں ان سے بہت پیار کرتی ہوں" اس کے برابر والی لڑکی نے جواب دیا تھا۔ میں اس سے ایک لڑکی کے فاصلے پر تھا مگر اس کی چھوٹی چھوٹی خوبصورت آنکھوں میں محبتوں کی پرچھائیاں بآسانی دیکھ سکتا تھا۔ میں نے نگاہ اٹھائی، سب خاموش تھے اور ان کی آنکھوں میں درد کی لکیریں ابھر آئی تھیں۔ "۔۔۔ یار کچھ بتاؤ نا۔۔۔ میں کیا بولوں، میری تو کچھ سمجھ میں ہی نہیں آ

رہا۔۔۔"وہ پریشان دکھائی دے رہی تھی، شاید وہ اپنے پہلے والے جواب سے مطمئن نہیں تھی، یا اسے یہ ڈر تھا کہ دوسرے لڑکے اور لڑکیاں اس پر ہنسیں گی۔ آخر اپنے باپ کے قتل کی بات سوچنا مکھی مارنے کی بات سوچنے جیسا تو نہیں۔۔۔۔۔ مگر مشکل یہ تھی کہ اسے ابھی تک کوئی معقول جواب بھی نہیں سوجھا تھا اور اس کی باری آچکی تھی۔"تم یہ بھی کہہ سکتی ہو کہ میں اپنی جاب چھوڑنا چاہتی ہوں، کیونکہ مجھے کمپنی کا مالک پسند نہیں "اس نے کل مجھ کو اپنی جاب چھوڑنے کے بارے میں بتایا تھا، مجھے وہی بات اچانک یاد آ گئی اور میں نے اسی کے ذہن کی بات اس کی طرف لوٹا دی۔ "اوکے۔۔۔" اس نے ذرا اتراتے ہوئے کہا۔ اسے یہ جواب بہت زیادہ پسند تو نہیں آیا تھا مگر اب اس کو قبول کر لینے کے سوا کوئی چارہ بھی نہ تھا، کیونکہ اس کے پاس وقت نہیں بچا تھا۔ اور جیسے ہی میم نے اس سے پوچھا۔ "اگر تمہیں یہ اختیار دیا جائے کہ تم ماضی کی کوئی ایک چیز بدل سکو تو وہ کونسی چیز ہوگی جسے تم بدلنا چاہو گی اور کیوں۔۔؟" اس نے بنا سوچے میرے ذریعہ بتایا گیا جواب دہرا دیا۔ اور ایک گہری لمبی سانس لی، جیسے اسے کسی گھٹے گھٹے ماحول سے نجات مل گئی ہو۔ اس کو اپنے دل پر چھاؤں جیسی ٹھنڈک کا احساس ہوا جیسے دھوپ میں جھلستا ہوا مسافر سائے میں آبیٹھے۔

اب میری باری تھی، مجھے تو یاد ہی نہیں رہا تھا کہ مجھے بھی کوئی جواب دینا ہے۔ میرا تو سارا وقت سارا کے پہلے جواب کے بارے میں سوچنے ہی میں ختم ہو گیا تھا، آخر کے چند منٹ جو میرے پاس بچے تھے وہ بھی سارا کے لئے ایک معقول سا جواب سوچنے میں صرف ہو گئے۔ اس وقت مجھے اپنے آپ پر غصہ آیا کہ آخر میں یہاں سارا کے لیے آتا ہوں یا اپنے بہتر مستقبل کے لیے۔ مجھے مستقبل یا سارا میں سے کسی ایک کو چننا ہو گا۔ مگر جب اس طرح کے اختیار کی بات آتی ہے تو پتہ نہیں کیوں ایسا ہوتا ہے کہ فیصلہ کرنے کی

میری قوت گویا ماند پڑ جاتی ہے۔ "اینڈیو، تھنویر۔۔۔۔وہاٹ ڈو یو تھنک۔۔۔" میں نے سر اٹھایا، میم مجھ سے مخاطب تھیں۔ میرا پورا نام تنویر احمد ہے، مگر میم مجھے صرف تھنویر کہتی ہیں، کبھی کبھی مجھے برا بھی لگتا ہے۔ ایک تو یہ صرف آدھا نام لیتی ہیں اور وہ بھی ٹھیک سے نہیں لیتیں۔

یہ ایک بڑا سا کلاس روم تھا، جس میں تین اطراف کی دیواروں سے ملحق آٹھ دس میزیں ایک دوسری سے ملا کر لگائی گئی تھیں اور ہر میز کے پیچھے تین تین کرسیاں تھیں، چوتھی دیوار پر جو میرے داہنی طرف ایک گز کے فاصلے پر تھی بڑا سا سفید بورڈ لگا ہوا تھا۔ جس پر ہماری انگریز میم ہر وقت کچھ نہ کچھ لکھتی رہتیں تھیں، میں بائیں طرف والی آخری میز کے آخری سرے پر رکھی ہوئی کرسی پر بیٹھا تھا۔ میم نے اپنے داہنے طرف سے پوچھنے کا سلسلہ شروع کیا تھا۔ اس طرح میں جواب دینے کے لیے آخری طالب علم باقی رہ گیا تھا۔ باقی سارے طلبہ چونکہ اپنے اپنے جوابات دے چکے تھے اس لیے وہ سب پر سکون تھے اور اپنی تمام تر توجہات کے ساتھ میری طرف دیکھ رہے تھے۔ میں نے میم کو اپنے سر پر کھڑے ہوئے دیکھا تو ایک دم گھبرا سا گیا۔ اتنی عجلت میں کچھ سوچنا محال تھا، کم از کم کوئی معقول سا جواب تو بہر حال نہیں سوچا جا سکتا تھا۔۔۔۔"میں ماضی کی تمام یادوں کو بھلا دینا چاہتا ہوں، کیونکہ یہ مجھے تکلیف دیتی ہیں" عین اسی لمحے میں میری زبان پر جو کچھ آسکا کہہ دیا۔ مجھے لگا جیسے میری روح بھاری پتھر کے نیچے آگئی تھی اور اب آزاد ہو گئی۔ ساتھ ہی مجھے یہ احساس بھی ہوا کہ میں نے سب سے زیادہ معقول جواب دیا ہے۔ مجھے لگا جیسے اس میں یک گونہ ادبی لطافت آگئی ہے۔ ایسا جواب تو کسی نے بھی نہیں دیا تھا، سب نے اپنی ذات، اپنے خاندان یا پھر زیادہ سے زیادہ اپنے ملک سے جڑی ہوئی مادی اور ظاہری پریشانیوں کے سد باب کے متعلق سوچا تھا اور ان کی کوئی نہ کوئی ایسی وجہ

بتائی تھی کہ اس کو اگر پڑھے لکھے لوگوں کے درمیان اور خاص کر ادیبوں کے درمیان بیان کر دیا جائے تو وہ برافروختہ ہو جائیں اور پوری نئی نسل پر "بے ادب نسل" ہونے کا لیبل لگا دیں۔

مگر ابھی تھوڑا وقت ہی گزرا تھا کہ مجھے ایک بار پھر اپنی روح پر بھاری پتھر کا احساس ہوا۔ مجھے یہ جواب اس شعر کی وجہ سے سوجھا تھا "یادِ ماضی عذاب ہے یارب / چھین لے مجھ سے حافظہ میرا" یہ شعر میں نے بچپن میں کبھی سنا تھا اور آج تک یاد تھا، اگر ماضی کی یادیں نہ ہوتیں تو میں آج اتنے مختصر وقت میں اور وہ بھی ایک الجھے ہوئے دماغ کے ساتھ اتنا پرکشش جواب کیسے سوچ سکتا تھا۔ آخر ماضی کی ایک یاد ہی کی وجہ سے تو مجھے یہ جواب سوجھا تھا، دھیرے دھیرے مجھ پر اپنے جواب کی غیر معقولیت واضح ہونے لگی۔ میں بھی کتنا خر دماغ ہوں، آخر میم کیا سوچیں گی میرے بارے میں اور دیگر لڑکے لڑکیاں کیا خیال کریں گی۔ مجھے لگا جیسے سب طالب علم من ہی من میں مجھ پر ہنس رہے ہیں۔ میں نے دزدیدہ نگاہوں سے ان کے چہروں اور آنکھوں کو دیکھا، مگر وہاں کچھ بھی نہیں تھا، وہ سب ایک دوسرے کے ساتھ گپ شپ میں مصروف تھے۔

میں نے اپنی نظریں واپس لوٹائیں اور سارا کی طرف دیکھا، وہ اپنے موبائل پر میسج لکھ رہی تھی۔ آج بھی کلاس جلدی ختم ہو جائے گی اور یہ آج پھر اپنے دوست کے ساتھ آئس کریم کھانے جائے گی۔ شاید یہ اسی کو میسج کر رہی ہو گی۔ میں نے اپنے دل میں سوچا اور چوری چھپے میسج پڑھنے کی کوشش کی، اس کوشش میں اپنی گردن کو بار بار اچکایا پر کچھ دکھائی نہیں دیا، بس چند حروف بنتے بگڑتے نظر آئے۔ پھر اس کے سراپا پر نظر کی، اس بار وہ ایک عام سی لڑکی کی طرح دکھائی دے رہی تھی، اس کا وہ خوبصورت لمبوترا چہرہ جس کو نظر بھر کر دیکھنے کے لیے میں اکثر کلاس کے وقت سے دس منٹ پہلے ہی پہونچ جایا کرتا

تھا، محض اس اتفاق کے بارے میں سوچ کر کہ کیا پتہ وہ آج جلدی آ جائے اور میں دیگر طلبہ کی عدم موجودگی میں اس کو نظر بھر کر دیکھ سکوں گا، اب اس کا وہ مانوس چہرہ کچھ عجیب سا لگ رہا تھا جیسے شہر میں سوکھا پڑ گیا ہو اور اسے منہ دھونے کے لیے پانی نہ مل سکا ہو۔ میں نے محسوس کیا کہ اس کی ستواں ناک کے پھول کی چمک بھی ماند پڑ گئی ہے، مگر اس نے ایسا کیا کیا تھا کہ اس کے بارے میں میرا نظریہ بدلنے لگا تھا اور اس کے بدن کی خوشبو جو مجھے دیر تک اس کے قریب بیٹھے رہنے پر آمادہ کرتی تھی پسینے جیسی بدبو میں بدل گئی تھی۔ بس اس نے اپنے ایک خیال کا اظہار ہی تو کیا تھا اور وہ بھی کوئی سر عام نہیں کیا تھا بلکہ صرف مجھ سے کیا تھا۔۔۔ سر گوشی کے انداز میں۔۔۔ اس کا مطلب ہے کہ وہ مجھ پر اعتماد کرتی ہے۔ ہو سکتا ہے کہ وہ محض مذاق میں کہہ رہی ہو، یا مجھے زچ کرنا چاہتی ہو، کل کسی بات پر میں نے بھی تو اس کا مذاق اڑایا تھا۔ اس نے اگر اپنے پاپا کو قتل کرنے کی بات کہہ بھی دی تو کیا ہوا، بس کہہ دینے سے وہ قتل تو نہیں ہو گئے نا۔۔۔۔ میں نے خود کو بہت سمجھانے کی کوشش کی مگر میرے اندر کا مسلمان نما انسان کسی قیمت پر راضی نہ ہوا، میں نے اسے اِس طرح بھی سمجھایا کہ آخر تم ایک افسانہ نگار ہو اور کسی افسانہ نگار کا اخلاقیات سے متعلق افکار کو اتنی زیادہ اہمیت دینا مناسب نہیں، اس فکر کا براہ راست اثر تمہارے فن پر بھی پڑ سکتا ہے۔ اخلاقیات سے متاثر فکر و فن دیر و حرم کے لئے چھوڑ دو۔ تمہارے لیے اور بہت سارے موضوعات ہیں، جیسے حور و قصور، طاؤس و رباب، بادہ و ساغر، تیشہ و فرہاد اور شیشہ و آہن۔۔۔اور۔۔۔اور لمس کی خوشبو، بدن کی جمالیات۔۔۔ اگتے سورج کا کرب اور۔۔۔اور ڈھلتے چاند کی پراسراریات۔۔۔ تمہارے لیے تو ہزاروں موضوعات ہیں۔ تم اس آباد خرابے میں اخلاقیات کی بات کر کے آخر کیا حاصل کر لو گے۔۔۔ میں سوچ سوچ کر نئے نئے

موضوعات بتانے لگا۔ مگر وہ نہیں مانا اور اس کا طنطنہ ہر گزرتے لمحے کے ساتھ بلند سے بلند تر ہوتا گیا۔ مجھے اس کے مسلمان نما ہونے پر پہلی بار خوشگواری کا احساس ہوا، اگر یہ مسلمان ہوتا تو کیا ہوتا، اچھا ہی ہے کہ یہ مسلمان نما ہے۔

مجھے امریکن انگلش اسپیکنگ سینٹر جوائن کئے ہوئے ایک ماہ گزر چکا تھا، سارا بھی میرے ساتھ ہی آئی تھی، شروع کے کچھ دن تو یونہی گزر گئے، شروع شروع میں وہ خاموش خاموش اور الگ تھلگ رہتی تھی، مگر جب وہ ایک دن میرے پاس والی کرسی پر بیٹھی تو میں نے اس کے ساتھ پینگیں بڑھانا شروع کر دیں۔ اور اب ہمارے درمیان اس ایک لڑکے کے سوا اور کوئی نہیں تھا جو ہر دوسرے تیسرے روز اس کو آئس کریم کھلانے آیا کرتا اور باہر گیٹ پر کھڑا اس کے نکلنے کا انتظار کرتا رہتا۔ میرے اندر کا مسلمان نما انسان کبھی سو جاتا اور کبھی جاگ جاتا، جب وہ سویا ہوا ہوتا تو میں سارا کے بدن کی خوشبو میں بڑی جاذبیت محسوس کرتا اور جب وہ جاگتا ہوا ہوتا تو مجھے یہ خوشبو پسینے کی بدبو کی طرح محسوس ہوتی۔ جب وہ سویا ہوا ہوتا تو مجھے اس لڑکے پر رشک آتا، آخر وہ اتنی خوبصورت لڑکی کو آئس کریم کھلاتا ہے۔۔۔ یہ کوئی کم اہم بات نہیں۔۔۔ ذرا اس کے دل سے پوچھو، اسے تو اس کے پہلو میں جنت کا گماں گزرتا ہو گا۔ اور جب وہ بیدار ہوتا تو مجھے اس پر غصہ آتا اور پھر ترس بھی۔ مجھے لگتا جیسے بھولا پن اس کے چہرے سے ٹپک رہا ہے، آخر جو لڑکی اپنے پاپا کے بارے میں اتنے جارحانہ خیالات رکھتی ہے وہ اس بھولے بھالے لڑکے کو کہاں تک خاطر میں لاتی ہو گی۔ جتنی دیر آئس کریم کی ٹھنڈک اس کو اپنی آنتوں میں محسوس ہوتی ہو گی بس اتنی ہی دیر تک وہ اس کے بارے میں اچھا سوچتی ہو گی۔

"کلاس از ڈس مس" میم کی آواز میری سماعتوں سے ٹکرائی اور میں اپنے خیالات سے باہر آیا۔ سارا نے اپنا پرس سنبھالا اور میری طرف دیکھے بنا تیز تیز قدموں سے باہر

نکل گئی۔ مجھے لگا کہ مجھے اس کے ساتھ جرح نہیں کرنی چاہئے تھی، وہ روز مجھے ہیلو کر کے جاتی تھی اور آج مجھے مڑ کر بھی نہیں دیکھا۔ آخر مجھے کیا مل گیا اس کے جواب پر غیر قیاسی سوال قائم کر کے۔ وہ اپنے باپ کو کوئی مارنے تھوڑی نا جا رہی تھی۔ وہ بس ایک بات تھی جو اس کی زبان پر آگئی اور اس نے بے سوچے سمجھے اگل دی۔۔۔۔۔ اس عمر میں ایسا اکثر ہوتا ہے۔۔۔ اور اکثر لوگوں کے ساتھ ہوتا ہے۔۔۔۔ میرا جی چاہا کہ دوڑ کر اس کے پیچھے جاؤں اور اس سے معذرت کروں۔۔۔۔ مگر پھر میں کچھ سوچ کر رک گیا۔۔۔ اپنی چاہت کے لیے اتنا گرنا بھی اچھا نہیں۔۔۔۔ پھر مجھ میں اور اس بھولے بھالے لڑکے میں فرق ہی کیا رہ جائے گا اور اس پر غصہ کرنے یا ترس کھانے کا کیا جواز پیدا ہو گا۔۔۔ میرے اٹھتے ہوئے قدموں میں جیسے بریک لگ گئے۔ پھر مجھے یہ ڈر بھی تھا کہ اس طرح تو میں اس لڑکے کی نظر میں آ جاؤں گا اور وہ مجھ سے نفرت کرنے لگے گا۔۔۔ میں نے اس کے پیچھے جانے کا ارادہ ترک کر دیا۔

دن بھر کا تھکا ماندہ آفتاب آسمان کے مشرقی کناروں کی اوٹ میں ڈوب رہا تھا ٹھنڈ میں شدت پیدا ہوتی جا رہی تھی اور میں اپنے دماغ میں بے سدھ خیالات کی دہکتی ہوئی جہنم لیے اپنے مکان کا زینہ چڑھ رہا تھا۔ کہ دفعتاً اپنے بیٹے کے رونے کی آواز سنی اور میں بھاگنے کے سے انداز میں زینہ چڑھنے لگا۔ ابھی میں گھر میں داخل ہوا ہی تھا کہ میرے بیٹے نے اپنے پڑوسی بچوں کے خلاف شکایات کا پٹارا کھول دیا۔ کس نے، کہاں، کب، کس طرح اور کیوں اسے مارا تھا۔۔۔ ایک ایک بات تفصیل سے بتانے لگا۔ میرا دل بیٹھنے لگا۔ میں اس کے آنسو پونچھتا جاتا اور اپنے پڑوسیوں کے عذاب سے چھٹکارا پانے کے متبادل پر غور کرتا جاتا۔ اتنے میں بیگم نے مٹھائی کا ڈبہ میرے سامنے رکھا اور بتایا کہ ہمارے اوپر فورتھ فلور پر جو آنٹی رہتی ہیں انہوں نے بھیجا ہے "کس خوشی میں "میں نے مختصراً

پوچھا۔ "کل رات ان کے یہاں لڑکی پیدا ہوئی ہے۔ "لڑکی کے نام سے میرا ذہن ایک بار پھر سارا کی طرف منتقل ہو گیا۔ آخر وہ کیوں اپنے پاپا کو مارنا چاہتی ہے۔ اس کے رہن سہن اور لباس سے تو بالکل نہیں لگتا تھا کہ اس کے پاپا نے اس کے لیے کچھ نہیں کیا ہو گا۔ وہ شہر کے پوش علاقے میں رہتی ہے، اس علاقے میں اپنا ذاتی گھر ہونے کا مطلب تو یہی ہے کہ وہ کم از کم مڈل کلاس کی ضرور ہو گی، اس کے پاس مہنگا ترین بلیک بیری موبائل دیکھ کر کوئی بھی یہ نہیں کہہ سکتا تھا کہ یہ کسی غریب گھر کی لڑکی ہے اور اس کے باپ نے اس کے لیے کچھ نہیں کیا ہو گا۔ میں نے اس وقت سے لے کر اب تک تمام ظاہری اسباب پر غور کیا مگر مجھے کہیں سے بھی یہ سراغ لگانے میں مدد نہ ملی کہ وہ اپنے پاپا سے اتنی نفرت آخر کس وجہ سے کرتی ہے۔ اور جو وجہ اس نے بتائی ہے وہ اتنی معقول نظر نہیں آتی، اب میں اس کے من میں جھانک کر تو نہیں دیکھ سکتا تھا اور ویسے بھی مجھے ان باتوں سے الجھن ہوتی ہے، اس لیے میں نے اس خیال کو جھٹک دیا اور مٹھائی کے ڈبے سے ایک گلاب جامن نکال کر کھانے لگا۔ بے خیالی میں گلاب جامن کا رس میرے منہ کے بائیں کنارے سے بہہ نکلا۔ "یہ لڑکیاں روزانہ کیوں نہیں پیدا ہوتیں" میں نے منہ سے ٹپکتا ہوا رس صاف کیا اور بیگم سے مضحکہ کرنے لگا۔ "کیوں" بیگم نے مجھے چمکتی آنکھوں سے دیکھا۔ "کم از کم اسی بہانے روز روز مٹھائی کھانے مل جایا کرے گی" مجھے اگروال کی مٹھائیاں بچپن ہی سے بہت پسند تھیں، آج جب کئی دنوں بعد مجھے اگروال سوئیٹ کی گلاب جامن کھانے مل رہی تھیں تو اس کے من پسند ذائقہ سے مجھ پر ایسا سحر طاری ہوا کہ قوت ذائقہ کے علاوہ میری باقی تمام قوتیں جیسے سلیپنگ موڈ میں چلی گئیں۔ مجھے جب اس چیز کا احساس ہوا کہ اس وقت میری قوت ذائقہ کے علاوہ اور کوئی قوت کام نہیں کر رہی ہے تو مجھے یک گونہ کوفت ہوئی، کیا میں اتنا گر گیا کہ میری فکر محض کھانے پینے کی چیزوں کے اطراف ہی

گردش کرتی رہے۔ جیسے مکھیاں حلوائی اور قصائی کی دکان کے اطراف منڈلاتی رہتی ہیں۔ کہاں مکھیاں، حقیر اور ذلیل مخلوق اور کہاں میں، اشرف المخلوقات، پڑھا لکھا آدمی۔ مجھے اپنے اندر سے بھی اسی طرح بدبو آنے لگی جس طرح ابھی کچھ دیر پہلے سارا کے وجود سے پسینے جیسی بدبو آرہی تھی۔ مگر پھر ایک دم خیال آیا کہ چلو اچھا ہی ہوا کہ اس بہانے بے معنیٰ افکار سے کچھ دیر کے لیے نجات تو ملی۔ "اونہوں۔۔۔ میرے ہیں۔۔۔ میں کھاؤں گا سب" میں نے دوسرے گلاب جامن کے لیے ہاتھ بڑھایا ہی تھا کہ میرا بیٹا ایک دم چیخ اٹھا۔ "ہٹ۔۔۔ ماردوں گا تمہیں۔۔۔امی لائی ہیں میرے لیے۔۔۔ آپ نے تھوڑی لاکر دئے ہیں کوئی۔۔۔" میں نے جس سرعت سے ہاتھ آگے بڑھایا تھا اسی سرعت سے واپس کھینچ لیا۔ کتنی عجیب بات ہے، یہ ابھی بھی اپنے ہم عمر بچوں سے مار کھا کر آیا ہے۔۔۔ ابھی تو اس کی سبکیاں بھی ختم نہیں ہوئیں اور مجھے کس ڈھٹائی کے ساتھ مارنے کے لیے کہہ رہا ہے۔ آج پہلی دفعہ مجھے خوف کی اس نفسیات کا صحیح علم ہوا جو اپنے اور غیروں سے متعلق ہوتی ہیں اور اسی کے ساتھ گیارہ بیبیوں والی حدیث میں اس بی بی کا اپنے شوہر سے متعلق ریمارک بھی یاد آیا، جس میں وہ کہتی ہے کہ میرا شوہر جب گھر میں ہوتا ہے تو شیر ہوتا ہے اور جب باہر ہوتا ہے تو گیدڑ ہوتا ہے۔ ابھی میں یہ سوچ ہی رہا تھا کہ چلو عارضی طور پر ہی سہی کم از کم مجھے ان تکلیف دہ فکروں اور الجھنوں سے نجات تو ملی، مگر مجھے کیا پتہ تھا کہ یہ اس قدر عارضی ہوں گی، ان سے زیادہ تو برساتی کیڑوں کی زندگی ہوتی ہے۔ ایک بار پھر میرا دماغ پھرکی کی مانند گھومنے لگا اور سارا ایک بار پھر میرے دماغ کی کھڑکی پر آکھڑی ہوئی۔۔۔ آخر سارا ایسا کیوں سوچتی ہے؟ شاید اس کی سوچ کے پیچھے صدیوں کا کرب ہے جو عمل اور رد عمل کے فطری قانون کے تحت عورتوں کے وجود سے غبار کی طرح لپٹا رہتا ہے اور پھر انتہائی طویل عمل [لانگ پروسس] کے بعد

کسی سارا کی زبان پر آ جاتا ہے۔" مگر یہ خواہش کے بے لگام ہونے کا نتیجہ بھی تو ہو سکتا ہے۔" میرے اندر کے مسلمان نما آدمی نے لقمہ دیا۔ کیا ساری لڑکیاں اسی طرح سوچتی ہیں؟ مگر وہ لڑکی جس نے اپنے باپ کے زندہ ہونے کی تمنا کی تھی۔۔۔ وہ کہہ رہی تھی کہ وہ اپنے باپ سے بہت محبت کرتی ہے۔۔۔ کتنی معصوم اور بھولی دکھائی دے رہی تھی وہ اس وقت۔۔۔۔ شاید اس کی وجہ یہ ہو کہ اسے اپنے باپ کا پیار نہیں مل سکا تھا۔ وہ تو اسے دودھ پیتا ہوا چھوڑ کر چلے گئے تھے۔ جب اس کی ماں اسے دودھ پلاتی تھی تو اس کے باپ کو شدت سے یاد کرتی تھی اور پھر یہی یاد دودھ کے راستہ اس کے دل و دماغ میں راسخ ہو گئی۔۔۔۔ اگر پرانی یادیں نا ہوتیں، تو یہ لڑکی اپنے باپ کے دوبارہ لوٹ آنے کی تمنا کیسے کر پاتی۔۔۔ ایک بار پھر مجھے اپنے جواب کی غیر معقولیت سمجھ میں آئی۔۔۔۔ اب وہ روٹی کھائے یا دودھ پیئے، اس سے کیا فرق پڑتا ہے اس کے باپ کی یاد تو اس کے دل و دماغ میں بس چکی ہے۔۔۔ اب وہ اٹھتے بیٹھتے، سوتے جاگتے اپنے باپ کو یاد کرتی ہے اور ان کے واپس لوٹ آنے کی تمنا کرتی ہے تاکہ وہ ان سے اپنے حصہ کا پیار حاصل کر سکے۔۔۔۔۔ تو کیا اس کے پیچھے بھی خود غرضی چھپی ہوئی ہے؟۔۔۔ یا پھر یہ بات ہے کہ مردہ آدمی سے محبت کرنے کے لئے کچھ کرنا نہیں پڑتا جبکہ زندہ آدمی سے محبت کے لیے اس کے حقوق ادا کرنے پڑتے ہیں، اسے وقت دینا ہوتا ہے اور اس کے لئے پیسہ خرچ کرنا ہوتا ہے اور پھر سب سے بڑھ کر یہ کہ اس کی کڑوی کسیلی باتیں بھی سنی پڑتی ہیں۔۔۔ آخر مجھے اپنے نانا نانی اور دادا دادی سے اتنی محبت کیوں نہیں جتنی محبت اس لڑکی کو اپنے مرحوم باپ سے ہے۔۔۔؟ اسی لیے نا کہ وہ باحیات ہیں اور میں ان کی خدمت کرتے کرتے تھک جاتا ہوں تو محبت ٹیس بن کر میری رگ و پے کے مسامات سے نکلتی ہے اور دھوئیں کی طرح اڑ جاتی ہے۔۔۔ محبت تو شاید ایک برہنہ شے ہے اور ہم اِسی

برہنگی سے پیار کرتے ہیں۔۔۔برہنگی جسے کفن کے علاوہ اور کوئی چیز نہیں ڈھانپ سکتی۔۔۔تو پھر کیا ہے یہ سب۔۔۔؟ پتہ نہیں۔۔کچھ بھی ہو سکتا ہے۔۔۔انسانی نفسیات کو آج تک کس نے جانا ہے۔۔۔

مجھے ایک باپ کی اس عجیب وغریب درگت پر ہنسی بھی آئی اور رونا بھی آیا۔جیسے اسے کسی اندھے کنویں میں الٹا لٹکا دیا گیا ہو۔ایک خواہش ہے جو زندہ باپ کو مارنا چاہتی ہے اور ایک تمنا ہے جو مردہ باپ کو زندہ کرنا چاہتی ہے۔مجھے لگا کہ ہر باپ ایک خواہش اور ایک تمنا کے درمیان لٹکا ہوا ہے۔شاید یہ اس وجہ سے ہے کہ میں خود ایک باپ ہوں، اگر میں باپ نہ ہوتا تو مجھے نہ رونا آتا اور نہ ہنسی آتی۔۔۔۔۔۔مجھے پہلی بار اپنے باپ ہونے سے کراہت محسوس ہوئی۔۔۔۔۔۔مگر۔۔۔۔اللہ گواہ ہے اس میں میری خواہش کو کچھ دخل نہیں۔۔۔۔۔۔پھر بھی ہم خواہی نہ خواہی باپ بن ہی جاتے ہیں۔۔۔۔

اس کے علاوہ باقی تمام طالب علموں کو جواب دینے کے لیے مغزماری کرنی پڑی تھی۔۔۔مگر اس لڑکی کو تو جیسے کچھ سوچنے کی ضرورت ہی نہیں پڑی۔۔۔اس نے منہ کھولا، اپنے لب لعل بدخشاں کو جنبش دی اور انتہائی آسانی اور سرعت کے ساتھ اپنے ذہن کی بات اگل دی۔اس کی ماں نے اس کے باپ کی محبت اسے گھٹی میں ڈال کر جو پلا دی تھی۔میں نے کل رات پیدا ہونے والی بچی کے بارے میں سوچا۔۔۔وہ کس پر جائے گی؟ سارا پر۔۔۔؟ یا اس دوسری لڑکی پر جو اپنے باپ سے بے انتہا محبت کرتی ہے۔۔۔۔؟کاش !وہ سارا جیسی نہ ہو۔۔۔میں اپنے بیٹے کو ساری گلاب جامن پر قبضہ جماتے ہوئے دیکھ رہا تھا۔۔۔یہ ابھی صرف تین سال کا ہے۔۔۔اور مجھے۔۔۔اپنے باپ کو مارنے کی بات کہہ رہا ہے۔۔۔اور وہ بھی میرے منہ پر۔۔۔یہ ابھی سے ایسی زبان بولتا ہے تو جب یہ سارا کے برابر ہو جائے گا تو کیسی زبان بولے گا۔۔۔مجھے یہ سوچ کر ہی

جھر جھری آگئی۔ اور سارا کے جسم کی مہک خوشگوار محسوس ہونے لگی۔

"اوہ! دو بج گئے۔۔۔ چلو اب سو جاؤ جلدی سے" بیگم نے گھڑی کی طرف دیکھا۔۔ اور لائٹ آف کر دی۔۔۔ میں کچھ دیر دَم سادھے بیٹھا رہا اور پھر نا چاہتے ہوئے بھی لحاف میں گھس گیا۔

"پتہ ہے۔۔۔۔ میں نے آج ایک منت مانی ہے۔۔۔ اگر اس بار ہمارے یہاں بیٹی ہو گی تو میں باغوں والی مسجد میں جو شاہجہاں نے اپنے زمانے میں خاص اپنی نگرانی میں بنوائی تھی اور اب سالوں سے ویران پڑی ہے، سو گرام دیسی گھی کا چراغ جلاؤں گی۔۔۔" بیگم نے میری طرف کروٹ لی اور سرگوشی کے انداز میں کہا۔" تو کیا اس طرح ویران مسجد آباد ہو جائے گی۔۔۔؟ اور اصلی دیسی گھی کہاں سے لاؤ گی۔۔؟" میں نے لحاف اپنے منہ تک کھینچ لیا۔ اور ایک ساتھ کئی سارے سوالات کر ڈالے" آپ تو ہمیشہ انوٹی باتیں کرتے ہیں، میں تو منت والی بات۔۔۔" ابھی وہ اپنی بات مکمل بھی نہیں کر پائی تھی کہ سارا بنا اجازت میرے ذہن کے دریچے میں پھر گھس آئی۔۔۔ اسی پسینے والی بدبو کے ساتھ۔۔۔ جب سے میں نے اس کی زبان سے یہ کلمہ سنا تھا تب سے اس کے چہرے کی ملائمت، معصومیت اور مسکراہٹ سب کچھ بھول گیا تھا بلکہ یہ سب کچھ جیسے نحوست میں بدل گیا تھا۔۔۔۔ مجھے ہر وقت ایسا لگتا جیسے شہر میں پانی کی قلت ہے اور یہ اسی لیے منہ نہیں دھو پاتی۔۔۔ "میں اپنے پاپا کا مرڈر کرنا چاہتی ہوں" یہ کلمہ ایک بار پھر میرے دماغ میں ہتھوڑے مارنے لگا۔۔۔ میں کانپ گیا اور مجھے باپ بننے کا خیال انتہائی احمقانہ اور کریہہ معلوم ہوا۔۔۔ شاید میرا پہلا اور دوسرا تجربہ غلط تھا۔۔۔ اس وقت مجھے اپنی گردن کے عقبی حصہ پر نیلے پروں والی تتلیاں منڈلاتی ہوئی محسوس ہوئی تھیں۔۔۔۔ اندھیری رات کے آخری پہر میں جب ہنگامے پاؤں پسارے سو رہے ہوتے

ہیں اور سناٹے ایک رقص شرر کے لیے بے تاب ہو رہے ہوتے ہیں تو میرے دماغ کے تمام خلیئے بیدار ہو جاتے ہیں اور سوچنے کا عمل حیرت انگیز حد تک بڑھ جاتا ہے۔۔۔ میں نے دوسری طرف کروٹ لی اور الجھتی ہوئی فکر کو بے لگام چھوڑ دیا۔۔ اور دیر تک اللہ جانے کیا کیا سوچتا رہا۔۔۔ کبھی سارا کو اپنے من کے ساحل پر برہنہ پا ٹہلتے ہوئے دیکھتا اور اس کے گداز قدموں کی دھمک اپنے سینے کی چوکھٹ پر محسوس کرتا، کبھی نوزائدہ بچی کو لمبی اور پرسکون نیند سوتے ہوئے دیکھتا اور اس کو اسی طرح پرسکون نیند سوتے رہنے کی دعا دیتا، کبھی اپنے بیٹے کو اپنے ہم جولیوں کے خلاف شکایات کا پٹارا کھولتے ہوئے دیکھتا اور ایسے ناہنجار پڑوسیوں سے نجات پانے کے مختلف پہلوؤں پر غور کرتا اور کبھی بیگم کی منت اپنے ان گنت چہروں کے ساتھ میرے سامنے آ کھڑی ہوتی۔۔۔ مگر سارا افکار کے اس ہجوم میں گویا مرکزی کردار تھی۔۔ ایک بار میں اس کے ساتھ بتائے ہوئے خوشگوار لمحات کے بارے میں سوچتا اور دوسری بار اس کی کریہہ آواز میرے ذہن کے دریچہ کے عقب سے ابھرتی۔۔۔ "میں اپنے پاپا کا مرڈر کرنا چاہتی ہوں" میں شدت الم سے آنکھیں موند لیتا۔ اور ایک بار پھر باپ نہ بننے کے اپنے قول و قرار کو اپنے سینے میں پختہ کرتا۔ دفعتاً اوپر والے کمرے سے نوزائدہ بچی کے رونے کی آواز آئی اور میری آنکھ کھل گئی۔ مجھے احساس ہی نہ ہوا کہ میں کس وقت نیند کی آغوش میں چلا گیا تھا، بیگم نے اپنی منت کے بارے میں یقیناً اور بھی بہت کچھ کہا ہو گا۔۔۔ پتہ نہیں یہ سب خواب تھا یا میں عالم بیداری میں سوچ رہا تھا۔۔۔ یقیناً خواب ہی ہو گا۔ پر خواب اس طرح منطقی اور با ترتیب تو نہیں ہوتے۔۔۔ میں نے بہت کوشش کی مگر یہ پتہ لگانے میں کامیاب نہ ہو سکا کہ خواب اور بیداری کی حد فاصل کیا تھی، کہیں ایسا تو نہیں کہ بیگم کی وہ منت والی بات بھی خواب ہی ہو۔۔۔ پتہ نہیں کیوں مجھے ایسا لگا کہ اس بچی کی آواز میں اس لڑکی کی آواز

کی سی کشش ہے جو اپنے باپ سے بے انتہا پیار کرتی ہے۔۔۔ مجھے اس کی ماں پر غصہ آیا کہ وہ اتنی پیاری بچی کو دودھ نہیں دے رہی اور رونے کے لیے چھوڑ دیا ہے۔ میرا جی چاہا کہ دوڑ کر جاؤں اور بچی کو گود میں اٹھالوں۔۔۔

ٹھنڈ اپنے شباب پر تھی، لحاف سے باہر منہ نکالتے ہوئے بھی جیسے ڈر لگتا تھا۔۔۔ میں نے اندر ہی اندر کروٹ بدلی اور اس جیسی خوبصورت بچی کا باپ بننے کی خواہش میرے جسم کے ہر بن مو سے ابھری، میں نے اپنے جسم پر ہاتھ پھیرا، میں اوپر سے نیچے تک اس خواہش کے گرم احساس سے جل رہا تھا۔۔۔ میں نے ہاتھ بڑھایا اور بیگم کی سوئی سوئی سی چاندنی جیسی منت کو مور پنکھ سے جھلنے لگا۔

****

مٹی

یہ کوئی بیس پچیس برس پہلے کی بات ہو گی، جب میں چھ، سات سال کا تھا۔ اس وقت ہندی کی کسی کتاب میں ایک چھوٹی سی کہانی پڑھی تھی۔ پتہ نہیں خود کہانی میں ایسی کوئی بات تھی کہ وہ میرے ذہن کی سطح سے اسی طرح چپکی رہ گئی جس طرح چھپکلیاں در و دیوار سے چپکی رہتی ہیں، یا پھر خود میرا طرز زندگی کچھ اس طرح کا تھا کہ میں چاہ کر بھی اس کو بھلا نہ سکا باوجود اس کے کہ میں اپنے ہم جولیوں میں بھلکڑ مشہور تھا۔ اور باوجود اس کے کہ میں اس کو بھول جانا بھی چاہتا تھا کیونکہ پشتینی آبرو باختگی کے درد کی ایک کسک جو میرے رگ و پے میں لہو کے ساتھ ساتھ دوڑتی تھی، اس کہانی کے یاد آ جانے سے اس میں مزید شدت آجاتی تھی۔

کہانی جتنی مختصر تھی اتنی ہی سادہ بھی تھی، پوری کہانی تو دلچسپ نہ تھی پر اس میں کچھ جملے اور الفاظ ضرور ایسے تھے کہ وہ پہلی بار پڑھنے پر ہی ذہن میں بیٹھ گئے تھے۔ اور میں جب جب بھی اپنے دوستوں پر رعب جھاڑنے کی کوشش کرتا تو اس طرح گفتگو کرتا کہ اس کہانی کے تمام خوبصورت الفاظ اور جملے میری گفتگو میں آجاتے۔ اس دوران میں ان کی آنکھوں کے پاتال میں جھانکنے کی کوشش کرتا اور اس میں ڈوبتی ابھرتی ست رنگی کمانوں کی جل ترنگ کو اپنے لئے داد سمجھ کر من ہی من میں خوش ہوتا۔

میری دلچسپی کہانی سے زیادہ اس کی ایک تصویر میں تھی، ایسی تصویریں بچوں کی کتابوں میں عموماً ہوا کرتی ہیں۔ بارشوں کا موسم تھا، کھیت کھلیان میں جل تھل کا سماں تھا،

کالے گھنیرے بادلوں نے سورج کو اپنی اوٹ میں لیا ہوا تھا، بادلوں کے کناروں سے سورج کی کرنیں نکل کر زمین کے اس حصہ پر گر رہی تھیں جو تصویر میں نظر نہیں آرہا تھا، ان سنہری کرنوں نے بادلوں کی ٹکڑیوں کے کناروں کو سونے جیسا روپ دیا ہوا تھا۔ ایک ادھیڑ عمر کا آدمی اور ایک جوانی کی دہلیز پر قدم رکھتا ہوا نو عمر لڑکا، دونوں اپنے کھیت کی مینڈھ باندھنے میں جٹے ہوئے تھے۔ انہیں ڈر تھا کہ اگر یہ مینڈھ وقت رہتے نہ باندھی گئی تو کھیت کا سارا پانی دوسرے کھیتوں میں چلا جائے گا۔ دور پگڈنڈی پر ایک لمبے قد کی عورت ان دونوں کی طرف بڑھی چلی آرہی تھی، جن میں سے ایک اس کا حاضر تھا اور دوسرا اس کا مستقبل، پہلا اس کا پتی دیو تھا اور دوسرا اس کا اکلوتا بیٹا، سورج۔

اس کا قد جو پہلے ہی لمبا تھا ئی نارنجی ساڑھی میں اور بھی لمبا لگ رہا تھا، اس کا داہنا ہاتھ زمین کی طرف تھا جس میں پانی کا برتن تھا اور بایاں ہاتھ آسمان کی طرف، جس سے وہ اپنے سر پر رکھی ہوئی پوٹلی کو پکڑے ہوئے تھی، اس میں شاید روٹی تھی۔ یہ بات مجھے پوری کہانی پڑھنے پر ہی معلوم ہو سکی کیونکہ تصویر میں روٹیاں نظر نہیں آرہی تھیں۔ جب وہ عورت ان کے قریب آئی تو وہ دونوں ہاتھ منہ دھو کر اس کے پاس آئے اور اپنی اپنی چپلوں پر بیٹھ گئے۔ اس نے دونوں کو ایک ایک روٹی پر سالن رکھ کر دیا۔ اور وہ داہنے ہاتھ سے بڑے بڑے نوالے توڑ توڑ کر کھانے لگے۔

"مٹی کسان کا دھن ہے۔۔۔۔۔۔۔ دھن" راموں نے اپنے پیر کی مٹی صاف کرتے ہوئے کہا، جو ہوا سے کچھ کچھ سوکھنے لگی تھی۔ اور لفظ، دھن کو ذرا بھاری آواز میں دوبار ادا کیا۔

"مگر۔۔۔۔ پاپا! مٹی کسان ہی کا دھن کیوں ہے۔ باقی لوگوں کا دھن کیوں نہیں ہے؟" سورج کو دھندلا دھندلا سا یاد آیا کہ جب وہ پانچویں کلاس میں تھا تو اس نے ایک

کہانی پڑھی تھی، جس میں مٹی کو کسان کا دھن بتایا گیا تھا۔ اس وقت بھی اس نے ماسٹر جی سے یہی سوال پوچھا تھا مگر ماسٹر جی نے اسے جھڑک دیا تھا اور کلاس کے تمام بچے کھی کھی۔۔۔ کھی کھی کر کے ہنسنے لگے تھے۔ اس نے کسی کا برا نہ مانا، نہ ماسٹر جی کا اور نہ بچوں کا۔۔۔ مگر دَیا کا اس طرح کھی کھی کرنا اسے پسند نہ آیا۔ اس واقعہ کو کئی سال گزر چکے تھے مگر دَیا کی کھکھلاہٹ ابھی تک اس کے دل میں کانٹے کی طرح چبھتی تھی۔ یہاں تک کہ اس نے کئی بار سوچا کہ اس سے دوستی ختم کر دے اور آئندہ کبھی اس کے ساتھ نہ کھیلے۔ اور جہاں تک آموختہ پڑھنے کی بات ہے تو وہ اپنی چچی زاد سے پڑھ لیا کرے گا۔

"یہ سالی جتنی بڑی ہوتی جا رہی ہے اتنی ہی گھمنڈی ہوتی جا رہی ہے۔" اس کے بعد وہ جب بھی اس کو دیکھتا تو زیر لب بڑبڑاتا۔

سورج اکثر سوچا کرتا تھا کہ ماسٹر جی کے پیر کبھی مٹی میں نہیں سنتے اور نہ ہی وکیل صاحب کے پیر کبھی مٹی میں سنتے ہیں اور نہ ہی ڈاکٹر صاحب کے پیروں پر اس نے کبھی مٹی دیکھی تھی، حالانکہ اکثر ان کے پاس جانا ہوتا تھا۔۔۔۔۔ مگر ان کے پاس دھن تو بہت زیادہ ہے۔۔۔ اگر مٹی ہی دھن ہے تو مٹی کے بغیر ان کے پاس دھن کہاں سے آیا۔ اس کا مطلب تو یہی ہوا نا کہ مٹی سب لوگوں کے لے دھن نہیں ہے۔ باپو شاید ٹھیک ہی کہہ رہے ہیں کہ مٹی کسان کا دھن ہے۔ بلکہ کسان ہی کا دھن ہے۔ اس نے نگاہ اٹھائی، راموں سوچوں کی بے انتہا گہرائیوں میں غرق تھا جیسے وہ کسان نہ ہو بلکہ کوئی بہت بڑا کہانی کار ہو اور دیر سے کسی کہانی کے پلاٹ پر غور کر رہا ہوں، یا کسی زنانہ کردار کا سراپا اتارنے کے لیے خوبصورت الفاظ و تشبیہات تلاش کر رہا ہو۔ اسے لگا جیسے اس نے اپنے باپو کو غم زدہ کر دیا ہے۔ مگر اب وہ کر بھی کیا سکتا تھا، اس کا مقصد باپو کو غمزدہ کرنا نہیں تھا۔ پر ایسا ہو چکا تھا۔

"چل باتیں کم بنا۔۔۔ اور لے یہ پی لے جلدی سے۔۔۔ اور سانجھ تک اپنے باپو کے ساتھ کام کرنا۔۔۔ کدی کام کرتے سے کرکٹ کھیلنے بھاگ جاوے۔۔۔ سن رہا ہے نا، میں کا کہت رہی ہوں۔۔۔"

ماں نے مٹھے کی لٹیا کا آخری قطرہ گلاس میں نچوڑا اور اس کی طرف بڑھا دیا۔

"ہاں۔۔۔ سن رہا ہوں" سورج نے مختصر سا جواب دیا۔

ماں جا چکی تھی اور بیٹا ایک بار پھر مٹی کو دھن سمجھ کر تہہ بہ تہہ جما رہا تھا۔

**

میں نے اپنی زندگی میں کئی بار خود کو رامو کے بیٹے کی جگہ دیکھا تھا، مٹی کو دھن کی طرح سمیٹتے ہوئے اور مٹی کے دھن ہونے پر سوالات کھڑے کرتے ہوئے۔ میں چھٹیوں میں جب بھی گاؤں آتا تو اپنے ابو کے ساتھ گیلے کھیت میں گھس جاتا، میرے چھوٹے چھوٹے پیر نرم اور چکنی مٹی میں ڈوب جاتے، تلوؤں میں گدگدی محسوس ہوتی اور خنکی کی ایک لہر سارے بدن میں کرنٹ کی طرح دوڑ جاتی، کبھی کبھی تو ایسا لگتا جیسے مکھن سے بھرے ٹب میں کھڑا ہو گیا ہوں۔ تب میں سوچتا کہ مٹی اگر دھن نہ ہوتی تو اس پر مکھن کا گمان کیسے ہوتا۔ میں اکثر اپنے ابو کے لیے کھانا لے کر جاتا اور خود بھی ان کے ساتھ سبز گھاس پر آلتی پالتی مار کر کھانے کے لیے بیٹھ جاتا۔ کبھی کبھی روٹی پر تھوڑا سا سالن رکھ کر اسے پاپڑ کی طرح بنا لیتا اور ایک کچی سی ہری مرچ اپنے کھیت سے توڑ کر اس میں رکھ لیتا اور ندی کے گھاٹ پر چلا جاتا۔ ندی میں جانوروں کو نہاتے ہوئے دیکھنا مجھے بہت اچھا لگتا تھا۔

یہ گھاٹ گاؤں سے ایک میل کی دوری پر تھا اور گاؤں کے گرد کمان کی صورت بہتی ہوئی ندی کا سب سے قریبی گھاٹ تھا۔ یہاں اکثر گاؤں کی بوڑھی عورتوں اور جوان

لڑکیوں کی بھیڑ رہتی تھی۔ وہ یہاں مٹی کھودنے آیا کرتی تھیں، پیلی چکنی مٹی، جسے گوبر کے ساتھ ملا کر گھروں کے کچے فرش پر لیپا جاتا ہے۔ جب ساری عورتیں اور لڑکیاں اپنی اپنی ٹوکری پیلی، نرم مٹی سے بھر لیتیں تو ایک دوسری کو سہارا دے کر ٹوکریاں اٹھواتیں۔ آخر میں ایک لڑکی اور ایک ٹوکری رہ جاتی جب اس کو کوئی سہارا دینے والی نہ ملتی تو وہ اپنے داہنے ہاتھ سے اپنی آنکھوں پر چھجا سا بناتی اور اونچی آواز میں مجھے پکارتی۔ میں دوڑ کر جاتا اور تیس چالیس کلو وزنی ٹوکری اٹھانے میں اس کی مدد کرتا۔ اسے ٹوکری اٹھانے سے زیادہ اپنے دوپٹے اور کپڑوں کی فکر ستاتی تھی۔ حالانکہ میں اس وقت بچہ تھا مگر پھر بھی اسے یہ ڈر ستاتا تھا کہ اس کے کھلے گریبان پر میری نظر نہ پڑ جائے۔

"تم اتنی بھاری ٹوکریاں اتنی دور تک کیسے لے جاتی ہو، تمہاری گردن اور کمر میں جھٹکا نہیں لگتا۔۔۔؟" میں اکثر یہ سوال اس آخری لڑکی سے پوچھا کرتا جو ٹوکری اٹھوانے میں میری مدد لیتی تھی۔ مگر ہر لڑکی جواب میں صرف مسکراتی اور اپنے کپڑے سنبھالتی ہوئی آگے بڑھ جاتی۔ میں اونچے ٹیلے پر جا کھڑا ہوتا اور لہلہاتے کھیتوں کی مینڈھوں پر ایک قطار میں چلتے ہوئے ان لڑکیوں کو دیر تک دیکھتا رہتا۔ مجھے ایسا لگتا جیسے انہیں جنت سے خاص اس لیے بھیجا گیا ہے کہ یہ اسی طرح اپنے سروں پر مٹی ڈھوتی رہیں اور قدرتی حسن میں اپنے فطری حسن کے جلوے بکھیر کر ایک نئے حسن کی قوسِ قزح بناتی رہیں۔

میرے لیے سب سے زیادہ دلچسپ منظر کنگ فشر کے مچھلی پکڑنے کا تھا، بلکہ یہ کچھ عجیب سا تھا دلچسپ بھی اور کریہہ بھی۔ جب وہ دیر تک فضا میں ایک جگہ پر ٹھہرا رہتا اور پھر اچانک بیس پچیس فٹ کی اونچائی سے پانی میں غوطہ لگاتا اور پھر بجلی کی سی تیزی سے دور بجلی کے تاروں پر جا بیٹھتا تو مجھے عجیب سا سرور آتا۔ اتنی دیر تک میں اپنی روٹی کھانا بھی بھول جاتا اور دوسرے لمحے میں اس کی لمبی سی نوکدار سنہری چونچ کے درمیان پھڑ

پھڑاتی ہوئی مچھلی دیکھ کر رنجیدہ ہو جایا کرتا۔

"مگر میں کیا کر سکتا ہوں۔ خدا نے دنیا کو اسی طرح بنایا ہے۔ میں نہ تو مچھلی کو تحفظ فراہم کر سکتا ہوں اور نہ کنگ فشر کے خلاف پارلیمنٹ میں کوئی قانون پاس کروا سکتا ہوں، جس کی رو سے کنگ فشر کے شکار پر پابندی عائد کی جا سکے۔ اور میں یہ سب کرنے کے لیے ابھی بہت چھوٹا بھی ہوں"

میری یہ سوچ رنجیدگی کے احساس کے مضبوط خول کو توڑ دیتی اور میں نسبتاً بہتر محسوس کرنے لگتا۔ کچھ دیر یونہی سوچوں میں غرق رہتا اور پھر کولہوں کی مٹی صاف کرتے ہوئے اٹھتا اور ایک بار پھر اپنے باپ کے ساتھ بھیگے کھیت میں ننگے پاؤں گھس جاتا۔

مگر دوسرے دن جب میں چھوٹی چھوٹی مچھلیاں پکڑ کر گھر لے جاتا اور ماں انہیں صاف کر کے گرم توے پر بھوننے لگتی تو میرے تمام سینس صرف ایک ہی سمت میں کام کرنے لگتے۔ زبان، تالو اور رخساروں کے اندرونی حصوں کے تمام غدود سے پانی کے فوارے پھوٹ نکلتے۔ اس وقت کبھی بھولے سے بھی مجھے مچھلی پر رحم نہیں آتا۔ میں نے کبھی بھی خود کو کنگ فشر کی جگہ محسوس نہیں کیا۔ نہ مچھلیاں پکڑتے وقت، نہ انہیں بھونتے وقت ورنہ ہی چٹخارے لے لے کر کھاتے وقت۔ یہ منظر نہ تو میرے لیے کریہہ تھا اور نہ میں اس سے رنجیدہ خاطر ہوتا تھا۔ بلکہ اکثر ایسا بھی ہوتا کہ گڑیا میری چھوٹی بہن جب مجھ سے کسی بات پر خفا ہو کر الگ تھلگ رہنے لگتی اور مجھے اپنا دم گھٹتا ہوا محسوس ہوتا تو میں اس کو ببو بھائی کے ہوٹل سے تلی ہوئی مچھلیاں لا کر کھلاتا اور وہ پھر سے پہلے کی طرح چوکڑیاں بھرنے لگتی اور میں محسوس کرتا کہ میرے من کے چمن میں آج پھر کئی سارے نئے پھول کھلے ہیں۔

شاید کہانی میں یاد رہ جانے والی صفت اسی وقت پیدا ہوتی ہے جب وہ ہماری زندگی

کے کسی زاویئے کی ترجمان بن جاتی ہے۔ "مٹی کسان کا دھن ہے" شاید اس کہانی کا معاملہ بھی کچھ ایسا ہی ہے، میں نے اکثر و بیشتر اپنے آپ کو اس کے ایک کردار کی جگہ پر رکھ کر دیکھا ہے۔ اور اسی لیے یہ کہانی آج تک میرے ذہن کی شریانوں سے چپکی ہوئی ہے۔

سورج اس کہانی کے بارے میں کیا سوچتا تھا یہ تو نہیں معلوم، پر اتنا معلوم ہے کہ وہ اس کہانی سے خوش نہیں تھا۔ راموں نے یہ کہانی اپنے باپ سے سنی تھی اور انہوں نے اپنے باپ سے۔ بے شمار برسوں تک یہ کہانی اسی طرح سینہ بسینہ چلتی رہی اور پھر پتہ نہیں کب اور کس طرح چٹان جیسے مضبوط سینوں سے نکل کر کتابوں کے کاغذی صفحات پر پھیل گئی۔

**

"اگر کسان مٹی کو دھن سمجھنے کی غلطی نہ کرتے تو آج ان کی زندگی مٹی کی طرح میلی نہ ہوتی بلکہ کھدر پوش کی زندگی کی طرح اجلی ہوتی، نہ ان کی قمیص پر داغ ہوتے اور نہ دھوتی پر بے شمار سلوٹیں"

"اگر دھن نہ سمجھتے تو کیا سمجھتے۔۔۔؟" میرے ہم جماعت دوست نے کتاب کا ورق الٹتے ہوئے پوچھا۔

"وہی جو فلسفی سمجھتے ہیں اور۔۔۔۔۔۔"

"۔۔۔اور کون۔۔۔۔۔۔؟" وہ میری باتوں کو مجذوب کی بڑ سے زیادہ اہمیت نہیں دیتا تھا اسی لیے بیچ میں بول پڑتا تھا۔

"۔۔۔اور سائنسداں سمجھتے ہیں اور کون۔۔۔؟" میں نے اس کے استہزائیہ انداز کو نظرانداز کرتے ہوئے جلدی سے کہا۔

"۔۔۔۔۔۔۔۔کیا سمجھتے ہیں وہ۔۔۔؟" اب وہ میری باتوں میں دلچسپی لے رہا

تھا۔ حالانکہ اسے پتہ تھا مگر پھر بھی اس نے پوچھا۔ وہ مجھے دق کرنا چاہتا تھا۔

"زندگی کے لئے ضروری عناصر میں سے ایک عنصر۔۔ ۔۔۔۔۔۔اور کیا۔۔ ۔۔۔؟۔۔یار تم بھی نرے بدھو ہو۔۔۔۔۔پڑھتے وڑھتے تو ہو نہیں اور خالی باتیں بناتے ہو۔۔۔اس بار امتحان آنے دو، تب بتاؤں گا۔" میں اس کے استہزائیہ انداز سے زچ ہو رہا تھا۔ اس لیے میں نے اس کو اس کی اوقات دکھانے کی سوچی تاکہ وہ ایک حد پر رہے۔ اور مجھ پر ہنسنے کا سلسلہ دراز نہ کرے۔

"اچھا بند کرو اپنی یہ بکواس۔۔۔۔ چلو بہت پڑھ لیا تم نے۔۔۔۔مجھے پتہ ہے تم کتنے پڑھتی ہو"

اس نے میرے ہاتھ سے کتاب چھین لی اور زبردستی کھینچتے ہوئے چائے خانے میں لے گیا۔

گزشتہ کچھ دنوں سے میں ترقی پسند ادب کا مطالعہ کر رہا تھا اور پتہ نہیں کیوں کسانوں کے بے لباس بچوں کی دھما چوکڑی اور کھیت پر روٹی لے جاتی ہوئی ان کی جوان بہو بیٹیوں کے ننگے پیروں کی دھمک میرے ذہن کے پردوں کو مرتعش کر رہی تھی۔ یہ دھمک اتنی شدید تھی کہ کبھی کبھار مجھے زلزلے جیسا گمان ہونے لگتا تھا۔ جس دن سے میں نے جاپان کے زلزلے کے بارے میں سنا تھا تب سے کئی بار مجھے ایسا محسوس ہوا جیسے میرے وجود کی کھڑکیاں بج رہی ہیں اور میں اپنے آپ میں سے نکل بھاگنے کے لئے کسی محفوظ جگہ کی تلاش میں ہوں۔

"تم بلاوجہ کنفیوژن پیدا کرتے ہو۔ مجھے تو ہر چیز مٹی ہی سے لگتی ہے۔ تمام جاندار اور غیر جاندار چیزیں مٹی ہی سے وجود پذیر ہوئی ہیں۔ اللہ نے انسان کو مٹی سے بنایا، مرنے کے بعد اس کو مٹی میں دفن کیا جاتا ہے اور پھر اللہ اسی مٹی سے قیامت کے دن اس

کے سالم وجود کو اٹھائے گا۔ جتنے خزانے ہیں سب مٹی ہی سے تو نکلتے ہیں۔ اگر مٹی نہ ہوتی تو غلہ پیدا نہ ہوتا۔ کیا غلہ کہیں پتھر پر بھی پیدا ہوتا ہے۔۔ کیا تم ہتھیلی پر سرسوں اگا سکتے ہو، نہیں نا۔۔ تو پھر کیوں مٹی میں کیڑے نکالتے ہو۔۔۔" اس نے چائے خانے میں سب سے آخری میز کرسی کا انتخاب کیا اور بیٹھتے ہی شروع ہو گیا۔

"میں تھوڑی نکال رہا ہوں مٹی میں کیڑے، وہ تو خود ہی نکلتے ہیں مٹی سے۔۔۔۔" میرے پاس اس پر مغز تقریر کا کافی و شافی جواب نہ تھا اس لیے میں نے بحث کو طنز و مزاح کی راہ پر ڈالنا چاہا۔

"اور دیکھنا۔۔۔۔۔۔ جس دن تمہارے اندر کا یہ فلسفی مر جائے گا تو اس کو بھی اسی مٹی میں چھپایا جائے گا۔ پھر قیامت کے دن اس حال میں اٹھایا جائے گا کہ اس کی زبان کو تالو سے لگا کر اس میں ایک لمبی سی میخ ٹھوک دی جائے گی۔ وہ کہے گا یہ کس گناہ کی سزا ہے۔ تو جواب ملے گا کہ تو اسی زبان کے ذریعہ بھولے بھالے لوگوں کو بے وقوف بنایا کرتا تھا۔۔۔۔ یہ اسی کی سزا ہے"

مگر وہ مذاق کے موڈ میں نہ تھا۔ وہ پوری طرح سنجیدہ ہو چکا تھا۔ اور بحث کرنے میں تو اسے ید طولیٰ حاصل تھا، ایسی ایسی دلیلیں لاتا کہ اچھے اچھے ذہین لڑکے اس کے سامنے لاجواب رہ جاتے۔ میری حالت ایسی ہو رہی تھی جیسے کتے کے سامنے ڈرپوک بلی کی ہوتی ہے۔

اچانک دروازہ کھلا اور گرم ہوا کا جھونکا میرے چہرے کو جھلسا گیا۔

"بیٹا، دروازہ تو بند کر دو" میں کالج کی زندگی کے خیالوں سے باہر آیا اور عینک کے اوپر سے بیٹی کی آنکھوں میں جھانک کر دیکھا۔ وہ تیز دھوپ میں پندرہ منٹ کا راستہ پیدل چل کر آئی تھی۔ دھوپ کی شدت سے اس کی آنکھیں سرخ ہو رہی تھیں۔ میں اپنی

درخواست کا کوئی تاثر ان میں نہیں دیکھ سکا۔ آخر کار میں خود ہی اٹھا اور دروازہ بھیڑ کر پھر کہانی لکھنے میں مصروف ہو گیا۔

**

آج سے تقریباً دس سال پہلے جب مجھے اس بات کا پختہ یقین ہو چلا تھا کہ مٹی کسی قیمت پر بھی دھن نہیں بن سکتی تو میں اپنے ماں باپ کو چھوڑ کر شہر آ گیا تھا، چھوڑ کر کیا آ گیا تھا بلکہ ناراض ہو کر چلا آیا تھا۔ میں نے انہیں قائل کرنے کی لاکھ کوشش کی مگر انہیں اپنی مٹی سے اتنا پیار تھا کہ وہ گاؤں چھوڑنے پر کسی صورت راضی نہ ہوئے۔ جب میں کہتا کہ مٹی کے بغیر بھی دھن حاصل ہو سکتا ہے تو ان کا سیدھا سا جواب تھا کہ اُس دھن میں مٹی کی خوشبو نہیں ہو سکتی، اگر تم ہماری زمینوں کی ساری مٹی اپنے ساتھ شہر لے جا سکتے ہو تو ہم تمہارے ساتھ جا سکتے ہیں۔ مگر یہ ناممکن بات تھی۔ اور میں اپنے من میں مٹی کی بو باس سے پاک دھن حاصل کرنے کی امید کی شمع جلائے شہر چلا آیا۔

یہاں میں نے ایک ماہر نفسیات سے پوچھا کہ جس مٹی نے گاؤں کے لوگوں کو سوائے بھوک اور پیاس کچھ نہ دیا آخر انہیں اس مٹی سے اتنا پیار کیوں ہوتا ہے کہ وہ خون دے دیتے ہیں مگر مٹی نہیں دیتے۔

"ہوں۔۔۔۔! سوال تو آسان سا ہے پر اس کا جواب خاصہ پیچیدہ ہے۔۔۔۔ در اصل اس کی جڑیں آدمی کے ضمیر اور روح تک اتری ہوئی ہیں اور جب تک ہم اس کے ضمیر اور روح کی کارکردگی سے واقف نہیں ہو جاتے تب تک اس کا جواب ڈھونڈ پانا ناممکن ہے۔ اس کا تعلق بڑی حد تک کلچر کے ساتھ نفسیاتی اور فطری وابستگیوں سے بھی ہے۔۔۔ اور اس سے بھی زیادہ اس کا تعلق فلسفۂ عادت سے ہے۔۔۔۔ آدمی جس خاص افتادِ طبع کا عادی ہو جاتا ہے تو وہ اس کے خلاف نہیں جا سکتا۔" اس نے اپنی آنکھوں سے

چشمہ اتار کر کتاب پر رکھا اور دونوں ہاتھوں کا حلقہ بناتے ہوئے ایک لمبی سی انگڑائی لی۔

مجھے پتہ تھا کہ اس کے پاس بھی اس سوال کا جواب نہیں ہو گا۔ مگر پھر بھی میں نے اسے عزت دی تھی۔ حالانکہ میرے پڑوسی نے جو اس کے بچپن کے دوست تھے مجھے پہلے ہی آگاہ کر دیا تھا کہ وہ ماہر نفسیات ضرور ہے مگر اسے بھولنے کی بیماری ہے اور اس کی اس عادت سے بھی بہت سارے لوگوں کو شکایت ہے کہ وہ ہر سوال کا جواب انسانی نفسیات کی بھول بھلیوں کی اندھی گلیوں میں تلاش کرنے کی کوشش کرتا ہے۔ ایک بار میں نے اس سے اپنی یادداشت کی کمزوری کے بارے میں مشورہ کیا تو وہ مجھ سے الٹے سیدھے سوال کرنے لگا۔ مثلاً، تمہاری شادی کس تاریخ میں ہوئی تھی، بڑی بیٹی کی عمر کتنی ہے اور تمہیں کس طرح کی فلمیں دیکھنا پسند ہیں۔ اب آپ ہی بتاؤ کہ ان سوالوں کا یادداشت کی کمزوری سے بھلا کیا تعلق۔ اب وہاں اور زیادہ بیٹھنا بیکار تھا اس لیے میں وہاں سے اٹھ آیا۔ اور اس ذہنی الجھن میں اس کی فیس دینا بھی بھول گیا۔

مجھے کہانیوں میں شروع ہی سے دلچسپی رہی تھی۔ میری ماں کہتی ہیں کہ جب میں چھوٹا تھا تو اپنی پردادی سے جل پریوں کی کہانیاں بہت شوق سے سنتا تھا۔ اور جب وہ اللہ کو پیاری ہو گئیں تو اپنی دادی ماں سے کہانیاں سننے کی ضد کیا کرتا تھا۔۔۔۔۔۔۔۔۔ پر میری ماں نے مجھے آج تک کوئی کہانی نہیں سنائی۔۔۔۔۔۔۔۔۔ ان کے پاس کام جو اتنا زیادہ تھا نا۔۔۔۔۔۔۔۔۔ اس لیے۔ وہ صبح اندھیرے منہ اٹھ جاتی تھیں اور دیر رات تک کام میں جٹی رہتی تھیں۔ میں کہانی سننے کے لالچ میں تھوڑی دیر تک جاگتا رہتا۔۔۔۔۔ مگر جب مجھے یقین ہو گیا کہ ان کا کام کبھی ختم نہیں ہو گا تو میں نے دیر تک جاگنا چھوڑ دیا اور کہانی سننے کی امید توڑ دی۔

شہر آکر میرے اس شوق کو پر لگ گئے۔ جب سے مجھے ایک جانکار شخص نے بتایا تھا

کہ کہانیاں لکھنے سے اتنا دھن حاصل ہوتا ہے جتنا مٹی سے نہیں ہوتا۔ بس پھر کیا تھا، مٹی کی بو باس کے بغیر دھن حاصل کرنے کی میری پرانی امید جیسے ایک دم نہال ہو گئی۔ میں گاؤں والوں کو بتانا بھی چاہتا تھا کہ مٹی کے بغیر بھی دھن حاصل کیا جا سکتا ہے۔ میں نے اسی وقت فیصلہ لیا اور کہانیوں کو مٹی کے نعم البدل کے طور پر چن لیا۔ کہانیاں لکھنے میں نہ پیر مٹی میں سنتے تھے اور نہ کپڑے میلے ہوتے تھے۔

گاؤں کی عورتوں کے لیے سب سے مشکل کام کپڑے دھونا تھا۔ ہر دوسرے روز انہیں ایک گٹھری کپڑے دھونے پڑتے تھے۔ کپڑے دھوتے دھوتے ہاتھوں میں چھالے پڑ جاتے، ناخون ٹوٹ جاتے اور ریڑھ کی ہڈی کے نچلے حصہ میں درد کی شدت سے دھواں سا اٹھنے لگتا۔ مجھے دھوئیں سے سخت نفرت تھی اور میں نہیں چاہتا تھا کہ میری شریک سفر کی ریڑھ کی ہڈی میں بھی اسی طرح دھواں اٹھے۔ میں دیہاتی زندگی کے مختلف پہلوؤں پر جتنا زیادہ غور کرتا مجھے کورے کاغذ کو کالا کرنے کا فن اتنا ہی زیادہ خوش نما دکھائی دینے لگتا۔

مگر اب جب کہ آٹھ نو سال پر محیط رات و دن کی مسلسل محنت سے میری اپنی ہڈیوں سے دھواں اٹھنے لگا تھا، یہاں تک کہ مجھے اٹھنے بیٹھنے میں بھی تکلیف محسوس ہونے لگی تو میرا خیال پانی کی طرح بھاپ بن کر سفید بادلوں کے دوش بدوش اڑنے لگا۔ اب میں اس جانکار شخص سے ملنا چاہتا تھا تا کہ اس سے پوچھ سکوں کہ اس نے مجھ سے جھوٹ کیوں کہا تھا۔۔۔۔۔۔۔ مگر وہ اس کے بعد آج تک کبھی دکھائی نہیں دیا۔۔۔۔۔ مجھے اڑتی اڑاتی خبر ملی تھی کہ اچانک ہارٹ اٹیک سے اس کا انتقال ہو گیا، مرنے سے پہلے اس نے عجیب و غریب وصیت کی تھی۔۔۔۔۔ اس نے کہا تھا کہ مجھے کفن نہ دینا بلکہ میری کہانیوں کی ورق سے میرا تن ڈھانک دینا۔ ایسی وصیت کوئی پاگل ہی کر سکتا ہے۔ یا پھر وہ

جو اپنے فن کی محبت میں پاگل ہو گیا ہو۔ ہو سکتا ہے کہ اس کے پاس کفن کے لیے پیسے ہی نہ ہوں۔ اور اس نے اپنی غربت کو چھپانے کے لیے یہ وصیت کی ہو۔ کبھی کبھی میں سوچتا کہ مٹی سے محبت کرنے والوں میں اور کہانی سے محبت کرنے والوں میں آخر فرق ہی کیا رہ گیا۔ وہ مٹی پر زندہ رہتے ہیں اور مٹی اوڑھ کر ابدی نیند سو جاتے ہیں۔ یہ کہانیوں کے لیے زندہ رہا اور آخر کار کہانیاں ہی اوڑھ کر ہمیشہ کے لئے سو گیا۔

میں کافی دیر سے بیٹھا بیٹھا لکھ رہا تھا، سوچا تھوڑا استا لوں۔ اپنے دونوں ہاتھوں سے گھٹنے پکڑ کر بمشکل تمام اٹھا اور بالکنی میں جا کھڑا ہوا۔ شام کے چار بج رہے تھے دھوپ کی تمازت ذرا کم ہو چکی تھی۔ نیچے گلی میں پھیری والے گھومنے لگے تھے۔ سامنے والی چھت پر ایک نو بیاہتا جوڑا نہایت چھچھورے انداز میں مستیاں کر رہا تھا، میری آنکھوں میں حیا اتر آئی اور میں اپنے دکھتے ہوئے گھٹنوں کے سہارے واپس اندر آ گیا۔

بٹیا اسکول سے لوٹی تھی تو بہت تھکی ہوئی معلوم ہو رہی تھی۔ اس نے تیزی کے ساتھ دروازہ کھولا، بیگ ایک طرف میز پر پھینکا اور بستر پر بے سدھ گر گئی۔ اسے آئے ہوئے کچھ منٹ ہی گزرے تھے اور اب وہ گہری نیند کے ساتھ سو رہی تھی۔ اس کی ماں نے بتایا کہ آج اس کے اسکول میں کوئی فنکشن تھا اسی لیے آج وہ دیر سے آئی ہے اور اتنی تھک گئی ہے کہ لیٹتے ہی خراٹے بھرنے لگی ہے۔

"تو ڈریس تو کم از کم تبدیل کر لیتی۔ اب اتنی بھی نہیں تھکی ہو گی کہ ڈریس تک بھی نہ بدل پاتی۔۔ ۔۔۔۔اور دیکھو۔۔ موزے تک بھی نہیں اتارے۔۔۔۔ تم اس کو سمجھاتی کیوں نہیں ہو۔۔۔؟"

میں نے بیگم سے کہا اور اس کے موزے اتارنے لگا۔

"ارے۔۔۔۔ بچے ایسے ہی کرتے ہیں۔ امی کہتی ہیں کہ آپ جب اتنے چھوٹے

تھے تو آپ بھی ایسی ہی حرکتیں کرتے تھے۔"

"سچ"

"تو کیا میں جھوٹ بول رہی ہوں" بیگم کے لہجہ سے حقیقت عیاں تھی۔ یقیناً وہ جھوٹ نہیں کہہ رہی ہو گی۔ جب میں بچپن میں اس کی طرح تھا تو کیا یہ بھی بڑی ہو کر میر ی طرح ہو جائے گی۔ ضدی، وہمی، بھلکڑ اور کھوسٹ۔ میرے بدن میں جھرجھری پیدا ہوئی۔

" یا اللہ اس کو میری طرح نہ بنانا۔ اس کو خوبصورت سی زندگی دینا اور اسے مریم بتول کی پاکیزہ زندگی کے سانچے میں ڈھالنا۔"

میں دل ہی دل میں اسے دعائیں دینے لگا۔ میں اس بات سے پناہ مانگتا تھا کہ کوئی میری طرح ہو جائے اور یہ تو میری اپنی لاڈلی بیٹی تھی۔

میری صحت گرنے لگی تھی، کہانیاں لکھنے میں دلچسپی جو پہلے ہی سے کم ہو چلی تھی اب بالکل ماند پڑ گئی تھی۔ دس سال پہلے جس امید کی شمع کا سودا میں اپنے تن من میں سمائے شہر میں وارد ہوا تھا اب وہ سیہ پوش ہو چلی تھی۔ اور ایک بار پھر مجھے اپنے کھیت کی نرم چکنی مٹی یاد آنے لگی تھی۔ ہرے بھرے کھیتوں کے درمیان پتلی پتلی پگڈنڈیوں پر مٹی کی ٹوکریاں سروں پر اٹھائے لمبی قطار میں چلتی ہوئی پریوں جیسا دل فریب منظر دامن دل کھینچنے لگا تھا۔ میں نے خود کو بہت تھامنے کی کوشش کی۔۔۔۔۔۔۔۔۔ مگر تھام نہ سکا۔۔ ۔۔۔۔۔ ۔۔۔۔۔ ۔۔۔اور پھر جب اگلے ماہ کے پہلے سورج کی سہانی کرنیں میرے چھوٹے سے گاؤں کو رنگ و نور میں نہلانے لگیں تو میں اپنے کھیت کی ڈور پر کھڑا اس حسین و دل فریب منظر سے لطف اندوز ہو رہا تھا۔

رات اور دن ایک دوسرے کا پیچھا کرتے رہے اور وقت کی چین دھیرے دھیرے

پیچھے کی طرف سرکتی رہی۔ مٹی نے دھن اگلنا شروع کر دیا اور بوڑھے کسانوں کے بے رنگ خوابوں میں نقرئی رنگ ابھرنے لگا۔ وہ اپنی جوان بیٹیوں کو سرخ جوڑے میں سر سے پیر تک لپٹی ہوئی، مہندی اور زیور سے آراستہ پیروں کے ساتھ گھر کی دہلیز پار کرتے ہوئے دیکھنے لگے۔ سورج نے ابھی اپنا نصف سفر ہی قطع کیا تھا کہ موسم نے ایک انگڑائی لی۔۔۔ اس نے گزشتہ کئی سالوں سے ایسی انگڑائی نہیں لی تھی۔ اس کے جوڑوں کے چٹخنے کی چرچراہٹ سے کبوتروں کا دل تھرا اٹھا۔ کسان کھیتوں اور چوپالوں سے بھاگ کھڑے ہوئے اور اپنی کٹیوں میں دبک گئے۔ گھنیرے بادلوں نے باہم مل کر موٹی کالی چادر گاؤں کے آسمان پر تان دی۔ اس کالی چادر تلے پرندے بوکھلائے ہوئے بے ترتیب اڑ رہے تھے۔ بگلے اور بطخیں وی شیپ میں اڑنے کی اپنی کلا بھول چکی تھیں۔ ابھی شام کافی دور تھی کہ بادلوں کی گھن گرج سے ہم سب کے دل دہل گئے، گلیوں میں چھجوں کے نیچے دبکے بیٹھے کتے اچھل پڑے، سال میں بندھے جانور رسی تڑا کر بھاگنے کی کوشش کرنے لگے۔ میری بیٹی اور بیوی میرے پاس آکر کھری کھاٹ پر بیٹھ گئیں۔۔۔ امی ابو اپنے کمرے میں تھے وہ بھی میرے پاس آ گئے۔۔۔۔ ہم سب ایک دوسرے کو ابلتی ہوئی آنکھوں سے دیکھ رہے تھے۔۔ ۔۔۔ اور پھر ایک دم بادل پھٹ پڑے۔۔ ۔۔۔۔ آسمان کی بلندیوں سے پانی اس طرح گر رہا تھا جس طرح اونچے آبشاروں سے ڈھیر سارا پانی ایک ساتھ گرتا ہے۔۔۔۔۔۔ مسلسل تین دن تک کوئی باہر نا جا سکا۔ گاؤں کے کچے مکانات تو تباہ ہو چکے تھے اور جو مکان پختہ تھے وہ بھی خستہ حالت میں آ گئے تھے۔ گاؤں کے لوگ مقدور بھر ایک دوسرے کی مدد کر رہے تھے۔ چوتھے دن جب بارش تھمی اور میں گھر سے نکلا تو تباہی کا وہ منظر تھا کہ دیکھا نہ جاتا تھا۔ لوگ بدحواسی کے عالم میں ادھر ادھر بھاگے پھر رہے تھے۔ کسی کا بیٹا غائب تھا تو کسی کا باپ۔ کسی کو ماں

کی تلاش تھی تو کسی کو بیٹی کی فکر۔

میں کسی طرح گرتے پڑتے کھیت تک پہونچا، مگر وہاں نہ کھیت تھا نہ مٹی اور نہ دھن۔۔۔۔۔۔۔سب کچھ بہہ چکا تھا۔ ایک میل دور ہی سے ندی کی پھنکاریں سنائی دے رہی تھیں پانی اس طرح اچھلتا کودتا آگے بڑھ رہا تھا جس طرح پہاڑ سے لڑھکایا ہوا پتھر ڈھلان کی طرف بڑھتا ہے۔

میں وہیں ایک پتھر پر بیٹھ گیا۔ اپنے کھیت سے لپ بھر کیچڑ اٹھائی اور اپنے چہرے پر لیپ دی۔۔۔۔۔۔۔۔۔یہ شاید اپنی مٹی سے نفرت کا صلہ تھا۔۔۔میں نے دل میں سوچا اور مٹی میں سنی ہوئی آنکھیں کھولیں، میرے چہرے میں آنکھوں کے حلقوں میں دھنسی ہوئی سفید اور کالے رنگ کی گولیاں ہی دکھائی دے رہی تھیں۔۔۔میرے اندر کا فلسفی مر چکا تھا۔ مگر اسے مٹی میں دبانے کے لئے نہ مٹی باقی بچی تھی اور نہ میرا ہم جماعت زندہ رہا تھا۔۔۔خدا جانے میں کتنی دیر اسی حالت میں بیٹھا رہا۔۔۔

اس حادثہ کو کافی وقت گزر چکا ہے، زخم دھیرے دھیرے مندمل ہو رہے ہیں۔ زندگی آہستہ آہستہ معمول پر آرہی ہے۔۔۔میں نے خود کو سورج کے کردار کی جگہ رکھ کر دیکھنا چھوڑ دیا ہے۔۔۔اب میں قابیل کی طرح اپنے اندر کے فلسفی کی نعش اٹھائے پھر رہا ہوں۔

***

اسٹینڈ کا فنڈا

زاہد خان، فلمی نام زاہد کپور، خلاف معمول اندھیرے منہ اٹھ بیٹھا، قد آدم آئینہ میں سراپا درست کیا اور تیز تیز قدموں سے زینہ اتر گیا۔

پانچ منٹ کی ڈرائیونگ کے بعد وہ دلاآور خان عرف بلو بھائی کے نیم مردہ چہرے کو بڑے اشتیاق کے ساتھ دیکھ رہا تھا۔

"ماموں جان، ابھی کیسے ہیں آپ۔۔۔؟

"اللہ کا کرم ہے۔۔۔۔۔۔" انہوں نے بستر مرگ سے اٹھنے کی کوشش کی۔

کپور بجلی کی سی سرعت سے صوفے سے اٹھا اور ماموں کو دوبارہ اُسی پوزیشن میں لٹا کر اپنی جگہ آبیٹھا۔

"ماموں "بجلی" دیکھی آپ نے۔۔۔۔۔۔؟" اس کے لہجے میں بلا کا اشتیاق تھا۔

انہوں نے ایک بار پھر اٹھنے کی ناکام کوشش کی تھی مگر ان کے کمزور بدن نے دماغ کا ساتھ نہ دیا۔ اور ان کا اٹھا ہوا سر پھر تکئے سے جالگا۔

"کپور۔۔۔۔ آگ لگانا سیکھ۔۔۔۔ آگ لگانا۔۔۔ تیری بجلی تو اچھی ہے، بڑے تیکھے نقوش ہیں اس کے۔۔۔۔ ایکٹنگ بھی خوب ہے پر 'بجلی' میں آگ لگانے کی شکتی نہیں۔۔۔ کچھ مرچ مسالہ ڈالنا اس میں کہ آگ لگے اور فلم سپر ہٹ ہو جائے۔۔۔ اس زمانے کا اسٹینڈ یہی ہے، فلمیں اپنی فنی بنیادوں پر کامیاب نہیں ہوتیں۔۔۔ باہر سے کچھ نہ کچھ کرنا پڑتا ہے۔۔۔۔"

انہوں نے گزشتہ رات 'بجلی' کو ایک کامیاب ہدایت کار کی کڑی تنقیدی نظر سے دیکھا تھا اور کپور کو مزید رہنما ہدایات دینے کے یے بلا بھیجا تھا۔ کپور کو بھی ان کے خیالات جاننے کا بے صبری سے انتظار تھا اس لیے وہ اندھیرے منہ ان کے پاس آپہونچا تھا۔

کپور نے کچھ بھی نہ سمجھتے ہوئے سر کھجایا اور ماموں کو مزید زحمت نہ دینے کے ارادے سے موضوع بدل کر ادھر ادھر کی باتیں کرنے لگا۔ اس کے چہرے کی شگفتگی اداسی میں بدل گئی۔

" گڑیا اپنی شادی کو لے کر بہت ایکسائی ٹیڈ ہے۔۔۔۔ داماد اچھا مل گیا آپ کو۔۔۔"

" سب اوپر والے کا کرم ہے۔۔ ۔۔۔۔ موہن شرما بہت نیک اور محنتی لڑکا ہے۔۔۔ امریکہ میں اس کا ایکسپورٹ امپورٹ کا بزنس ہے۔ خوبرو بھی ہے، ذہین بھی، دولت مند بھی اور سب سے بڑی بات یہ ہے کہ وہ فرماں بردار بھی بہت ہے۔۔۔۔۔۔ بستر مرگ پر پڑے ہوئے ایک بیمار آدمی کو اس کے علاوہ اور کیا چاہئے کہ اس کی نازوں کی پالی ہوئی بیٹی سدا سکھی رہے۔" وہ نحیف آواز میں رک رک کر بول رہے تھے۔

ان کی عمر ابھی کچھ زیادہ نہیں تھی مگر جان لیوا بیماری نے انہیں بستر مرگ پر ڈال دیا تھا۔ نزہت عرف گڑیا کا نام یا خیال آتے ہی ان کے بدن میں جانے کہاں سے طاقت آ جاتی تھی۔ گڑیا ان کی اکلوتی اولاد تھی، نازوں کی پالی ہوئی۔ جب کوئی اس کا ذکر کر بیٹھتا تو وہ اپنی بیماری بھول جاتے۔ اور اس کی بڑی بڑی آنکھوں اور کشادہ پیشانی کا ذکر کرنے لگ جاتے۔ کبھی کبھار تو وہ حد ہی کر دیتے۔ گڑیا کی پیدائش سے جوانی تک پوری کہانی انہیں ازبر تھی اور جب ایک بار اس کہانی کو شروع کر دیتے تو پھر گڑیا کی جوانی اور شادی تک پہونچ کر ہی دم لیتے۔ گڑیا اگر ایسے کسی موقع پر موجود ہوتی تو چپکے سے کھسک لیتی یا پھر

تنگ آمد بجنگ آمد کے مصداق کہہ دیتی ''اب بس بھی کرو ڈیڈی۔۔۔۔۔۔۔ آپ ہر ایک کے سامنے میری کہانی لے کر بیٹھ جاتے ہیں۔۔۔۔۔ لوگ کیا سوچتے ہوں گے آپ کے بارے میں۔"

"یہی نا کہ میں سٹھیا گیا ہوں۔۔۔۔" وہ ہنس دیتے اور خاموش ہو جاتے۔

"جی جی بڑے نصیبوں والے ہیں آپ۔۔۔۔ آپ جلد اچھے ہو جائیں گے۔۔۔۔ فکر نہ کریں۔۔۔۔" کپور کو معلوم تھا کہ ماموں اب اچھے ہونے والے نہیں پھر بھی اس نے ان کا دل رکھنے کے لیے کہا۔ کثرت شراب نوشی نے جگر کے دن تمام کر دئے تھے۔

اچھا میں چلتا ہوں۔۔۔۔۔ پھر آؤں گا فرصت میں۔ مجھے آج سفر پر جانا ہے۔۔ اللہ حافظ۔۔۔"

"جاؤ، پھلو پھولو۔۔۔۔۔۔۔ اللہ حافظ۔"

زاہد کپور جتنی تیزی کے ساتھ اپنے گھر سے نکلا تھا اتنی ہی تیزی کے ساتھ ماموں کے گھر سے بھی نکلا۔

اور چند منٹ کی ڈرائیونگ کے بعد وہ ایک بار پھر قد آدم آئینہ کے سامنے کھڑا تھا۔

"خوبرو تو میں بھی ہوں، ذہانت میں کچھ خاص کمی نہیں اور فرمابردار تو ہوں ہی۔۔۔۔۔ لیکن اگر گڑیا کو وہ ہاتھی ہی پسند آیا تو میں کیا کروں۔۔۔۔ بے وقوف لڑکی۔" اس نے زور سے پیر پٹخے اور بیرون ملک سفر کی تیاریوں میں جٹ گیا۔

زاہد کپور فلم انڈسٹری میں نووارد نہیں تھا۔۔۔ ماڈلنگ اور پھر ایکٹنگ میں وہ جانا پہچانا چہرہ تھا تاہم فلمی ہدایت کار کی حیثیت سے 'بجلی' اس کی پہلی فلم تھی۔

"۔۔۔۔۔۔۔ کچھ مرچ مسالہ ڈال نہ اس میں"

دیکھنے کو تو وہ سفر کی تیاریوں میں جٹا ہوا تھا پر اس کا دماغ ماموں کے اس جملے پر اٹکا ہوا تھا۔۔۔۔۔اسے سمجھ ہی نہیں آرہی تھی کہ وہ اس کے کیا معنٰی نکالے۔ایک بار اسے اپنے آپ پر غصہ آیا کہ وہ اتنے سالوں سے ماموں کی رہنمائی میں کام کر رہا ہے اور ابھی تک وہ ان کی ذو معنٰی باتوں کو پوری طرح سمجھ پانے سے قاصر ہے۔ جھنجھلاہٹ اور غصہ کے عالم میں اس نے گڑیا کی تصویر پر قلم چلا دیا۔ گڑیا کے ہونٹ دو حصوں میں بٹ گئے۔

"مگر یہ ماموں بھی نا۔۔۔۔۔۔۔ ہر وقت پہیلیاں بجھاتے رہتے ہیں۔۔۔ صاف صاف بات کرنے میں کیا ان کی۔۔۔۔۔۔" اچانک اسے بستر مرگ پر پڑے ہوئے ماموں سے ہمدردی پیدا ہوئی اور وہ لبوں پر آئی ہوئی بھدی گالی کو پی گیا۔

وہ بجلی کے تعلق سے خوبصورت الفاظ سننے کا مشتاق تھا۔۔۔ مگر خلاف توقع اسے نقد بھرے الفاظ سننے کو ملے۔۔۔۔ دوسرے یہ کہ وہ ابھی تک شرما کو گڑیا کے شوہر کی حیثیت سے برداشت کرنے کے لیے خود کو تیار نہیں کر پایا تھا۔ اس لیے اس کا دماغ چکرایا ہوا تھا۔

زاہد بیٹا، اتنے لمبے سفر پر جا رہا ہے۔۔۔۔۔ لے یہ گرم گرم پکوڑے کھالے اور تھوڑی دیر آرام کر لے۔۔۔۔۔ شام میں آٹھ بجے تو فلائٹ ہے تیری۔۔۔ پانچ بج گئے تیاری کرتے کرتے۔۔۔ اب بہت ہو گئی تیاری۔۔۔ یہ پکوڑے کھالے اور سو جا تھوڑی دیر۔۔"

اور وہ اچھا ماں کہتے ہوئے بستر پر چلا گیا۔

"کیا مطلب ہو سکتا ہے ماموں جان کا۔۔۔۔۔۔" پچھلے کئی گھنٹوں سے ماموں جان کے کمینٹس اس کو بے چین کیے ہوئے تھے اور اب بستر پر بھی نیند اس کی آنکھوں سے کافی دور تھی۔۔۔۔۔۔ جب کسی کا ذہن ہزار کلو میٹر فی گھنٹہ کی رفتار سے گردش کر رہا ہو

تو نیند اس کے پاس کیسے آسکتی ہے بھلا۔

"اسٹوری، ایکشن، میوزک، گانے، ایکٹنگ۔۔۔ سبھی کچھ تو اچھا ہے، سیکس بھی ہے، سسپینس بھی ہے اور آئٹم سانگ بھی ہے۔۔۔ ایک چھوڑ دو دو آئٹم سانگ ہیں۔۔ ۔۔۔۔ اب آخر ایسی کیا کمی رہ گئی ہے بجلی میں کہ اس میں بقول ماموں کے کرنٹ نہیں ہے۔"

"اور بجلی۔۔۔۔۔ کیا کمال کی اداکاری کی ہے اس نے۔۔۔۔۔۔ مجھے تو یقین ہی نہیں ہو رہا

۔۔۔۔۔ اچھا ہی ہوا کہ گڑیا شادی کر کے امریکہ چلی گئی اور اس کی جگہ بجلی کو لینے کا فیصلہ لیا گیا۔" بجلی پہلی بار کسی بڑی فلم میں ایکٹنگ کر رہی تھی۔

ماں کے ہاتھ کے گرم گرم پکوڑے کھا کر اسے عجیب سی خوشی کا احساس ہوا۔۔۔ "کتنی اچھی ہیں میری ماں۔ کتنا خیال رکھتی ہیں میرا۔" وہ زیر لب بڑبڑایا۔

ہزار کلو میٹر فی گھنٹہ کی رفتار سے گھومتے ہوئے ذہن کی رفتار ذرا دھیمی ہوئی تو نیند کی دیوی آدھمکی اور اسے اپنی نرم کشادہ باہوں میں بھر لیا۔

"نہیں چلے گی۔۔۔ نہیں چلے گی۔۔۔۔۔۔ بیجاپور میں بجلی نہیں چلے گی۔۔۔"

ابھی زیادہ دیر نہیں ہوئی تھی کہ وہ گھبرا کر اٹھ بیٹھا اور بجلی کی سی سرعت سے بالکنی کی طرف لپکا۔

اس کے بنگلے کے ٹھیک سامنے مین چوک پر لوگوں کا ہجوم تھا، ان کے ہاتھوں میں طرح طرح کے پلے کارڈ تھے اور منہ میں عجیب و غریب سلوگنز۔۔۔۔۔۔ سب لوگ زور زور سے ہاتھ ہلا رہے تھے اور بلند آواز سے نعرے لگا رہے تھے۔

ایک کھدر پوش نیتا مائک ہاتھ میں لئے اعلان کر رہا تھا۔ توہین آمیز فلمیں مزید

برداشت نہیں کی جائیں گی۔ اس کے اردگرد کچھ مذہبی لوگ اس کی تائید کر رہے تھے۔

اسی اثنا میں ایک نوجوان نے نعرہ لگایا۔

" نہیں چلے گی۔۔۔۔ نہیں چلے گی۔۔۔۔" اور ہجوم میں شامل تمام لوگ چلانے لگے۔"۔۔۔بیجاپور میں بجلی نہیں چلے گی۔۔۔۔بیجاپور میں بجلی نہیں چلے گی۔۔۔۔" درودیوار لرز گئے اور بجلی سپلائی کے تار جھنجھنا اٹھے۔

ایک نوجوان لوگوں کے گول دائرے کے بیچ آیا۔ اس کے ہاتھ میں 'بجلی' کا بڑا سا پوسٹر تھا۔ نوجوان بہت پرجوش معلوم ہو رہا تھا اس نے ایک ہاتھ سے پوسٹر اوپر اٹھایا اور دوسرے

ہاتھ سے لائٹر جلا کر پوسٹر کے ایک کونے کو آگ لگا دی۔ جیسے ہی پوسٹر کو آگ لگی لوگوں کا جوش و خروش دونا ہو گیا اور وہ زور زور سے چیخنے چلانے لگے۔ اس کے بدن میں جھرجھری پیدا ہوئی، جلد ہی اس نے خطرے کی بو محسوس کر لی۔۔۔۔اور پلک جھپکنے کے وقت میں وہ کسی محفوظ مقام پر روپوش ہو چکا تھا۔

"ٹرن، ٹرن۔۔۔ ٹرن، ٹرن" عین اسی لمحے فون سنسان کمرے میں پوری طاقت سے چیخ اٹھا۔ اس نے گھبرا کر آنکھ کھولی اور غنودگی کے عالم میں رسیور اٹھایا۔

" سمجھ گیا۔۔۔۔۔۔پوری طرح سمجھ گیا۔۔۔۔۔۔"

" ارے، ارے۔۔۔۔۔یہ کیا بک رہے ہو۔۔۔ سو رہے ہو کیا۔۔۔۔۔۔یا بجلی کے پیار میں دیوانے ہو گئے ہو۔"

"اوہو! تم ہو۔۔۔۔۔۔ آخر تمہیں فرصت مل ہی گئی اس موٹے سے۔۔۔ خوب ستاتا ہو گا نا تمہیں وہ۔۔۔۔۔ تمہاری شادی کیا ہوئی کہ تم تو دنیا جہان سے غافل ہو گئیں۔"

شادی ہوتے ہی موہن شرما کو جانے کیا ہوا کہ وہ محض تین چار ماہ کے اندر ہی پھول

کر کپا ہو گئے۔ اور وہ اسی باعث نزہت کپور کو جواب نزہت شرما کے نام سے پہچانی جاتی تھی اکثر چڑھایا کرتا تھا۔

"ان کی بات چھوڑو۔۔۔۔۔۔۔ یہ بتاؤ، یہ تم کیا بک رہے تھے، سمجھ گیا سمجھ گیا۔"

"ارے۔ کچھ نہیں۔۔۔ میں سمجھا کہ تمہارے ڈیڈی کا فون ہے" پھر ادھر ادھر کی بات کر کے جلدی سے رسیور رکھا اور فریش ہونے کے لیے باتھ روم کی طرف دوڑ پڑا۔ اس نے ایک بار پھر اپنا سراپا قد آدم آئینے میں دیکھا وہ ڈرا ہوا سا لگ رہا تھا۔

"اوہ، شٹ۔۔۔۔۔ کتنا بھیانک خواب تھا۔۔۔۔۔ یقیناً میں تو ڈر ہی گیا تھا۔" وہ اپنے آپ سے مخاطب تھا۔ مگر معاً بعد اس کے چہرے پر اطمینان کی پرچھائیاں نمایاں ہو گئیں۔ جیسے اسے کچھ مل گیا یا کوئی انوکھا آئیڈیا اس کے دماغ میں آیا ہو۔

"اب سمجھا میں ترے رخسار پہ تل کا مطلب" اس کے من میں عجیب سی سرمستی سما رہی تھی۔

اس نے ویڈیو کانفرنس کے ذریعہ اپنے تمام فلمی معاونین کو خاص ہدایات دیں اور امریکہ کے لیے روانہ ہو گیا۔

اور خدا کی شان میں چند نازیبا کلمات پر مبنی کلپس کا اضافہ کر دیا گیا۔

اس کی ہدایت کے مطابق اس کے غائبانے میں بجلی ریلیز ہوئی اور دیکھتے دیکھتے ملک کے بڑے بڑے شہروں میں چوراہوں پر وہی منظر ابھر آیا جو اس نے خواب میں دیکھا تھا۔ جیسے خواب خود جاگ اٹھا ہو اور رونمائی کے شوق میں خواب کا چوغہ اتار کر لباسِ حقیقت زیب تن کر لیا ہو۔

"نہیں چلے گی۔۔۔ نہیں چلے گی۔۔۔۔۔۔ بیجاپور میں بجلی نہیں چلے گی۔۔۔" لوگ حکومت سے فلم ہٹانے کی مانگ کر رہے تھے۔ ایک دو سینما میں توڑ پھوڑ کے

واقعات بھی ہوئے تھے۔ لوگوں کا الزام تھا کہ 'بجلی' میں مبینہ طور پر مذہب مخالف کلپس شامل کی گئی ہیں۔ اس سے لوگوں کے مذہبی جذبات مجروح ہوئے ہیں۔ خدا کی شان میں گستاخی ناقابل برداشت ہے۔

حکومت کی نظر آنے والے انتخابات پر تھی۔ اس لیے اس نے فلم پر پابندی بھی نہیں لگائی اور احتجاج کرنے والوں کی ہم نوا بھی بنی رہی۔

وہ ابھی تک امریکہ میں ہی تھا اور میڈیا کی اپڈیٹس کے ذریعہ پل پل بدلتے حالات پر پوری طرح نظر رکھے ہوئے تھا مگر اس بار اس کے چہرے پر گھبراہٹ کے بجائے خوشیوں کے سائے رقصاں تھے۔

ادھر احتجاج کی گھن گرج جاری تھی اور ادھر فلم نے باکس آفس پر دھمال مچا رکھا تا۔

باکس آفس پر بجلی کی کامیابی اور پہلے ہفتہ کی کروڑوں کی کمائی دیکھ کر اس کی آنکھوں سے خوشیوں کے آنسو چھلک اٹھے۔ اور وہ احساس تشکر کے زیر اثر خدا کے سامنے سجدہ ریز ہو گیا۔

"اے خدا تو کتنا مہربان ہے۔۔۔۔یقیناً تو دلوں کا حال جانتا ہے۔۔۔۔۔تجھے معلوم ہے کہ میرے دل میں تیرے لیے کتنی عزت ہے۔۔۔۔ اے دلوں کا حال جاننے والے خدا مجھے معاف کر دے۔۔۔"

مگر یہ کیا۔۔۔۔۔۔یکایک ایک حسرت اس کے دل کی گہرائیوں سے کہیں سے نمودار ہوئی اور اس کی آنکھوں میں جھلملاتے ستاروں کے عقب سے نمکین پانی پھوٹنے لگا۔ وہ اداس ہو گیا۔

وہ جن کی ہدایات و رہنمائی نے اسے شہرتوں کی بلندیوں تک پہونچایا تھا اس کی

شہرتیں دیکھ کر خوش ہونے کے لیے اس دنیا میں نہیں رہے تھے۔

"اے کاش! ماموں کچھ اور جئے ہوتے۔ کم از کم میں انہیں یہ تو بتا پاتا کہ میں نے ان کا اشارہ سمجھنے میں غلطی نہیں کی تھی۔"

اس نے سجدے سے سر اٹھایا اور آرام کرسی پر جا بیٹھا۔

✲ ✲ ✲

رہینِ ستم ہائے روزگار

"دنیاوی عذاب کی دو ہی بڑی قسمیں ہیں۔ ایک نوکر ہونا اور دوسرے کرائے دار ہونا۔"

گزرے وقت میں جب کسی انسان کی آزمائش مطلوب ہوتی تھی تو اسے میدانِ جہاد میں پکارا جاتا تھا۔ مگر بعد کے دور میں جب شرعی جہاد مفقود ہو گیا تو اِسی پر اکتفا کیا جانے لگا کہ اسے نوکر یا پھر کرایہ دار بنایا جانے لگا۔ اگر کسی کی سخت آزمائش درکار ہوئی تو اسے بیک وقت نوکر اور کرایہ دار بنا دیا جاتا۔ اب آخر لوگوں میں اتنا حوصلہ بھی کہاں کہ انہیں پیغمبروں جیسے حالات سے آزمایا جائے کہ اب نہ کوئی خلیلؑ ہے اور نہ کوئی اسماعیلؑ۔

فیض بھی ایک ایسا ہی شخص تھا جس کو اللہ نے ایسی ہی ایک آزمائش کے لئے چن لیا تھا۔ اسی لئے اس کی یہ سوچ بن گئی تھی کہ اس کی یہ دونوں حیثیتیں کسی عذاب سے کم نہیں۔ حالانکہ وہ اس بات سے واقف تھا کہ آزمائشیں عذاب کی مختلف شکلیں نہیں، وہ تو انسان کے درجات بلند کرتی ہیں۔

فیض ایک غیر سرکاری ادارے میں ملازم تھا اور کرائے کے مکان میں رہتا تھا۔ اب وہ عمر کی اس منزل پر تھا کہ زندگی کی کُنھ سے مکمل واقفیت کی قسم کھا سکتا تھا۔ مگر جب زندگی ہر بار ایک الگ رنگ و روپ میں اچانک اس کے سامنے آکر کھڑی ہوتی تو اسے لگتا کہ وہ ابلۂ محض ہے اور وہ ابھی اس کی ابجد سے بھی واقف نہیں، کُنھ تو بڑی چیز ہے۔ اس وقت اسے محسوس ہوتا کہ زندگی اسے بھوت بن کر لپٹ گئی ہے اور جیتے جی اس سے

چھٹکارا ملنے والا نہیں۔ اسے لگتا کہ وہ اپنے علم اور تجربات میں جتنا زیادہ پختہ ہوتا جارہا ہے اور زندگی سے لڑنے کی اس کی قوت وصلاحیت میں جس قدر اضافہ ہورہا ہے زندگی بھی اسی اعتبار سے اپنی صلاحیتیں بڑھارہی ہے اور اس کو مات دینے کے نئے نئے پینترے آزما رہی ہے۔

کچھ ایسا ہی اس بار بھی ہوا جب وہ نوکری کے منہ پر لات مار کر گھر پہونچا اور اس نے زندگی کو ایک نئے لباس میں دیکھا۔ نیلے، ارغوانی رنگ کے چست اور باریک لباس میں۔

آدمی کی اوسط عمر اگر تین برابر حصوں میں تقسیم کی جائے تو حاصلِ تقسیم بیس نکلتا ہے۔ یعنی زندگی بیس بیس سال پر مشتمل تین برابر حصوں میں بٹ جاتی ہے۔ پہلا ایک تا بیس۔ دوسرا بیس تا چالیس اور تیسرا چالیس تا ساٹھ۔ ان میں سب زیادہ قیمتی درمیانی حصہ ہے۔ یہ گویا حاصلِ زندگی ہے۔ زندگی کے اس وسطی دور میں آدمی کی عقل پختہ ہوتی ہے، جسم میں طاقت ہوتی ہے اور وہ عزائم سے بھرپور ہوتا ہے۔ اس نے زندگی کے یہی بیس سال نوکری پر نچھاور کر دئے۔ یہ کوئی معمولی بات نہیں، یہ کسی کے لیے جان دینے سے زیادہ اہم ہے۔ اس کے باوجود اسے کبھی یہ خیال نہیں گزرا کہ اس نے ادارے پر کوئی احسان کیا ہے بلکہ الٹا یہ خیال سائے کی طرح اس کے ساتھ لگا رہا کہ بھائی نے نوکری دے کر اس پر اور اس کے پورے خاندان پر احسان کیا ہے۔ یہ وہ چھوٹی سی نوکری ہی تھی جس کے بوتے پر وہ زندگی کے ناقابلِ شکست بھوت سے جنگ لڑ رہا تھا، ایک پورے خاندان کی زندگیاں اس چھوٹی سی نوکری کی نوک پر رکھی ہوئی تھیں۔ اگر وہ نوک ذرا بھی ہلتی تو خاندان کے تمام افراد کے جسم لہولہان ہو جاتے۔ اس نے بچپن میں سنا تھا کہ دنیا ایک مافوق الفطرت بیل کے سینگ پر ٹکی ہوئی ہے۔ جب وہ سینگ ہلاتا ہے تو زمین لرز جاتی ہے اور لوگ زلزلے کے جھٹکے محسوس کرتے ہیں۔ اسے اپنا خاندان بھی نوکری

کے سینگ پر ٹکا ہوا محسوس ہوتا۔ جب کبھی اس سے کوئی غلطی ہو جاتی، وہ آفس پہنچنے میں دیر کر دیتا تو وہ بڑی پریشانی محسوس کرتا جیسے اس کے پھیپڑوں کا نظام فیل ہو گیا ہے جس کی وجہ سے اسے سانس لینے میں دشواری ہو رہی ہے۔ اسے لگتا جیسے ابھی بیل کو کھجلی لگے گی، وہ مضطرب ہو کر کھجائے گا، سینگ ہلیں گے اور سینکڑوں بے گناہ لوگ زلزلوں میں مارے جائیں گے۔ وہ سہم کر رہ جاتا۔

جب وہ گھر کا بڑا افرد تھا تو اس کا فرض تھا کہ زندگی کی جس گاڑی میں وہ جتا ہوا ہے اس پر اپنے پورے خاندان کو سوار کرے کیونکہ بچپن میں وہ بھی ایک ایسی ہی بنا پہیّوں کی گاڑی میں سوار تھا جس میں اس کے ماں باپ جتے ہوئے تھے اور پھر بڑھاپے میں اس کو ایک بار پھر ایسی گاڑی میں سوار ہونا ہے جس میں اس کے بچے جتے ہوئے ہوں گے۔ زندگی کی گاڑی میں گھر والوں کو سوار کرنا قرض اتارنے جیسا عمل تھا اور قرض اتارنا ضروری تھا۔ اور یہ نوکری ہی تھی جو اسے اس لائق بنا رہی تھی کہ وہ قرض اتار پائے۔ ہمیشہ سے ایسا ہوتا آیا ہے اور ہمیشہ ایسا ہی ہوتا رہے گا کہ لوگ ایک دوسرے کا قرض اتارنے کے لیے زندگی کی اس گاڑی میں جتتے اور سوار ہوتے رہیں گے۔ اور زندگی کی یہ گاڑی اسی طرح لشتم پشتم آگے بڑھتی رہے گی۔ یہاں تک کہ قیامت واقع ہو گی اور وہ اپنے تمام ترلاؤ لشکر کے ساتھ گدلے پانی میں ڈوب جائے گی۔

"فیض" احساسات سے عاری، سرد اور لے دار، بھائی کی آواز اس کے کانوں سے ٹکراتی۔

"جی سر" اور ساتھ ہی اس کے لبوں سے مضطرب، ردیف آواز ابھرتی۔

عبد الغفور محلے میں با اثر آدمی تھے، کئی شہروں میں ان کا بزنس پھیلا ہوا تھا، بیسیوں آدمی ان کے یہاں ملازم تھے۔ وہ ان میں انتہائی محبوب تھے اور اسی لیے سب انہیں بھائی

کہہ کر پکارتے تھے۔پہلے اِکا دُکا چاپلوس قسم کے ملازموں نے انہیں بھائی کہنا شروع کیا اور پھر رفتہ رفتہ سارے ملازم بھائی کہنے لگے۔ یہاں تک کہ اب وہ محلے میں بھی اسی نام سے جانے جاتے تھے۔

جب بھائی اسے آواز دیتے تو وہ بنا ایک سیکنڈ کی تاخیر کے "جی سر" کہتا اور بجلی کی سی سرعت کے ساتھ ان کے سامنے جا کھڑا ہوتا۔ جیسے وہ کوئی انسان نہ ہو بلکہ روبوٹ ہو۔بھائی کے علاوہ دنیا کے کسی بھی انسان کی آواز میں اتنی کشش نہیں تھی۔ دوسرا کوئی بھی اسے پکارتا تو وہ اپنی سہولت سے اس کا جواب دیتا مگر بھائی کی آواز کے ساتھ ایسا کوئی آپشن نہیں تھا۔ بھائی کی آواز ڈوبنے سے پہلے اس کی آواز فضا میں بکھر جاتی تھی۔ اور اس سے پہلے کہ اس کی آواز بھائی کی سماعتوں سے ٹکرائے وہ مجسم وجود کے ساتھ ان کے سامنے جا کھڑا ہوتا۔ ماں باپ جنہوں نے اپنے خون اور پسینے سے اس کو پال پوس کر بڑا کیا تھا اس نے ان کی آواز میں بھی اتنی کشش محسوس نہیں کی تھی۔ جب کہ ان کی آواز محبت اور اپنائیت کے گرم جذبات سے بھری ہوتی تھی۔ جس طرح بکری کے تھن دودھ سے بھرے ہوتے ہیں۔ جب وہ جنگل سے لوٹتی ہے۔ وہ اس کے لیے کبھی بھی مضطرب نہیں ہوا اور اس نے ان کی آواز ڈوبنے کبھی کچھ پروا نہیں کی۔

"بیٹا۔۔۔۔۔۔۔۔۔۔فیض۔۔۔۔" ایک تھرتھراتی ہوئی آواز گھر کے ایک گوشے سے ابھرتی۔

"فیض۔۔۔۔بیٹا۔۔۔۔۔۔۔۔۔" آواز پھر سے ابھرتی۔

"۔۔۔۔۔۔۔ارے فیض بیٹا۔۔۔۔۔ نہیں ہے کیا۔۔؟ کب سے آواز دے رہا ہوں۔۔" آواز گھر کی امس زدہ فضا میں تھرتھراتی رہتی اور وہ بدستور بچوں کے ساتھ خوش گپیوں میں مگن رہتا۔ اور اپنے کانوں کے پردوں کے ارتعاش کو نظر انداز کرتا رہتا۔

"فیض۔۔۔۔۔سنتے کیوں نہیں۔ تمہارے ابو کب سے چلا رہے ہیں" دفعتاً عقب سے اس کی امی کی کڑک دار آواز گونجتی۔

"جی ابو! آیا ابھی۔۔۔وہ۔۔۔۔" وہ عذر کرنا چاہتا مگر خاموش ہو جاتا، کیونکہ وہ جانتا تھا کہ عذرِ گناہ بد تر از گناہ۔

کتنا فرق تھا بھائی کی اور اس کے والد عبد الرحمان کی آواز میں۔ اور مزے کی بات تو یہ تھی کہ یہ فرق اس نے کبھی محسوس ہی نہیں کیا تھا۔ بھائی کی آواز پر لبیک کہنے پر اگر ذرا سی تاخیر ہو جاتی تو وہ انہیں سوری کہنا نہ بھولتا۔ اگر اس تاخیر پر بھائی کی ابروؤں میں ذرا سا خم آ جاتا تو وہ عذر خواہی پر اتر آتا۔ وہ نہ صرف ان کے اشاروں کو سمجھتا تھا بلکہ وہ ان کے مزاج اور نفسیات سے بھی پوری طرح واقف ہو چکا تھا۔ بھائی کے ابروؤں کے بے شمار زاویے اس کے ذہن کے پردے پر نقش ہو چکے تھے اور وہ اچھی طرح جانتا تھا کہ کونسا زاویہ کونسے خاص اشارے کے لئے خاص ہے۔

"جی سر" یہ وہ چار حرفی مختصر جملہ تھا جو اس نے اپنی زندگی میں سب سے زیادہ بولا تھا۔ یہ جملہ اس کی زبان پر کچھ اس طرح چڑھ گیا تھا کہ کئی بار چھوٹے بچوں اور معمولی لوگوں کے لیے بھی بے اختیار اسی جملے کا استعمال کر جاتا اور معاً بعد اسے اپنی حماقت پر ہنسی آ جاتی۔ "چلو اس منحوس جملے سے تو نجات ملی" اس نے سوچا، سگرٹ سلگایا اور دل میں یہ عہد کیا کہ وہ آئندہ کسی خاں کے لیے بھی "جی سر" نہیں بولے گا۔ چاہے وہ کسی منسٹر سے ہی مخاطب کیوں نہ ہو۔

"نوکری کی زندگی دراصل غلامی کے زندگی کا نیا ایڈیشن ہے۔ اس کے سوا کچھ اور نہیں۔" کالی سڑک پر تیز دوڑتی ہوئی گاڑی اسے گھر کی طرف اڑائے لئے جاری تھی۔

اس نے سگرٹ کا ایک کش لیا، ساتھ ہی گاڑی کی رفتار تیز کی۔ وہ جلد از جلد گھر

پہونچ جانا چاہتا تھا۔ سگرٹ کا دھواں دھیرے دھیرے تیز رفتار گاڑی کے اندر کے گرم ماحول میں تحلیل ہو رہا تھا اور اس کے دماغ کی چمنی سے بلند ہوتا ہوا خیالات کا دھواں سوچ کے تاروں میں ارتعاش پیدا کر رہا تھا۔

"نوکری میں انسان کی صلاحیتیں محدود ہو جاتی ہیں، کیونکہ اسے محدود کام ملا ہوتا ہے۔ اس کے خیالات سکڑ جاتے ہیں کیونکہ اس کے تجربات محدود ہو جاتے ہیں۔ یہ بھی کوئی زندگی ہے۔ نہ لذت نہ حسرتِ لذت۔ آخر ایسی زندگی میں کیا خاک لذت ہو سکتی ہے جس کا بیشتر حصہ "جی سر۔۔۔ جی سر" کرتے گزر جائے۔ انسان کا اپنا بزنس ہوتا ہے تو آدمی کم از کم اپنی مرضی کا مالک تو ہوتا ہے۔ وہ اپنی مرضی سے کہیں بھی آ، جا سکتا ہے۔ وہ اپنی مرضی سے کام کر سکتا ہے اور اپنی مرضی سے آرام کر سکتا ہے۔ ایک تو خدا نے ہی پورا اختیار کب دیا تھا اور جو دیا تھا وہ بھائیوں نے چھین لیا۔۔۔۔۔۔۔۔۔۔" اس کے ذہن کے دریچے میں جمع خیالات کا بے ترتیب دھواں بے صوتی مگر بامعنیٰ لفظوں میں ڈھلتا رہا۔ خود کلامی اس کی عادت نہیں تھی مگر اس وقت وہ جس طرح کی ذہنی کیفیت سے دوچار تھا وہ اسے خود کلامی پر اکسائے جا رہی تھی۔

"ٹرررن۔۔۔۔۔۔۔۔ ٹرررررن۔۔۔۔۔۔۔۔ ٹرررن۔۔۔۔" اچانک فون بج اٹھا۔

"ہیلو۔۔۔۔۔۔"

"کیا میں فیض صاحب سے بات کر رہا ہوں۔۔" دوسری طرف کوئی اجنبی تھا۔

"جی سر۔۔۔۔۔۔۔ بول رہا ہوں۔۔ بتائیں کیا کام ہے"

"اگر آپ برا نہ مانیں تو آپ سے جاننا چاہ رہا تھا کہ آپ جاب کرتے ہیں۔۔۔ یا پھر کوئی بزنس وزنس ہے آپ کا۔۔۔۔ دراصل آپ کو ایل آئی سی کی نئی پالیسی کے بارے

میں بتانا چاہ رہا تھا۔۔۔۔" اجنبی آواز میں بلا کا اعتماد تھا۔ مگر بولنے والا کسی انجانے خوف کی وجہ سے جلدی جلدی بول رہا تھا۔ شاید اسے خوف تھا کہ فون ڈسکنکٹ نہ کر دیا جائے۔ ابھی اس کی بات پوری بھی نہیں ہوئی تھی کہ اسے اپنا عہد یاد آگیا۔" وہ آئندہ کسی خاں کے لیے بھی "جی سر" نہیں بولے گا"۔ اس پر ایک دم سے جھنجلاہٹ طاری ہو گئی۔ اس نے چند ناشائستہ الفاظ کہے اور گاڑی کی رفتار بڑھادی۔

"آج مالکن آئی تھی، کرایہ بڑھانے کہہ رہی تھی۔۔۔۔۔۔۔۔۔۔ کہہ رہی تھی کہ اگلے ماہ سے پانچ سو بڑھا کر دینا" اس کی بیوی نے ڈرائی فروٹ کی ٹرے اس کے سامنے رکھتے ہوئے کہا۔

وہ دل برداشتہ ہو گیا۔ ملازمت کی دنیا ایک الگ دنیا تھی اور گھر کی دنیا ایک الگ دنیا۔ وہاں الگ طرح کے مسائل تھے اور یہاں بالکل دوسری طرح کی الجھنیں۔ وہ آج رات آرام سے سونا چاہتا تھا۔ آج اس نے اپنی زندگی کا سب سے بڑا رسک لیا تھا۔ آج وہ ایسا ہی کچھ محسوس کر رہا تھا جیسا کوئی گدھا اپنا بوجھ گرانے کے بعد محسوس کرتا ہے۔ آخر اس نے بھی تو اپنے سر سے ایک بوجھ اتار پھینکا تھا جسے وہ گزشتہ بیس سالوں سے ڈھو رہا تھا۔ اس نے بیس سال کی عمر میں بھائی کے یہاں نوکری شروع کی تھی اور اتفاق سے آج اس کی چالیسویں سالگرہ تھی۔ وہ سالگرہ منانے کا عادہ نہیں تھا۔ مگر جب راستے میں اسے سالگرہ کا خیال آیا تو اس نے خود سے مخاطب ہو کر کہا تھا۔ "فیض! زندگی میں پہلی بار آج ہم تمہیں سالگرہ کا خاص تحفہ دے رہے ہیں۔ لو؛ آج تمہیں ملازمت کی بھاری آہنی زنجیروں سے آزاد کرتے ہیں۔ جاؤ پھلو پھولو۔۔۔ خوش رہو۔۔۔ آباد رہو" اسے یاد آیا کہ اپنے آپ کو اس طرح مخاطب کرنے کے بعد وہ عجیب طرح کی ترنگ سے بھر گیا تھا، اس کی رگوں میں خون کی گردش تیز ہو گئی تھی۔۔۔۔۔ اسی ترنگ کے زور کے زیر اثر اس

نے سگریٹ کے باقی ماندہ ٹکڑے کو ایک دم فلمی انداز میں چٹکی بجاتے ہوئے باہر پھینکا تھا۔ جلتا ہوا سگریٹ سفیدے کے موٹے تنے سے ٹکرایا تھا۔ ایک لمحے کے لیے اسے اپنے اس مصنوعی ایکشن پر خوشگوار حیرت ہوئی تھی مگر پھر دوسرے لمحے اسے یہ خیال ستانے لگا تھا کہ کہیں سوکھے پتوں میں آگ نہ لگ جائے۔ سفیدے کے سوکھے پتے کروسین کی طرح بھک سے جل اٹھتے ہیں۔ وہ یقیناً ڈر گیا تھا۔

"اور کیا کہہ رہی تھی۔۔۔" اس نے خود کو خیالات کے تیز دھارے کی ضرب سے بچانے کی کوشش میں سوال کیا۔

"۔۔۔۔۔۔۔اور کہہ رہی تھی۔۔ بچوں کو دروازوں اور دیواروں پر پینسل اور کلر چلانے سے روکا کرو۔"

"میں تو ہر وقت ڈانٹی رہتی ہوں۔ عاجز آگئی میں تو۔۔۔۔۔۔۔۔۔ تم نے بچے ہی ایسے پیدا کئے ہیں، ساری دنیا سے نرالے۔"

وہ اس آخری بات پر ہنس دیا۔۔۔۔۔۔ مگر یہ ہنسی زیادہ دیر نہ رہ سکی کیونکہ وہ ایک بار پھر خیالات کی تیز رو کی پیہم ضربوں کا شکار ہو چکا تھا۔

"تنخواہ کچھوے کی رفتار سے بڑھتی ہے اور کرایہ پیٹرول کی قیمتوں کی رفتار سے۔۔۔ یہ کیسی بوالعجبی ہے۔۔۔۔ جو چیز وہ دنیا سے لیتا ہے اس کی اسے بھاری قیمت چکانی پڑتی ہے اور جو کچھ وہ دنیا کو دیتا ہے وہ کوڑیوں کے مول جاتی ہے۔ آخر دنیا اس قدر نیر نگی کیوں واقع ہوئی ہے۔ وہ جتنا زیادہ سوچتا اتنا ہی اور الجھتا جاتا۔۔۔۔۔۔۔۔۔ اُدھر ملازمت میں کام ایڈوانس میں کرنا ہوتا ہے اور محنتانہ بعد میں ملتا ہے اور اِدھر گھر کا کرایہ پیشگی دینا ہوتا ہے اور اس سے استفادہ کا موقع بعد میں حاصل ہوتا ہے۔ اُدھر بھائی یہ دلیل دیتے ہیں کہ کیا پتہ آپ پیسے لے کر بھاگ جاؤ اور اِدھر بھی یہی دلیل کام کرتی ہے کہ کیا پتہ

آپ کرایہ دیئے بغیر گھر خالی کر کے راتوں رات بھاگ جاؤ۔ کیسی ہے یہ دنیا۔۔چت بھی اس کی پٹ بھی اس کی۔۔۔نوکر ہونا ایک طرح کا عذاب ہے اور کرائے دار ہونا دوسری طرح کا عذاب۔۔۔۔۔سچ مچ؛ایسی زندگی عذاب سے کم نہیں۔"

"۔۔۔اور پتہ نہیں کیا کیا کہہ رہی تھی۔۔۔۔۔مجھے تو اس موٹی کی صورت سے ہی نفرت ہوگئی ہے۔۔۔۔۔۔۔ہاں۔۔۔اور کہہ رہی تھی کہ آپ کے بچے زیادہ ہیں۔۔۔ہم زیادہ بچوں والوں کو کرائے پر نہیں رکھتے، تمہیں اپنی طرف کا ہونے کی وجہ سے رکھ لیا۔۔۔مگر تم نے اس کی بھی پرواہ نہیں کی۔۔۔۔برباد کر کے رکھ دیا سارا گھر۔۔۔ابھی تو رنگ وروغن کروایا تھا۔۔۔۔اپنی چیز ہو تو درد بھی ہو۔۔۔۔۔مالِ مفت دلِ بے رحم۔۔۔۔۔پتہ نہیں کیا کیا بک رہی تھی۔۔۔دل تو چاہ رہا تھا کہ ترکی بہ ترکی جواب دوں۔۔۔کیا ہم مفت رہ رہے ہیں یہاں۔اور ان کا منہ ہے ایسا کہ یہ کسی کو مفت میں رکھ لیں گے۔۔موٹی کہیں کی۔۔" بیوی اپنی رو میں بولے جارہی تھی اور وہ اپنے خیالات کی منجدھاروں سے لڑ رہا تھا۔

"سر! آج مجھے چھٹی چاہئے۔۔"اس کے ذہن کے پردے پر ماضی کی سرگزشت فلم کی طرح چلنے لگی۔

"کیوں۔۔ابھی پچھلے ہفتہ ہی تو چھٹی کی تھی تم نے۔۔"

اسے جب بھی کسی کام سے چھٹی لینی ہوتی تو وہ عجیب سے مخمصے میں گرفتار ہو جاتا، گھنٹوں تک چھٹی لینے یا نہ لینے کی تشویش میں مبتلا رہتا، موقع و محل کی نزاکتوں پر غور کرتا، بھائی کا موڈ پہچاننے کی کوشش کرتا۔ مگر وہ ایک انجانے خوف سے ڈر جاتا، بھائی کے کالے موٹے ہونٹوں سے نکلنے والی ایک زہریلی "کیوں"اس کے کانوں میں مدھومکھی کی طرح بھنبھنانے لگ جاتی۔اور وہ چھٹی مانگنے کے خیال کو ترک کرنے کی کوشش کرتا، کئی طرح

کے متبادلات پر غور کرتا کہ چھٹی کئے بغیر ہی کسی طرح کام نکل جائے مگر جب اسے لگتا کہ چھٹی کے بغیر چارہ نہیں تو وہ ایک بار پھر خود کو اس کے لیے تیار کرتا، اپنی پوری طاقت جمع کرتا، سانس روکتا اور دبے دبے لفظوں اور سہمے ہوئے لہجے میں ایک جملہ بھائی کی سماعتوں کی طرف اچھال دیتا۔

"سر! آج مجھے چھٹی چاہئے۔۔"

"ٹھیک ہے۔۔۔" بھائی کی بجھی بجھی اور روکھی پھیکی آواز اس کے رگ وریشے میں تازگی کی لہر دوڑا دیتی۔ کبھی کبھار جب اسے اتنی آسانی سے چھٹی مل جاتی تو اسے لگتا جیسے کوئی بہت بھاری بوجھ اس کے سر سے اتر گیا ہے۔ اور وہ خوامخواہ پریشانی میں مبتلا تھا۔

"نازش۔۔۔۔۔۔ کیا کر رہے ہو۔۔۔ گندی بات، چلو ادھر آؤ۔" اس نے خفگی کے انداز میں بیٹے کو پکارا۔ اس طرح اس کے ذہن کے پردے پر چلتی ہوئی فلم تھوڑی دیر کے لیے رک گئی۔ نازش دروازے پر پڑوسی بچوں سے لڑ رہا تھا۔ بچوں کے لڑنے جھگڑنے کی آواز نے اسے چونکا دیا تھا۔

جب وہ گھر میں ہوتا تو بیوی بچوں کو ہدایات دیتا رہتا۔ ایسا کر لو، ویسا کر لو، تو تم نے ان کو منع کر دیا ہوتا کہ ہم شادی میں شرکت نہیں کر سکتے۔ کبھی ماں باپ سے مخاطب ہوتا۔ کھانا وقت پر کھایا کریں، زیادہ دیر ٹی وی کے سامنے نہ بیٹھا کریں۔ جب وہ گھر پر ہوتا تو ہدایات دیتا اور ان پر عمل کروانے کی کوشش کرتا اور جب آفس میں ہوتا تو ہدایات سنتا اور ان کے مطابق عمل کرتا۔ کس قدر متضاد شخصیتوں کا مالک تھا وہ۔ وہ ان دونوں میں فرق رکھنے کی شعوری کوشش کرتا اور اس کوشش میں اس کی رگِ جاں کے تمام تاروں میں ارتعاش پیدا ہو جاتا اور اس کی حالت ایسی ہو جاتی جیسے اسے نچوڑ دیا گیا ہو۔ کبھی کبھی اس کا الٹ ہو جاتا تو آفس میں اپنے ساتھیوں پر ہدایات جاری کرنے لگ

جاتا، بھائی کو مشورے دینے لگ جاتا۔ سر! ایسا کرلیں، سر! ویسا نہ کریں۔ اس کے بر عکس جب گھر پر اس سے کام کے لیے کہا جاتا تو وہ روبوٹ بن جاتا اور گدھوں کی طرح کام میں جٹ جاتا، اس پر ہدایات سننے اور ان پر عمل کرنے والی حالت طاری رہتی اور اس میں اسے سکون سا محسوس ہوتا مگر جب اسے خیال آتا کہ وہ آفس میں نہیں گھر میں ہے تو وہ جھلا اٹھتا۔ اسے لگتا کہ وہ آج گھر میں بھی نوکر کی حیثیت میں ہے۔

اسے گھر آئے ہوئے آٹھ دس منٹ ہی ہوئے تھے، ابھی وہ خیالات کے شدید دباؤ سے باہر نہیں نکلا تھا، بلکہ بیوی کی زبانی مالکن کی شکایات سن کر اس کے ذہنی تناؤ میں مزید اضافہ ہو گیا تھا۔

"استعفیٰ دینے کے باوجود بھی نوکری کا خیال میرے ذہن پر کیوں چھایا ہوا ہے۔۔ ۔۔۔۔۔۔ نہیں اب ایسا نہیں ہونا چاہئیے اب تو میں نوکری کے جنجال سے باہر آگیا ہوں۔۔"

اسے ایک دم جیسے جھٹکا لگا، وہ سیدھا ہو کر بیٹھ گیا، ایک دو گھونٹ پانی لیا۔۔۔ پھر دوبارہ اسی پوزیشن میں چلا گیا اور کچھ دیر صوفے کی پشت سے ٹیک لگائے آنکھیں موندے بیٹھا رہا۔۔ جب قدرے افاقہ ہوا تو نوکری کے منہ پر لات مارنے کے اپنے فیصلے سے ماں باپ اور بیوی بچوں کو آگاہ کرنے کا عزم اپنے دل میں پختہ کیا۔ پھر اس نے آنکھیں کھول دیں۔۔ ۔۔۔ مگر اس بار دنیا کا ایک الگ روپ اس کے سامنے تھا۔۔۔ تعجب ہے دنیا اتنی جلدی اپنا چولا بدل لیتی ہے۔

نیلم دوسرے کمرے سے نمودار ہوئی، اس نے نیلے اور ارغوانی رنگ کے کپڑے پہن رکھے تھے۔ ہونٹوں پر شوخ رنگ کی لپ اسٹک، آنکھوں میں کاجل، بغل میں پرس

اور پیروں میں چوٹی کے رنگ سے میچ کرتی ہوئی اونچی ہلز کی جوتیاں۔ کپڑے اتنے زیادہ باریک اور چست تھے کہ ایک ذراسی غیر محتاط حرکت سے پھٹ سکتے تھے۔ اس نے نیلم کا یہ حلیہ اس سے پہلے کبھی نہیں دیکھا تھا۔ عید اور شادی بیاہ کے موقع پر بھی نہیں۔ اس نے نگاہ ہٹالی۔ غیرت کی ایک اوڑھنی اس کی آنکھوں پر چھاگئی۔

وہ نیلم کو اور اس کے حلیے کو نظر انداز کرنا چاہتا تھا پر پتہ نہیں کیوں اس کا ذہن بیک اینڈ میں چلا گیا۔

"پاپا۔۔۔۔ میں جاب کرنا چاہتی ہوں۔ یہاں گھر پر تنہا پڑے پڑے میرا دم گھٹتا ہے۔ میری سہیلی کہہ رہی تھی کہ کال سینٹر میں مجھے آسانی سے جاب مل جائے گی۔"

"بیٹا! جیسی تمہاری مرضی۔۔۔ مگر جس منحوس چیز سے میں چھٹکارا پانا چاہتا ہوں تم اسی کو حاصل کرنا چاہتی ہو۔۔۔۔۔۔۔ میں اپنے بیس سال کے تجربے کی روشنی میں بات کر رہا ہوں۔۔۔۔۔۔ تم سمجھ رہی ہو نا۔۔ نوکری کرنے سے اچھا ہے کہ آدمی کولہو کے بیل کی جگہ جُت جائے۔۔۔ کتنی عجیب بات ہے جس بوجھ کو میں مرد ہو کر اتار پھینکنا چاہتا ہوں اسی بوجھ کو تم لڑکی ہو کر اٹھانا چاہتی ہو۔۔۔ جب نوکری ایک آدمی کو گدھا بنا سکتی ہے تو ایک عورت کو کیا بنائے گی۔۔۔۔۔ تم سمجھ رہی ہو نا۔۔ نیلم؛ میری پیاری بچی! اب تم بچی نہیں ہو۔"

"ہوں۔۔۔۔۔ پاپا۔۔۔۔ آپ تو ایسی ہی اوکھڑی باتیں لے کر بیٹھ جاتے ہیں۔ میری کئی سہیلیاں جاب کر رہی ہیں۔۔۔۔۔۔۔ کتنا اچھا پہنتی اور کھاتی ہیں وہ۔۔ ہر ہفتے پکنک پر جاتی ہیں۔۔۔۔ کتنی خوش لگ رہی تھی شاہینہ میری دوست۔۔۔ آپ نے تو دیکھا ہی ہو گا اسے۔ ایک ماہ پہلے آئی تھی اپنے گھر۔۔۔۔۔ جو سونے کے کنڈل وہ پہنے ہوئے تھی وہ اس نے نوکری کے پیسوں ہی سے خریدے تھے۔"

وہ جلد ہی بیک اینڈ کے تاریک خیالی گڑھے سے ابھر آیا۔ اور نظریں نیچی رکھتے ہوئے پوچھا۔

"کہاں کی تیاری ہے آج۔۔۔۔۔۔"

"پاپا میں نے بتایا تھا نا آپ کو۔۔۔۔۔ آج سے میں نے نوکری جوائن کر لی ہے۔۔۔ نائٹ شفٹ ہے۔۔۔ صبح چھے بجے کمپنی کی گاڑی یہیں گلی کے موڑ پر ڈراپ کر جائے گی۔" اس کا لہجہ سپاٹ تھا، آنکھیں جذبات سے عاری تھیں۔

"۔۔۔۔۔۔۔ اچھا! میں چلتی ہوں، کہیں ایسا نہ ہو کہ پہلے دن ہی لیٹ ہو جاؤں۔۔۔۔ اللہ حافظ پاپا۔۔۔۔۔۔ اللہ حافظ ممی۔۔۔۔۔ اور۔۔۔ رجّو!۔۔۔۔۔۔۔۔ پریشان مت کرنا ممی کو۔۔۔ سمجھی۔" اس نے چھوٹی رجو کے موٹے گال پر چٹکی لی اور کھٹ کھٹ کرتی ہوئی باہر نکل گئی۔

وہ ہونقوں کی طرح اس کی پیٹھ پر بکھرے گیلے بالوں کو تکتا رہ گیا۔

***

چیونٹیوں کی بستی

عربی تحریر: جمال ابو حمدان

میں بچہ ضرور تھا مگر بدبخت و نالائق نہیں تھا، میں نے نہ آنسو جمع کئے اور نہ دل کے ٹکڑے، اور نہ ہی مجھے کبھی ان کے ساتھ کھیلنے میں دلچسپی رہی جیسا کہ دوسرے تمام لڑکے کیا کرتے تھے۔ اس کے برعکس میں شروع ہی سے نہایت متواضع اور سنجیدہ قسم کا لڑکا تھا، دوسروں سے الگ تھلگ اور اپنی ہی دھن میں مگن رہنے والا۔

اس کے باوجود جلاوطنی کے وقت میں بھی دیگر لڑکوں کے ساتھ تھا گو کہ میں ان کی طرح مجرم نہیں تھا۔

اس وقت جب میں نوخیز عمر کا لڑکا تھا اور ابھی ابھی سن شعور کو پہونچا تھا ایک کتاب میرے مطالعہ میں آئی، یہ کتاب چیونٹیوں کے دیس سے متعلق تھی، اس کو میرے والد نے والدہ کے اصرار پر خاص میرے لیے کہیں سے حاصل کیا تھا۔

یہ کتاب مجھے ذرا بھی پسند نہ آئی، اب میرے لیے یہ فیصلہ کرنا مشکل تھا کہ میں اس کا کیا کروں، کیونکہ ناپسندیدہ چیزوں کے متعلق میں ہمیشہ ہی سے اسی طرح کی حیرانی سے دوچار ہوتا ہوں جبکہ اپنی پسندیدہ چیزوں کے متعلق مجھے ایسی کسی حیرانی کا سامنا نہیں کرنا پڑتا۔

یہ کتاب میرے پاس تھی اور دو موسم، موسم گرما اور موسم بہار اسی طرح گزر گئے،

یہاں تک کہ موسم سرما بھی آپہونچا۔اسی موسم سرما کی ایک رات میں نے اپنی والدہ کو انگیٹھی سلگاتے ہوئے دیکھا، میں دوڑا دوڑا گیا اور کتاب لا کر انگیٹھی میں ڈال دی۔ میں دل ہی دل میں خوش ہو رہا تھا کہ میں نے آگ سلگانے میں اپنی ماں کی مدد کی ہے۔ دفعتاً میری ماں کی کڑک دار آواز سنائی دی، وہ مجھے سخت سست کہہ رہی تھیں، ماں کی آواز سن کر والد صاحب بھی دوسرے کمرے سے دوڑے دوڑے آئے اور حقیقت حال جاننے کے لیے استفسار کرنے لگے۔ ماں نے سارا ماجرہ کہہ سنایا۔ اور وہ مجھ پر برسنے لگے: "تجھے اس کے علاوہ اور کوئی کتاب نہیں ملی تھی، یہ سب سے اچھی کتاب تھی، اس کی اہمیت ہر مقام اور ہر زمانے میں مسلم رہی ہے، ہم تیرے لیے جو کتابیں لاتے ہیں صحیح بات یہ ہے کہ تو ان کا مستحق ہی نہیں ہے"۔

وہ میرے کمرے میں گئے، میری تمام کتابوں کو اکٹھا کیا اور ان سب کو بھی آگ میں جھونک دیا۔ آگ کے شعلے بھڑک اٹھے، آگ نے اپنے دانت سردی کے چہرے میں گاڑ دیئے۔ میں بہت خوش ہوا کیونکہ سردی مجھے بالکل بھی پسند نہیں۔

دونوں بالکل خاموش کھڑے آگ کو دیکھتے رہے یہاں تک کہ وہ راکھ کے ڈھیر میں تبدیل ہو گئی۔ اور پھر مجھ سے کہنے لگے: "تجھے کتابیں کچھ بھی فائدہ نہیں پہونچا سکتیں، تو جو کچھ بھی سیکھ سکے گا صرف نفسِ زندگی ہی سے سیکھ سکے گا"۔

انہوں نے میری تعلیم و تربیت کا جو مناسب راستہ تلاش کیا تھا اس میں ایک واقعہ نے ان کی مدد کی۔ ہوا یوں کہ اگلے ہی دن والد صاحب کے ایک دوست انتقال کر گئے۔ انہوں نے والدہ سے کہا: اس کو ذرا صاف ستھرے کپڑے پہنا دو، مجھے اپنے ایک عزیز کی تعزیت کے لئے جانا ہے، میں چاہتا ہوں کہ اس کو بھی ساتھ لیتا جاؤں"

والد صاحب نے میرا ہاتھ پکڑا اور میت والے گھر کی طرف چل دیئے۔

ہم گھر میں داخل ہوئے، یہاں بہت سارے لوگ جمع تھے، ہم بھی خاموشی کے ساتھ روہانسے اور بجھے بجھے چہروں کے سامنے بیٹھ گئے۔ گھر میں روشنی بہت کم تھی اور لوگ غم میں ڈوبے ہوئے اپنے منہ لٹکائے بیٹھے تھے اس لیے ان کے چہرے صاف دکھائی نہیں دے رہے تھے۔

میں یہ نہیں معلوم کر پا رہا تھا کہ ان میں مردہ کون ہے، جس سے مجھے زندگی کی حقیقت جاننا ہے اور جس خاص مقصد کے تحت والد صاحب مجھے یہاں لے کر آئے ہیں، اس لئے میں لوگوں کے چہروں کو جھانک جھانک کر دیکھنے لگا تاکہ میت کا پتہ لگا سکوں۔ مگر میں اپنی کوشش میں ناکام رہا۔

"میت کہاں ہے؟" میں نے والد صاحب کے کان میں سرگوشی کی۔

"جنازہ کے موجودگی میں تمیز سے رہو" انہوں نے ڈانٹتے ہوئے کہا۔

میں خاموش ہو گیا۔ تاہم میت کو تلاش کرنے کی اپنی سی کوشش جاری رکھی۔

میں اسی ادھیڑ بن میں لگا ہوا تھا کہ قریب سے کسی کے کھنکھارنے کی آواز آئی، جیسے وہ کچھ کہنے کی کوشش میں اپنا گلا صاف کر رہا ہو۔ اور پھر اس نے نہایت سنجیدگی اور مفکرانہ انداز میں کہنا شروع کیا: "ہمیشہ رہنے والی ذات اللہ کی ذات ہے اور یہ دنیا تو بس ایک گزر گاہ ہے جو انسان کو اس کی آخری قیام گاہ تک چھوڑتی ہے۔ اس دنیا میں ہماری ذمہ داری یہ ہے کہ ہم اس گزر گاہ سے بحسن وخوبی گزر جائیں۔ اگر ہم اللہ کی مخلوق سے سیکھنے اور عبرت حاصل کرنے کی کوشش کریں تو دنیا و آخرت کی سعادت اپنے دامن میں سمیٹ سکتے ہیں۔ اللہ کی سب سے چھوٹی مخلوق چیونٹی ہے اگر ہم اسی سے سیکھنے کی کوشش کریں تو ہمیں بہت کچھ حاصل ہو سکتا ہے۔ چیونٹیاں اپنی بستی میں کس طرح زندگی گزارتی ہیں اور کس طرح نشاط و استقلال کے ساتھ اپنی زندگی کو منظم کرتی رہتی ہیں، ان

کی زندگی میں ہم سب کے لئے عبرت کا بہت کچھ سامان موجود ہے"

مجھ سے رہا نہ گیا، میں اپنے والد کے پہلو سے اٹھا اور مکان کے درمیان میں کھڑا ہو کر بلند آواز میں بولنا شروع کیا: ہمیں چونٹی سے کچھ بھی سیکھنے کی ضرورت نہیں، وہ برائیوں کا پلندہ ہوتی ہے، اس میں کچھ بھی بھلائی نہیں ہوتی۔

اس کی سرگرمیاں بے معنیٰ ہوتی ہیں، مجھے چیونٹی بالکل بھی پسند نہیں۔ وہ گرمیوں کے پورے موسم میں اپنے قد و قامت سے بڑی جسامت کے دانے اٹھائے پھرتی ہے اور انہیں ذخیرہ کرتی رہتی ہے تاکہ سردیوں میں آرام سے بیٹھ کر کھا سکے۔ یہ کیسی کسلمندی اور سستی ہے۔ میں جھینگر کو اس سے بہتر سمجھتا ہوں جو گرمیوں میں گاتا رہتا ہے اور سردیوں میں بھوکا رہ کر صبر و سکون کا مظاہرہ کرتا ہے"۔

ابتدا میں لوگوں کو بڑی حیرانی ہوئی، وہ سوچنے لگے کہ ایک چھوٹا سا بچہ اور اس قدر جرأت؟۔ مگر جب میں نے آگے کہنا شروع کیا"تم چیونٹی سے کیوں سیکھنا چاہتے ہو، شاید اس لئے کہ تم بھی اسی جیسے ہو۔ چیونٹی کی واحد خصوصیت یہ ہے کہ وہ بڑے پیمانے پر ذخیرہ کرنا چاہتی ہے تاکہ اس کو کھا کھا کر بڑے پیمانے پر چیونٹیاں مر سکیں"

اس جملے سے لوگ برافروختہ ہو گئے اور غصے کے تلخ گھونٹ پی کر رہ گئے۔ میرے والد اپنی جگہ سے اٹھے اور میرا ہاتھ پکڑ کر کھینچا۔ وہ کہہ رہے تھے:"اللہ تیرا بھلا کرے! تو نے ہمیں رسوا کر دیا"

وہ مجھے باہر کھینچ لائے اور میت کو دیکھنے کی میری آرزو سینے میں ہی دم توڑ گئی۔

گھر پہونچ کر انہوں نے والدہ کو ساری کہانی سنائی اور میری اصلاح و تربیت کے سلسلہ میں تقریباً مایوس ہو گئے، وہ کہہ رہے تھے میں نفس زندگی سے بھی کچھ حاصل نہیں کر سکتا اور آج کے بعد پھر کبھی کسی جنازہ میں شرکت کے لئے اپنے ساتھ نہیں لے جائیں

گے۔

میں نے ایک اہم کتاب جلا کر بہت بڑا جرم کیا تھا اور میت والے گھر اپنے والد کی رسوائی بھی کی تھی، مجھے اس کی سزا یہ ملی کہ میں کتابوں سے بھی محروم کر دیا گیا اور نفس زندگی سے زندگی کی حقیقتوں کو جاننے سے بھی، اب میں موت کے متعلق نہ کتابوں سے کچھ جان سکتا تھا اور نہ ہی معاشرے سے کچھ سیکھ سکتا تھا اس لیے موت کے بارے میں میری جانکاری ناتمام ہی رہ گئی۔

ایک دن جب میں کتابوں سے محرومی اور تعزیتی تقریبات میں شرکت پر پابندی کے متعلق غور کر رہا تھا تو مجھے خیال آیا کہ میں اس طرح زیادہ دنوں تک نہیں رہ سکتا ہوں۔

میں بستر پر پڑا ہوا جی بہلانے اور زندگی کرنے کا کوئی دوسرا راستہ تلاشنے کی فکر میں ڈوبا ہوا تھا کہ والدین کی سرگوشیاں سنائی دیں، والدہ کہہ رہی تھیں:

"ذمہ داری آپ پر ہی عائد ہوتی ہے، آپ ہی اس کو زندگی کا پہلا سبق سکھانے کے لیے میت والے گھر لے گئے۔ غلط! بالکل غلط!! موت تو زندگی کی انتہا ہے نہ کہ ابتدا۔ تو پھر آپ زندگی کا سبق سکھانے کی ابتدا موت سے کیسے کر سکتے ہیں"۔

"میں بھی کیا کر سکتا ہوں، میرے دوست و احباب تو صرف مرتے ہیں، البتہ تمہاری سہیلیاں بچے پیدا کرتی ہیں۔ تم ہی اس کو اپنے ساتھ لے جایا کرو تاکہ وہ ابتدائے زندگی کا مشاہدہ کر سکے" والد صاحب نے جواب میں عرض کیا۔

صبح ہوتے ہی والدہ نے مجھے خوش رنگ کپڑے پہنائے، میرے بال سنوارے اور نہایت نرمی کے ساتھ کہا: "بیٹا! آج تم میرے ساتھ چلنا، آج میری ایک دوست ایک پیارے سے بچے کو جنم دینے والی ہے، ہم اس کے لیے برکت کی دعا کریں گے اور تمہارا جی

بھی خوش ہو جائے گا۔

میں خوشی خوشی ان کے ساتھ ہولیا۔ میں نے سوچا کہ بچے کی ولادت اور ولادت کے بارے میں گفتگو مجھے اچھی لگے گی اور اس سے میرے دل کو آسودگی حاصل ہو گی۔

ہم گھر میں داخل ہوئے اور دیگر عورتوں کے ساتھ بیٹھ کر انتظار کرنے لگے، ایک عورت دردزہ کی تکلیف سے کراہ رہی تھی اور دوسری عورتیں اس کو گھیرے ہوئے تھیں اور ڈر اور خوف کے عالم میں ٹکٹکی باندھے دیکھ رہی تھیں، کچھ دیر میں بچہ پیدا ہوا، اس کا جسم خمیدہ اور سر لٹکا ہوا تھا۔ اچانک وہ زور زور سے رونے لگا۔ وہاں پر موجود دوسری تمام عورتیں خوش ہو رہی تھیں اور گھر والوں کو مبارکباد دے رہی تھی۔

"یہ رو کیوں رہا ہے" میں نے والدہ کے کان میں سرگوشی کی۔

"یہ اس طرح اپنے پیدا ہونے اور دنیا میں آنے کا اعلان کر رہا ہے"

"رو کر؟" میں نے دل میں کہا اور اسی وقت سے بچوں کے لیے میرے دل میں نفرت بیٹھ گئی۔

ماں سمجھانے لگی: "یہ اس لئے رو رہا ہے کہ وہ پیٹ کی آرام دہ زندگی سے نکل کر دنیا کی تکلیف دہ زندگی میں آیا ہے" یہ سن کر مجھے اس ماں سے بھی نفرت ہو گئی جس نے اسے پیدا کیا تھا۔

"تو بھی تو پیدائش کے وقت اسی طرح رو رہا تھا" ماں کی یہ بات سن کر مجھے اپنے آپ سے بھی نفرت ہو گئی۔ میں بچے کے بارے میں سوچنا چھوڑ کر عورتوں کے چہروں کو گھورنے لگا۔

جب بچہ کو دودھ پلا دیا گیا اور وہ سو گیا تو عورتیں آپس میں گپ شپ کرنے لگ گئیں۔ میں خاموشی کے ساتھ ان کی باتیں سنتا رہا۔ ان میں سے ایک نے کہا: "ہائے یہ

بد بخت زندگی، جسے ہم سخت محنت اور تکلیف کے ساتھ گزارتے ہیں، پھر حمل کا بوجھ اٹھانا پڑتا ہے اور پھر ولادت کی تکلیف سر پڑ جاتی ہے"

ایک عورت کو ہنسی آگئی اور کہنے لگی: "اگر ہم چیونٹیوں کی بستی میں رہ رہی ہوتیں تو ہماری زندگی کسی قدر آسان ہوتی"

چیونٹیوں کا نام سن مجھے پھر تاؤ آگیا، میں اپنی والدہ کی گود سے کود کر بیچ مکان میں آ کھڑا ہوا اور زور زور سے بولنے لگا: "تم چیونٹیوں کی طرح کیوں بننا چاہتی ہو؟۔ تم انہیں کی طرح ہو، کام میں جتی رہتی ہو، مرد تمہارے پاس آتے ہیں، بیٹھتے ہیں اور چلے جاتے ہیں۔ چیونٹی تو بے وقوف ہے اس کی واحد خصوصیت یہ ہے کہ وہ انڈے دیتی ہے"

سب عورتیں مجھے گھورنے لگیں، میری ماں نے میرا ہاتھ پکڑ کر کھینچا۔ "تو نے یہاں بھی ہمیں ذلیل کر دیا" اور مجھے گھر سے باہر لے آئیں۔

گھر آکر والد صاحب کو سارا قصہ کہہ سنایا۔ وہ افسوس میں پڑ گئے "اس کا کیا کیا جائے ؟ لگتا ہے کہ یہ نفس زندگی سے بھی کچھ نہیں سیکھ سکتا، نہ ولادت سے کچھ سیکھ سکتا ہے اور نہ موت سے"۔

"میرے بارے میں آپ کو فکر کرنے اور غم کھانے کی ضرورت نہیں ہے، میں اپنے آپ کو خود سنبھال لوں گا"

یہ کہہ کر میں گھر سے نکل کھڑا ہوا اور شہر کے مضافاتی میدان میں پہونچ گیا۔

یہاں میں نے عجیب و غریب منظر دیکھا۔ شہر کے بڑے لوگوں نے ان تمام بچوں کو میدان میں جمع کر رکھا تھا جو پتھر کے آنسو اور دل کے ٹکڑوں سے کھیلا کرتے تھے۔

ان کے ہاتھ پیر ایک باریک ریشمی ڈوری سے ایک دوسرے کے ساتھ باندھ دئے گئے تھے، میں ان کے درمیان جا کر کھڑا ہو گیا۔ ایک عمر دراز شخص آگے بڑھا اور قریب

کے بچے کے ساتھ میرے ہاتھ پیر بھی باندھ دئے۔ تھوڑی دیر بعد ایک معمر آدمی کی آواز ابھری۔ "انہیں کہاں بھیجا جائے"

"چیونٹیوں کی بستی!! شاید یہ حقیقی زندگی سے کچھ سبق حاصل کر سکیں "بڑے آدمی کی طرف سے جواب ملا۔

میرے اعصاب پر خوف طاری ہو گیا، میں نے خود کو چھڑانے کی ناکام سی کوشش کی، میرے دل میں گھر واپس لوٹ جانے کی خواہش جاگی۔

مگر میں کچھ بھی نہ کر سکا اور خود کو حالات کے حوالے کر دیا۔ میں سوچنے لگا کہ کاش! میں چیونٹیوں والی کتاب نہ جلاتا تو آج اپنے ماں باپ کے درمیان ایک نیک بخت بچے کی طرح خوش ہوتا۔

ڈوری کے ہلکے سے جھٹکے نے مجھے ان خیالات سے باہر نکال دیا اور میں بھی دیگر بچوں کے ساتھ حرکت کرنے لگا۔

ایک رات اور ایک دن مسلسل سفر کرتے رہے اور اگلے دن نصف النہار کے بعد چونٹیوں کی بستی پہونچ گئے۔ جو آدمی ہماری نگرانی پر مامور تھے انہوں نے تصدیق کی کہ یہی چیونٹیوں کا ملک ہے۔

مجھے یہ جان کر بالکل بھی حیرت نہیں ہوئی کہ چیونٹیوں کی اس بستی میں ہم نے جتنی چیونٹیاں بھی دیکھیں وہ شکل وشباہت میں تقریباً ہماری طرح ہی تھیں۔ بالکل ہماری طرح کاندھوں پر رکھے ہوئے سر اور ان کی جڑوں سے لٹکے ہوئے ہاتھ۔ اور پیر جن کو وہ باری باری آگے پیچھے بلا کسی توقف کے رکھ رہی تھیں۔ البتہ وہ ہمارے شہر کے لوگوں کے مقابلے میں زیادہ خوبصورت تھیں، ان کے چہرے مسرت وشادمانی سے دمک رہے تھے، ان کے چہرے کہیں سے کہیں تک بھی ہمارے لوگوں کے چہروں کی طرح بجھے بجھے اور

نحوست زدہ نہیں تھے۔

ہم سب ان کے سامنے سے گزر گئے اور انہوں نے ہماری طرف مڑ کر بھی نہیں دیکھا۔

چیونٹیوں کا شہر نہایت خوبصورت تھا، میں نے اس سے پہلے ایسا شہر کبھی نہ دیکھا تھا۔ صحیح بات تو یہ ہے کہ میں نے اپنے شہر کے علاوہ اور کوئی شہر دیکھا ہی نہیں تھا۔ مجھے اپنے شہر اور چیونٹیوں کے شہر میں کچھ خاص فرق نظر نہ آیا۔

ایک لمحے کے لئے میں نے سوچا۔ چیونٹیاں ہماری طرح کیسے ہو سکتی ہیں۔ میں ان کے بارے میں اب تک یہی سوچتا رہا تھا کہ وہ کالے، بھورے یا پھر سفید رنگ کے معمولی کیڑے ہیں جو زمین پر رینگتے پھرتے ہیں۔ اور اپنی جسامت سے بھاری دانے اٹھائے اپنے بلوں کی جانب رواں دواں رہتے ہیں۔

میں نے سوچا!! کبھی ایسا ہوتا ہے کہ چیونٹیوں کی طرح بننے کی ہماری شدید خواہش ہمیں چیونٹیوں کے مثل بنا دیتی ہے اور کبھی ایسا بھی ہوتا ہے کہ ہماری طرح بننے کی چیونٹیوں کی شدید آرزو ان کو ہماری طرح بنا دیتی ہے۔ مجھے ان پر بڑا تعجب ہوا جو دوسروں کی طرح بن گئے ہیں۔ اس وقت ایک بار پھر میرے اندورن میں یہ احساس جاگا کہ کاش! میں چیونٹیوں کی دنیا سے متعلق وہ کتاب نہ جلاتا، کم از کم ان کی دنیا کے تمام رازہائے سربستہ سے پردہ اٹھنے تک ایسا نہ کرتا۔

پہلی رات ہم نے اپنی اس خواب گاہ میں گزاری جو خاص ہمارے لیے تیار کی گئی تھی۔

اگلے روز ہمیں کئی ساری ٹکڑیوں میں تقسیم کیا گیا اور چیونٹیوں کے مختلف خاندانوں میں بھیج دیا گیا تا کہ ہم حقیقی زندگی سے کچھ سبق حاصل کر سکیں۔

میں ذرا الگ قسم کا لڑکا تھا اس لیے مجھے دوسروں سے مختلف مقام پر بھیجا گیا۔ میری جلا وطنی کے اسباب دوسروں سے قطعی مختلف تھے کیونکہ میں نہ کبھی آنسوؤں سے کھیلا اور نہ ہی دل کے ٹکڑے جمع کئے۔

ہر چند کہ میرے لئے یہ ضروری تھا کہ میں چیونٹیوں سے کتاب جلا دینے والی بات کو چھپاتا۔ لیکن ایک رات، جب مجھ پر ہذیان گوئی کا دورہ پڑا، ایک چھوٹی چیونٹی کے سامنے اپنے جرم کا اعتراف کر ڈالا۔ میں اپنی اس حرکت پر شرمسار تھا اور سبقت لسانی پر بہت نادم بھی، میں تقریباً روہانسا سا ہو گیا۔ مگر یہ کیا؟ میں نے دیکھا کہ ننھی چیونٹی بے تحاشا ہنسے جا رہی ہے، اس نے اپنی ہنسی پر قابو پاتے ہوئے کہا: "تم نے اچھا ہی کیا، یہ ایک غیر متعلق کتاب ہے جو ہماری زندگی کی درست ترجمانی نہیں کرتی اور نہ ہی یہ ہمارے لیے قابل اعتناء ہے۔"

تب میری جان میں جان آئی۔

اس نے میرا ہاتھ پکڑ کر ایک طرف کھینچا اور کہا چلو! میں تمھیں اپنی مملکت کی سیر کراتی ہوں۔

میں نے نوٹ کیا کہ ان کی پوری مملکت ایک شہر کی مانند ہے۔

شہر ایک محلے کی مانند۔

محلہ ایک گھر کی طرح۔

اور گھر سارا کا سارا ایک کمرہ ہے جو چیونٹیوں سے ٹھسا ٹھس بھرا ہوا ہے۔

اور اب مجھے بقیہ ساری زندگی اسی کمرے میں گزارنی ہے۔

اس کمرے میں جو چیونٹیوں کی کل کائنات تھی کوئی دروازہ نہیں تھا، نہ کوئی اندر آ سکتا تھا اور نہ کوئی باہر جا سکتا تھا۔

حتیٰ کہ کھڑکیاں بھی نہیں تھیں، نہ کوئی باہر دیکھ سکتا تھا اور نہ کوئی اندر جھانک سکتا تھا۔

چیونٹیوں کے قد و قامت کو دیکھتے ہوئے اس کمرے کی چھت قدرے بلند ہی تھی اور چونکہ چیونٹیاں کبھی نظر اٹھا کر دیکھتی ہی نہیں اس لیے انہیں چھت کے ہونے یا نہ ہونے کا گمان ہی نہیں ہوتا تھا۔

اس کی زمین کشادہ اور مسطح تھی، اس میں نشیب و فراز بھی نہیں تھا اور نہ ہی اس میں چوٹیاں اور وادیاں تھیں، نیز اس کے کچھ متعین حدود بھی نہ تھیں۔ ایسا لگتا تھا جیسے کہ یہاں سطح زمین بھی نہیں ہے۔

اب تو اس کے آثار و نشان بھی مٹنے لگے تھے، سخت اور اونچی دیواروں کے علاوہ اس کا وجود ہی مٹتا ہوا محسوس ہوتا تھا۔ دیواروں کے درمیان کی دوریاں اتنی زیادہ تھیں کہ آنکھوں کو دکھائی نہ دیتی تھیں۔ ایسا گمان گزرتا تھا کہ اس کی دیواریں ہیں ہی نہیں۔

جب میں اس عجیب و غریب مملکت کے بارے میں سوچ سوچ کر پریشان ہونے لگا تو میں اپنی دوست چیونٹی سے اس کی مملکت کے حدود اربعہ کے متعلق پوچھ بیٹھا۔

"ارے! تم یہ کیا لے کر بیٹھ گئے، دور دراز کی حدود کے بارے میں کیوں سوچتے ہو۔ تم ہماری اندر کی دنیا کے بارے میں کیوں نہیں سوچتے۔ ہم نے اپنی پوری مملکت کو کئی چھوٹے چھوٹے ممالک میں بانٹ رکھا ہے۔ اور ان میں سے ہر ملک کی حد ہر چیونٹی کی اپنی جلد ہوتی ہے۔" وہ خوشگوار انداز میں مسکرا رہی تھی۔

"چیونٹیاں تو ایک دوسرے کے پیچھے اس طرح چلتی ہیں جیسے وہ سب کی سب ایک ہی جلد میں قید ہوں" میں نے چیونٹی کی بات پر اضافہ کرتے ہوئے کہا۔

بعد میں مجھے اپنے اس طرح اچانک بول پڑنے پر ندامت ہوئی۔ یہ میری عجیب سی

عادت بن گئی ہے کہ میں پہلے کوئی کام کر ڈالتا ہوں اور پھر پشیمان ہوتا ہوں۔

لیکن میری دوست چیونٹی نے اس پر کچھ رد عمل ظاہر نہیں کیا۔ وہ خاموش بیٹھی رہی، اس نے بچوں کا رسالہ اٹھایا اور اسے کھول کر پڑھنے لگی، میں اس کی آواز ہلکی ہونے کے باوجود سن سکتا تھا۔

"ہر متنفس جتنا زیادہ چھوٹا ہوتا ہے اس کا دل اتنا ہی زیادہ دھڑکتا ہے۔ اگر مکھی کا دل ایک منٹ میں ہزار مرتبہ دھڑکتا ہے تو ایک بڑی مچھلی کا دل ایک منٹ میں صرف پانچ بار ہی دھڑکتا ہے۔ جبکہ ایک حقیر کیڑے کے پانچ دل ہوتے ہوں گے۔

یہاں میں اس کی بات کاٹ کر بولا: "پھر تو ڈائناسور کا دل بہت بڑا ہونے کی وجہ سے کبھی دھڑکا ہی نہیں ہوگا یا زندگی میں ایک ہی بار دھڑکا ہوگا اور شاید اسی لئے وہ ہمیشہ کے لئے دنیا سے ختم ہو گیا"

میں خاموش ہو گیا کیونکہ اب اس نے رسالہ ایک طرف رکھ دیا تھا اور مجھے تیکھی نظروں سے گھور رہی تھی۔ میں نے دل ہی دل میں سوال کیا۔ اور خود چیونٹی کا دل ایک منٹ میں کتنی بار دھڑکتا ہے وہ تو مکھی سے بھی چھوٹی ہوتی ہے۔ اور اسی کے ساتھ مجھے چیونٹیوں پر بڑا ترس آیا کیونکہ ان کا دل بہت زور زور سے بھی دھڑکتا ہوگا اور دوسروں سے کئی گنا زیادہ بھی۔

اگلے دن میں اور میری معصوم دوست چیونٹیوں کے دیس کی سیر کر رہے تھے کہ اچانک وہ رک گئی اور مجھ سے پوچھنے لگی: "کیا تم ہماری بستی کے بڑے شخص سے ملنا پسند کرو گے"

چونٹیوں کی بستی میں یہ پہلی محسوس حقیقت تھی جس نے مجھے تقریباً چونکا دیا تھا کہ یہاں بھی چھوٹے اور بڑے کا فرق موجود ہے۔

میں نے جلدی سے کہا: "نہیں !! میں بڑوں کو پسند نہیں کرتا، میں ان سے نفرت کرتا ہوں"

اور پھر میں نے اپنی پوری آپ بیتی سنائی کہ کس طرح میرے والد مجھے میت والے گھر لے کر گئے تھے تاکہ میں اس مُردے سے زندگی کے بارے میں کچھ جان سکوں جسے اپنی موت کے بارے میں کچھ پتہ نہیں ہوتا۔ اور کس طرح میری والدہ مجھے ولادت والے گھر لے کر گئیں تاکہ میں اس نومولود سے زندگی کی حقیقت معلوم کر سکوں جو خود دنیا میں آتے وقت زندگی کی مشکلات سے گھبرا کر روتا ہے۔

"میں بڑوں کو پسند نہیں کرتا" میں اپنی ضد پر قائم تھا۔

اس نے مجھے تیکھی نظروں سے دیکھا اور میں ایک بار پھر اپنے کہے پر پشیمان ہوا۔

لیکن جب سے میں نے اس کے دل کی تیز اور شدید دھڑکنوں کے بارے میں سوچنا شروع کیا تھا، مجھے اس سے ایک طرح کی انسیت سی ہو چلی تھی، اس لئے میں نے اپنی ضد چھوڑی اور اس کے ساتھ ہولیا۔ اور سب سے بڑی چیونٹی کے پاس پہونچ گیا۔ پہلے تو وہ مجھے عجیب و غریب نظروں سے دیکھتی رہی، پھر اس نے کہا: "سنو بیٹا" مگر میں نے کچھ بھی نہیں سنا کیونکہ میں اس کے چہرے پر نظریں گاڑے ہوئے تھا اور اس کے لسلسے اور مانوس چہرے کے ارتسامات پر غور کر رہا تھا۔

جب اس نے دیکھا کہ میں اس کی طرف سے بے پرواہوں تو اس نے تقریباً ڈانٹتے ہوئے کہا "سنو!" میں اس کی طرف متوجہ ہوا۔ یہ پتہ لگانے کے لیے کہ میں اس کی باتوں کا کیا اثر لیتا ہوں وہ میرے چہرے کے اتار چڑھاؤ کا بغور معائنہ کرتی رہی۔

اس نے کہنا شروع کیا: "گرچہ تم نے دل کے ٹکڑے جمع نہیں کئے اور نہ تم کبھی ان سے کھیلنے میں مشغول رہے تاہم تم نے خود کو جلاوطن کیے جانے والے بچوں کے

ساتھ باندھ لیا اور اس طرح تم حقیقی زندگی کے میدان میں اتر گئے۔ اور چونکہ حقیقت مصائب سے پر ہوتی ہے اس لیے ہمیں آزاد زندگی گزارنے کے مواقع دستیاب نہیں ہوتے۔

حقیقت تو دھوکہ ہے، فریب ہے۔ حقیقت تو سراب کی طرح ہے۔ اور یہی وہ چیز ہے جو مصائب و آلام سے بھری ہوئی زندگی سے مختلف کوئی چیز ہوتی ہے۔

البتہ خیال ایک ایسی چیز ہے جسے جھوٹ نہیں کہا جا سکتا۔ صرف وہی ایک سچائی ہے۔ کیونکہ جھوٹ کا اثبات کسی دوسری چیز کے ساتھ تقابل کے ذریعہ ہی ممکن ہوتا ہے اور خیال کا تقابل کسی دوسری چیز کے ساتھ کیا ہی نہیں جا سکتا۔ لہذا خیال ہی ایک ایسی چیز ہے جو قائم بالذات ہے، اپنے آپ پر منحصر ہے اور اپنی ذات میں پوری طرح مکمل بھی ہے۔ بس ایک بار تم نے جرات کی اور اپنی حدود سے تجاوز کر گئے، جب تم نے چیونٹیوں سے متعلق کتاب کو محض اس لئے جلا ڈالا تاکہ تم آگ بھڑکا سکو اور کسی طرح سردی سے نجات پا سکو۔ پھر اس کے بعد تم پر بزدلی طاری ہو گئی اور تم ایسا ہی کچھ اور کرنے کی جرأت نہ کر سکے۔ اس کے بعد تمہاری مثال اس قرض دار کی سی ہو گئی جو ساری زندگی اس کی ادائیگی کرتا رہتا ہے۔"

میں اس کو مستقل تکے جا رہا تھا، جس قدر میری گھبراہٹ میں اضافہ ہوتا جا رہا تھا اسی قدر اس کی انمول باتوں سے مرعوب سا ہوتا جا رہا تھا۔ یہاں تک اس نے کہا: "تمہاری مشکل یہ ہے کہ تم حقیقت میں اتر گئے ہو، جس کا نتیجہ یہ نکلا کہ تم خود سے غافل ہو گئے، تمہارے والدین نے تمہاری تعلیم و تربیت میں سخت ٹھوکر کھائی ہے۔ اور جب تم ان کے پاس لوٹ کر جاؤ گے تو انہیں اپنی غلطیوں کا بخوبی احساس ہو جائے گا"۔

واپس لوٹ کر جانے کے خیال نے مجھ پر کپکپی طاری کر دی، لیکن میں اپنے آپ میں

اتنی ہمت نہیں جٹا پایا کہ میں چیونٹیوں کی سردار سے تکرار کر سکتا، شاید اس لئے کہ میری چیونٹی دوست میری اندرونی کیفیات سے کسی قسم کا تاثر لئے بغیر میرے گھبرائے ہوئے چہرے پر اپنی نظریں گاڑے ہوئے تھی۔

میں اپنے تفکرات کی گہرائیوں سے اس وقت واپس لوٹا جب اس نے کہا: "اب تم جا سکتے ہو۔۔۔ جاؤ! اور جلاوطن کئے جانے والے بچوں میں شامل ہو جاؤ، جو اپنے وطن واپس جارہے ہیں۔ ان کو واپس ان کے وطن لوٹانے کی ساری تیاریاں مکمل کر لی گئیں ہیں بس تمہارا ہی انتظار ہے۔ ابھی تمہارا بچپنا ہے اور اس عمر میں نہ تو تم اپنے والدین کے ساتھ رہ کر کچھ فائدہ اٹھا سکتے ہو اور نہ ہی ہمارے ساتھ رہنے سے تمہیں کچھ نفع پہونچ سکتا ہے۔ یہی نہیں بلکہ تمہارا بقیہ بچپن بھی تمہیں کوئی فائدہ نہیں پہونچا سکے گا۔ تاہم تم نے بخوشی ان بچوں کے ساتھ رہنا قبول کیا ہے، اس لیے تم انہیں کے ساتھ رہو۔" میں نے سخت اضطراب کے عالم میں پہلو بدلا اور اس سے پوچھنا چاہا کہ تمہاری ان حکمت و دانائی کی باتوں کی سمجھ پیدا ہونے کے لئے کتنی عمر درکار ہوتی ہے۔ مگر اسی وقت میری دوست چیونٹی نے تیز نظروں سے مجھے دیکھا اور پھر میرے کان میں آہستہ سے کہا: "کیا تم ابھی تک یہ نہیں جان سکے کہ یہ مردہ ہے اگر یہ زندہ ہوتی تو اس طرح بے سری باتیں نہ کرتی"

اس کی بات سے میرے جسم میں کرنٹ سا دوڑ گیا۔۔۔ رد عمل کے طور پر میں نے کہا: " زندگی عمر کی قاتل ہے، وہ اس کو قطع کرتی رہتی ہے۔ عمر کو اگر کوئی چیز باقی رکھتی اور اسے محفوظ کرتی ہے تو وہ صرف اور صرف موت ہے۔ چلو یہاں سے چلیں"۔

اور ہم وہاں سے چلے آئے۔

اس کے بعد میری دوست مجھے ایک وسیع و عریض میدان میں لے گئی جہاں ہماری خاطر بڑے پیمانے پر الوداعی تقریب کا اہتمام کیا گیا تھا۔

اور ہم دونوں ایک دوسرے سے جدا ہو گئے، میں اس کو الوداع بھی نہ کہہ سکا، کیونکہ ٹھیک اسی وقت ہم دونوں نے اپنی طویل رفاقت کے باوجود یہ محسوس کیا کہ ہمارے دلوں کے دھڑکنے کا انداز ایک دوسرے سے بالکل جدا ہے، میرے پہلو میں تو ایک آدم زاد بچے کا دل ہے، جو بہت کم دھڑکتا ہے اور بہت سست بھی ہے۔

میں اس سے جدا ہوا اور اپنے شہر کے بچوں میں شامل ہو گیا جو اپنے ملک واپس جانے کے لئے ایک بہت بڑے اجتماع کی شکل میں تیار تھے۔چیونٹیوں کی دنیا کی ایک جماعت بھی وہاں موجود تھی۔

الوداعی تقریبات میں کی جانے والی مختصر سی تقریر سننے کے بعد ہم لوگوں نے صف بندی کی۔اور چیونٹیوں کی بستی اپنے عقب میں چھوڑ کر اپنے ملک کی طرف چل دیئے۔

چیونٹیوں کی بستی میں داخل ہوتے وقت جو گھبراہٹ اور کیفیت محسوس کرتا رہا تھا اس کے بالکل برعکس اب میں صاف طور پر یہ محسوس کر رہا تھا کہ ہمارے شہر اور چیونٹیوں کے شہر کے درمیان دراصل کوئی مسافت ہے ہی نہیں، ان کے درمیان نہ کوئی راستہ ہے اور نہ کسی طرح کی حد بندی، میں نے محسوس کیا کہ یہ تو وہی میدان ہے جہاں ہمارا استقبال کیا گیا تھا۔فرق صرف اتنا ہے کہ ہم ایک بار اس کو الوداعی تقریبات کے لئے خاص سمجھ لیتے ہیں تو ہمیں وہاں سے الوداع کہا جاتا ہے اور دوسری مرتبہ ہم اسے استقبال کے استعمال میں لاتے ہیں تو وہاں ہمارا استقبال کیا جاتا ہے۔

گزشتہ سفر کے برعکس اس بار ہمارے ہاتھ پیر کھلے رکھے گئے تھے، ہمیں جو چیز آپس میں منظم و متحد رکھے ہوئے تھی وہ الفت و محبت کی ڈور تھی اور اپنے وطن لوٹنے کا اشتیاق ہمیں کشاں کشاں وطن کی طرف لئے جا رہا تھا۔جہاں ہمارے استقبال کے لیے

اسی طرح کے ایک بڑے جلسے کا اہتمام کیا گیا تھا۔

جیسے جیسے ہم اپنے شہر اور اپنے اہل و عیال سے قریب ہوتے گئے ہمارے دلوں کی دھڑکنوں میں اسی شدت سے اضافہ ہوتا گیا، یہاں تک کہ ہم اپنی پیٹھوں پر لدے ہوئے بھاری بوجھ کو بھی بھول گئے۔ حالانکہ ہم میں سے ہر کوئی اپنی جسامت سے زیادہ بڑے اور اپنے وزن سے زیادہ بھاری گیہوں کے دانے اپنی پیٹھ پر لادے ہوئے تھا۔ جنہیں ہم چیونٹیوں کے ملک سے اپنے وطن لا رہے تھے۔

پورا شہر ہمارے استقبال کے لئے آیا ہوا تھا، ان کے درمیان میں نے اپنے والدین کو بھی دیکھا، میری خوشی کی انتہا نہ رہی، اگر میرے اوپر بھاری بوجھ نہ ہوتا تو میں اپنے ہاتھوں کو لہرا کر انہیں آگاہ کرتا اور اگر میں چیونٹیوں کے ساتھ طویل رفاقت کی وجہ سے اپنی زبان بھول نہ گیا ہوتا تو میں انہیں پکارنے کی کوشش کرتا۔

وہ ہمیں اچک اچک کر دیکھ رہے تھے تاہم مجھے نہیں لگتا کہ انہوں نے مجھے پہچان لیا ہو۔ کیونکہ ہم سب ایک جیسے ہی دکھائی دے رہے تھے، ہم میں سے کسی کی اپنی الگ سے کچھ شناخت باقی نہ بچی تھی۔

شاید یہی وہ بات تھی جس نے شہر کے لوگوں مغالطہ میں ڈال دیا تھا، ہمیں نہیں لگا کہ ان میں سے کسی نے بھی ہمارے تعلق سے کوئی خاص تاثرات ظاہر کئے ہوں۔ ہم ان کے پاس پہونچ چکے تھے اور وہ ہمارے سامنے حیران و ششدر کھڑے تھے۔

ہم میدان کے درمیان تک پہونچ گیے۔

ہمیں بڑی حیرانی ہو رہی تھی۔ جب ہم نے ان کے جسم اور چہرے بشرے کا جائزہ لیا تو معلوم ہوا کہ وہ بالکل ہو بہو ویسے ہی ہیں جیسے ہماری جلاوطنی کے وقت تھے، کچھ بھی تو

نہیں بدلا تھا، لگتا تھا کہ ان پر زمانہ سرے سے گزرا ہی نہیں ہے، اور وہ وقت کے اسی لمحے میں کھڑے ہیں۔ جبکہ ہمارا حال یہ تھا کہ ہم پر بڑھاپا طاری ہو چکا تھا کیونکہ چیونٹیوں کے ملک میں ہمارے اوپر کافی سختیاں گزری تھیں۔ اس لئے ہمارا جسم دوہرا ہو گیا تھا، یہاں تک کہ ہمارے ہاتھ پاؤں کے محاذات آ گئے تھے اور اب ہم اپنے چاروں ہاتھ پاؤں کے سہارے آگے بڑھتے تھے۔ اور اسی وجہ سے ہم اپنی مستطیل پیٹھوں پر جواب ذرا سا ابھار لیے ہوئے زمین کی سطح پر آ چکی تھیں اپنے وجود سے بھاری وزن لادنے کے قابل ہو سکے تھے۔

جب ہم نے اپنے منہ اٹھا کر ان لوگوں کو دیکھنے کی کوشش کی جبکہ ایسا کرنا ہماری چھوٹی سی سخت گردنوں کے لئے بہت دشوار تھا، تو ہمیں معلوم ہوا کہ وہ ہمیں عجیب و غریب نظروں سے گھور رہے ہیں۔

ہمیں ان کی آنکھوں میں اپنے واسطے ذرا بھی اشتیاق اور خوشی دکھائی نہیں دی۔

ہم ان سے بے پرواہ ہو کر اپنی پیٹھوں سے بوجھ اتارنے میں مشغول ہو گئے۔ پھر ہم نے اس کو میدان کے درمیان میں اکٹھا کر دیا۔

پھر ہم ان سے سلام و کلام کرنے کے لئے ان کی طرف بڑھے۔ مگر وہ گھبراہٹ کے عالم میں پیچھے کی طرف لوٹنے لگے اور ہمارے اور اپنے درمیان کچھ فاصلہ بنا کر رک گئے۔ پھر ان میں سے کسی نے پکار کر کہا: "تم نے چیونٹیوں کی صحبت کس طرح برداشت کر لی، وہ تو نہایت کریہہ الصورت اور تکلیف دہ کیڑا ہے۔ اگر ہم انہیں برداشت کرتے رہیں اور انہیں کچھ بھی کرنے کے لیے آزاد چھوڑ دیں تو وہ ہمارے خوبصورت شہر کو تباہ و برباد کر ڈالیں جس کی ہم ایک لمبے زمانے سے نگہداشت کرتے آ رہے ہیں"۔

جیسے ہی اس نے اپنی بات مکمل کی تمام لوگوں نے تیز دھار ہتھیار نکال لئے، جو ہم نے اس سے پہلے اپنے شہر میں کبھی نہیں دیکھے تھے اور ان سے ہماری گردنیں مارنے لگے۔

جن کے پاس ہتھیار نہیں تھے تو جو چیز بھی ان کے ہاتھ لگی وہ اسی کو لے کر ہم پر ٹوٹ پڑے اور ہمیں پیروں تلے روندنے لگے۔ یہاں تک کہ ہمارا پوری طرح صفایا کر دیا۔

جب میں اپنی زندگی کی آخری سانسیں لے رہا تھا، اس وقت میں نے اپنے والدین کو دیکھا اور ان کو ملامت کی۔ مگر انہوں نے اس کی کچھ بھی پروانہیں کی بلکہ انہوں نے مجھے پہچانا بھی نہیں۔

میں نے بیچ میدان میں جمع غلے کی ڈھیر کی طرف دیکھا، میں نے محسوس کیا کہ میدان خالی کیا جا چکا ہے۔ لوگ آپس میں چھینا جھپٹی کر رہے ہیں اور غلہ اٹھا کر بھاگ رہے ہیں۔

مجھے نہیں معلوم کہ اپنی زندگی کے ان آخری لمحات میں مجھے کیوں وہ کتاب یاد آ گئی جو چونٹیوں کی دنیا سے متعلق تھی، مجھے اس کے جلانے پر بے حد افسوس ہوا، یہاں تک کہ مجھے لگا کہ یہ میرے لئے جانکاہ صدمہ بن جائے گا۔

مگر عین اسی وقت میں نے سنا کہ ہمارے شہر کے لوگ نہایت سریلی آواز میں گا رہے ہیں اور گیہوں کے دانے اٹھائے لئے جا رہے ہیں تا کہ وہ ان بڑے بڑے گوداموں میں جمع کر سکیں جن کی تیاری میں انہوں نے گرمیوں کا پورا موسم لگا دیا تھا۔ میں نے یہ بھی محسوس کیا کہ وہ ہماری جلاوطنی کے پورے زمانے میں جھینگر کا گانا سیکھنے کی مشق کرتے

رہے تھے، تبھی تو وہ آج اتنا اچھا گا رہے تھے۔

میں ان کے گانے پر اپنے کان لگائے ہوئے تھا۔اور وہ گیہوں کے دانے اٹھائے ہوئے مستی میں گاتے چلے جا رہے تھے۔اس سے میری روح کو سکون سا مل گیا اور میں اپنے جی میں کچھ دیر کے لیے خوش ہو گیا۔

***